Martin W. Brock
Todestakt

PIPER

Zu diesem Buch

Ein ebenso spektakulärer wie mysteriöser Doppelmord erschüttert die bayrische Landeshauptstadt. Hauptkommissar Ricardo Bauer übernimmt die Ermittlungen und muss sich schwierigen Fragen stellen: Was hatten die beiden Opfer, ein Chinese und ein Münchner Rentner, miteinander zu tun? War der Chinese Teil der Geigen-Mafia, die mit gestohlenen und gefälschten Stradivari Geschäfte macht? Wie können am Ort des Verbrechens Spuren eines Mannes gefunden werden, wenn dieser sich zur Tatzeit im Ausland aufgehalten hat? Und wie soll sich Bauer gegenüber der ebenso attraktiven wie undurchsichtigen Tochter eines der Opfer verhalten, die sich so auffällig um ihn bemüht?

Martin W. Brock war selbst jahrelang als verdeckter Ermittler bei der Kriminalpolizei München tätig und muss deshalb unter Pseudonym schreiben. »Todestakt« ist nach »Freitagsflug«, »Nachtnebel« und »Rosenroulette« sein vierter Kriminalroman. Zuletzt erschien von ihm »Schneejagd«. Weiteres zum Autor: www.krimi-passion.de

Martin W. Brock

Todestakt

Ein München-Krimi

Piper München Zürich

Mehr über unsere Autoren und Bücher:
www.piper.de

Von Martin W. Brock liegen bei Piper vor:
Freitagsflug
Nachtnebel
Todestakt

Mix
Produktgruppe aus vorbildlich bewirtschafteten Wäldern und anderen kontrollierten Herkünften
www.fsc.org Zert.-Nr. GFA-COC-001223

Ungekürzte Taschenbuchausgabe
Piper Verlag GmbH, München
Juni 2010

Umschlaggestaltung: semper smile, München
Umschlagfotos: plainpicture / arturimages und rotofrank / iStockphoto
Satz: Fuldaer Verlagsanstalt
Papier: Munken Print von Arctic Paper Munkedals AB, Schweden
Druck und Bindung: CPI – Clausen & Bosse, Leck
Printed in Germany ISBN 978-3-492-25773-2

Mein herzlicher Dank gilt dem Münchner Geigenbauer
Peter Erben, der mir einen tiefen Einblick in die Welt
der Stradivari ermöglicht hat.

Kapitel 1

Es war Herbst, das Oktoberfest, die Zeitenwende im Münchner Kalender, war vorüber. Ein kühler Wind blies den nervösen Verkehrslärm der nahegelegenen Leopoldstraße zu dem Platz herüber, an dem sich ein Dutzend nachdenkliche Gesichter um mehrere mit Steinplatten markierte Schachfelder gruppierten. Einige von ihnen hockten auf den schlichten Bänken, deren Holz schon mit einer graugrünen Schicht überzogen war. Mit hochgeschlossenen Jacken saßen ein paar hartgesottene Gäste vor dem nur wenige Meter entfernten Café, bunte Wolldecken auf dem Schoß, und beobachteten die Szene. In einer entlegenen Ecke auf der anderen Seite des Platzes, einen Steinwurf von den Schachspielern entfernt, saß eine Clique Obdachloser mit mehreren Hunden um drei Kisten Bier herum, eine junge Frau in zerschlissenem schwarzen Mantel spielte zum Klirren der Bierflaschen auf einer Gitarre „Let it be". Das Laub der alten, knorrigen Bäume, die hoch über dem Platz aufragten, tanzte über die drei Schachfelder.

„Kannst du mir sagen, warum der den Turm nicht bewegt?" fragte Manfred mit einem verständnislosen Kopfschütteln seinen Nachbarn auf der Parkbank, der nur nachdenklich mit den Schultern zuckte und unverändert auf das Schachbrett starrte, auf dem zwei Männer kniehohe Holzfiguren bewegten. Manfred, den sie hier alle nur den Edelwurz nannten, war mal eine bekannte Größe im Münchner Taxigeschäft gewesen. In den letzten Jahren waren seine Nerven nicht mehr die besten, und zur Beruhigung kippte er immer öfter zwischendurch ein Stamperl Edelwurz, ein aus Enziankräutern gewonnenes Wässerchen mit gehörig viel Alkohol. In einem fein mit Leder und weiß-blauer Raute verkleideten Flachmann hatte er stets seine Tagesration in der Hosentasche. Die Konsequenz war für alle seine Freunde absehbar: Nach einem Auffahrunfall nahmen sie ihm den Führerschein weg, so dass er jetzt viel Zeit zum Herumsitzen hatte. Seitdem gehörte er zum Stammpublikum, das sich hier bis in den Spätherbst täglich versammelte. Schachspielen hatte ihn noch keiner gesehen, er könne nicht so lange stehen, redete er sich immer heraus. Die Bandscheibe sei schuld, eine Spätfolge vom Taxifahren, wie er immer wieder betonte. Sein weit über den Gürtel hängender Bauch hatte den Bandscheiben vermutlich auch nicht gut getan. Der harte Kern der versammelten Schachgemeinde hatte allerdings seine Zweifel, ob Edelwurz jemals in die Tiefen dieses Brettspiels eingedrungen war. Dass die Kunst des Schachspiels sehr wohl Raum für geniale Züge ließ, denen nicht jeder gleich folgen konnte, war unbestritten. Aber die Ideen von Edelwurz, die er als lautstarke Empfehlungen zum Besten gab, waren meist doch ziemlich fern von derartigen Überlegungen.

Werner, sein Nachbar, nahm einen tiefen Schluck aus seiner Bierflasche, bevor er sie wieder rülpsend zu den drei leeren stellte, die er zwischen seinen Füßen gelagert hatte. Er war Mitte fünfzig, seine wenigen verbliebenen Haare hatte er mit Gel nach hinten frisiert. Bis letztes Jahr hatte er als Graphiker sein Geld verdient, dann hatte der Fünf-Mann-Betrieb, in dem er beschäftigt war, dichtgemacht. Nun wehrte er sich mit Hilfe seines Hausarztes gegen alle möglichen Umschulungsmaßnahmen, die ihm das Arbeitsamt aufdrängen wollte. Seiner Meinung nach hatte er lange genug gearbeitet. Und die letzten Jahre, als die Firma immer wieder auf der Kippe gestanden war, hatten zudem seine Nerven strapaziert. Er redete nicht viel, ein Hochziehen der Augenbrauen oder ein kaum vernehmbares Räuspern waren die einzigen Anzeichen seiner Anteilnahme an dem Spiel, das er aus geringer Entfernung beobachtete.

„Schach“, rief Karl, den sie hier alle den Tiroler nannten, ein kleiner, kugelförmiger Südtiroler in kariertem Hemd. Abends werkelte er in einem Weinlokal in der Innenstadt hinter der Theke, aber jetzt war er voll konzentriert beim Schach, gerade hatte er mit leuchtenden Augen seine Dame in Stellung gebracht. Herausfordernd sah er zu seinem Widersacher, einem hochaufgeschossenen Amerikaner, der heute zum ersten Mal am Platz war und sich sogleich als Spieler aufgedrängt hatte. Er sprach nur wenig Deutsch, aber das hatte gereicht, um sich bei den anderen sofort unbeliebt zu machen. Wer hier ankam und sich gleich mit dem Satz „Wer ist der Beste von euch, gegen den will ich spielen“ vorstellte, der konnte keiner von ihnen werden. Das konnte nur ein Unsympath sein. Die akzeptierte Regel hier hieß: Zuerst mal hinsetzen, zuschauen, wie das hier abläuft, und dann darauf warten, bis man an der Reihe ist. Und nicht umgekehrt.

„Wo ist denn eigentlich der Samba?“ rief Kurt, ein weißhaariger Rentner, in die Runde, der sein Kinn auf den Griff eines Spazierstocks stützte und hinter buschigen Augenbrauen hervorblickte. Kurt hatte sein Leben lang am Westfriedhof als Steinmetz Grabsteine gehauen und ordentlich verdient, bis ihm Billigkonkurrenz aus Osteuropa das Geschäft verdarb. Zum Schluss hatte er keine Lust mehr und sperrte von heute auf morgen zu. Die beiden Schachspieler ließen sich von Kurts Ausruf nicht irritieren, Karl fixierte konzentriert seinen Gegner und strich sich nervös über den Kopf.

„Der schreibt wahrscheinlich wieder mal einen Brief nach Kuba, an seine Prinzessin“, warf Edelwurz mit einem hämischen Lachen in die Runde.

Sein schweigsamer Nachbar Werner drehte langsam den Kopf zu ihm und fragte mit seiner rauen Stimme: „Hat er die denn immer noch?“

„Scherzbold“, erwiderte Edelwurz belustigt, „was heißt, hat er die denn noch? Er schreibt ihr halt seit zwei Jahren immer wieder Briefe, der Trottel, die sie wahrscheinlich gleich wegschmeißt. Eine Antwort hat sie ihm noch nie geschickt, seit sie von hier verschwunden ist.“

„Ach so“, meinte Werner und wandte sich wieder dem Spiel zu.

„Ah, da kommt er ja“, rief Kurt und zeigte in Richtung der U-Bahnstation Münchner Freiheit, die keine hundert Meter entfernt war. Der Mann, der sich in einer abgetragenen braunen Cordhose und grauer Stoffjacke den Schachspielern näherte, war das, was die Münchner ein Grisperl nennen: hageres, blasses Gesicht, schmale Brust und keinen Hintern in der Hosen, soll heißen, er saß vermutlich direkt auf dem Steißbein. Vor einer Woche hatte er seinen fünfzigsten Geburtstag gefeiert. Ein paar von den Schachkumpanen hatte er in das nahegelegene Café Münchner Freiheit eingeladen. Es gab für jeden ein Weißbier und zwei Münchner Weißwürste mit Brezen. Mehr war bei seinem schmalen Budget nicht drin, als Frührentner war er ohnehin immer knapp bei Kasse. Seit vielen Jahren lebte er alleine, und da er keine Kinder hatte, blieben nicht so viele, die mit ihm feiern wollten.

„Gerade haben wir von dir geredet, Samba, von deiner Kubanerin“, empfing ihn Kurt.

„Was gibt's denn da zu reden", reagierte der Mann genervt, „wenn ihr nur was zu quatschen habt." Er setzte sich neben Kurt auf die Bank und sah sich um. „Hat der Edelwurz wieder schlau dahergeredet, was?" knurrte er und sah zum Schachfeld.

„Ach komm, war doch nur Spaß."

Samba klopfte ihm auf die Schulter. „Wenigstens weiß ich noch, wie es ist, wenn ich meinen Zauberstab auf Tauchstation schicke", sagte er mit säuerlichem Lächeln, „bei dir wird's schon zu lange her sein, hm?"

„Ja, ja, passt schon wieder", lenkte Kurt ein und stützte den massigen Kopf wieder auf seinen Stock. Die anderen hatten ihr Interesse an Samba schon wieder verloren und konzentrierten sich auf ihre Kommentare zum Schachspiel. Leise, so dass die anderen es nicht mitbekamen, redete Kurt weiter. „Sag mal, unter uns, der Franz hat neulich behauptet, du hättest dieser Tante über 25.000 Euro nach Kuba geschickt. Das stimmt doch nicht, oder?"

Samba sah sich um, ob sie ungestört waren, dann zog er mürrisch die Augenbrauen hoch. „Weißt du, eigentlich geht es dich ja einen Scheißdreck an." Er machte eine Pause und sah zu den Schachspielern hinüber. „Aber bevor ich mir noch x-mal diesen Mist anhören muss, sag ich dir mal, wie das gelaufen ist."

Kurts Augen weiteten sich neugierig.

„Die Denia musste überraschend abreisen, weil ihre Mutter krank wurde. Die ist schon über siebzig, muss aber noch recht fit sein, hat Denia erzählt. Und dann hat sie mich zweimal angerufen, dass sie dringend Medikamente in den USA über ihren Onkel organisieren muss, weil sie die in Kuba nicht bekommen kann."

„Hm", raunte Kurt, „und dann hast du da echt diesen Haufen Geld geschickt?"

Samba zog die Schultern hoch und fuhr sich mit der Hand über das Gesicht. „Was soll's, ist doch egal, es war auf jeden Fall ein schöner Batzen. So ziemlich alles, was ich damals von der Versicherung wegen meinem Unfall bekommen habe."

Kurt pfiff leise durch die Zähne.

„Inzwischen bin ich auch schlauer. Vielleicht hat sie mich geleimt, kann schon sein."

„Das wäre aber eine schöne Scheiße ..."

„Schau, am Anfang habe ich mir gedacht, da hast du halt Pech gehabt. Aber inzwischen bin ich soweit, dass ich mir sage, wenn die mir nur was vorgespielt hat, um an mein Geld zu kommen, dann fällt mir da schon noch was ein."

Sein Nachbar nahm den Stock in die Hand und legte ihn neben sich auf die Bank. Er rutschte näher zu Samba. „Und was willst du denn machen?"

Samba hieß eigentlich Lorenz, bis eines Tages seine Probleme mit der Kubanerin die Runde gemacht hatten. Einer hatte dann die Idee, ihn Samba zu nennen, inzwischen wussten manche der Neuankömmlinge seinen wirklichen Namen schon gar nicht mehr. Er blickte zum Schachspiel hinüber, wo der Tiroler den Amerikaner endgültig schachmatt gesetzt hatte und nun mit einem Freudenschrei seine Arme hochriss. Ein anerkennendes Raunen ging durch die Zuschauer.

Gerade wollte Samba auf Kurts Frage antworten, als der Tiroler mit freudig roten Backen auf sie zukam. „Hast du gesehen, wie ich den ausgebremst habe? Ha, hat gleich seinen Rucksack wieder genommen und ist abgezogen."

Samba wollte nicht, dass der Tiroler ihr Gespräch mitbekam. Schon deswegen nicht, weil er einer der Ersten gewesen war, der sich wegen der Kubanerin über ihn lustig gemacht hatte. In seinen Augen war er einfach aus Dummheit einer raffinierten Karibikschönheit auf den Leim gegangen, die ihn zuerst verrückt gemacht hatte und ihn dann ordentlich Geld kostete. Über die herzerweichende Geschichte mit der kranken Mutter hatte er, wie die meisten hier, laut gelacht. Er war immer mit ganz vorne dabei gewesen, wenn es darum ging, die Kubanerin als Schlampe darzustellen. Deshalb ging ihm Samba auch nach Möglichkeit aus dem Weg.

„Wir haben's schon gesehen, war gut", sagte er bewusst unterkühlt, ohne den Tiroler anzusehen. Der sah beide kurz an, zuckte mit den Schultern und ging zum Café, um sich einen Espresso zu gönnen. Beide sahen ihm noch nach, wie er mit seinen kurzen Beinen zum Café watschelte.

„Der geht mir tierisch auf die Nerven", bemerkte Samba halblaut, bevor er sich zu Kurt drehte. Ich habe jetzt eine Möglichkeit gefunden, mit jemandem nach Kuba zu fliegen, der sich da drüben auskennt. Und er hat versprochen, mir zu helfen."

Der Weißhaarige sah ihn erstaunt an. „Du willst da echt rüberfliegen? Die sperren dich doch sofort ein."

„Unsinn", entgegnete Samba unwirsch, „wieso sollen die mich denn einsperren? Ich will doch einfach mit ihr reden und schauen, ob das mit ihrer Mutter so gestimmt hat."

„Und wenn sie dich angesungen hat und das alles nur eine Geschichte war?"

Sambas Stirn runzelte sich, er atmete tief ein. „Dann wird sich schon was ergeben, muss mal schauen. Vielleicht kann ich mir wenigstens einen Teil von dem Geld wieder zurückholen. Die rechnet ja nicht damit, dass ich bei ihr vor der Tür stehe."

Kurt schüttelte den Kopf. „Da bin ich aber gespannt, was da herauskommt. Und mit wem willst du fliegen?"

„Das kann ich dir nicht sagen, ich habe mit ihm ausgemacht, dass das unter uns bleibt. Der Typ macht da drüben Geschäfte, er will nicht, dass er Ärger bekommt, wenn etwas schief läuft."

„Wirst schon wissen, was du machst", murmelte Kurt.

„Kannst mir noch einen Gefallen tun, behalt's für dich." Er zog die Worte betont in die Länge. „Mindestens so lang, bis ich weg bin. Sonst quatscht mich dann jeder deswegen an, das kann ich nicht brauchen." Samba stand auf und klopfte ihm auf die Schulter.

Kurt nickte. „Ist schon gut, ich halt meinen Mund."

„Fein. Ich muss noch was erledigen, schau später noch mal vorbei", sagte er und ging mit eiligen Schritten in das alte Schwabinger Wohnviertel mit den kleinen Geschäften, das an den Platz angrenzte. Nach zwei Querstraßen setzte er sich in ein Café und sah auf die Uhr, er war zehn Minuten zu früh.

Kapitel 2

Die rotweißen Absperrbänder flatterten nervös im Wind. Sie zerschnitten das idyllische Bild, das sich hier in Grünwald, Münchens Nobelvorort, normalerweise bot: sauber gefegte Gehwege, weiß getünchte Villen mit ausladenden Gärten und Garagen, vor denen sportliche Geländewagen parkten. Tiefhängende Wolken verdeckten den Himmel, in manchen Gärten hing noch die Weihnachtsbeleuchtung an den Tannenbäumen. Zwei schwarze Mercedes-Kombi einer Bestattungsfirma parkten direkt vor dem Eingang eines Hauses, das für die Umgebung eher bescheiden aussah. Es war im Stil der siebziger Jahre erbaut und seitdem nicht mehr viel daran gemacht worden. Auf dem verwitterten silbernen Klingelschild stand in geschwungener Schrift *Kronen.*

„Hat schon jemand mit den Nachbarn gesprochen", rief ein großgewachsener, dunkelhaariger Mann mit Schnauzbart über die Köpfe der Polizisten, die im Flur des Hauses standen und auf die Beamten der Spurensicherung warteten.

„Bei 25 macht keiner auf, und bei 29 hat eine ältere Frau gemeint, ich solle in zehn Minuten noch mal kommen, sie müsse sich noch etwas anziehen", antwortete ein junger Beamter in Uniform.

In dem Moment kam Hauptkommissar Ricardo Bauer durch das Gartentor aufs Grundstück.

„Hallo Ricardo", begrüßte ihn der Kommissar mit dem Schnauzbart, „steht die Soko schon für diesen Fall?"

„Soko", erwiderte Bauer mit einem spöttischen Lächeln, „momentan sind gerade mal Seidl und ich hergeschickt worden. Sie basteln noch, ob wir noch mehr Leute bekommen."

„Das ist aber nicht dein Ernst, oder?" rief der Kommissar und ging auf Bauer zu, der nun im Hauseingang stand. Ein junger, schwarzbrauner Rauhaardackel rannte aufgeregt hinter ihm her und sprang immer wieder an seinen Waden hoch.

„Da drin haben sie zwei erschossen, einen Chinesen und noch einen Mann, das Haus ist voller Akten, und ihr wollt das mit zwei Mann stemmen?" fragte er, während er mit der Hand versuchte, den Hund von seiner Hose fernzuhalten. „Komm, pfui, geh weg."

„Wem gehört denn der Hund?“ fragte Bauer und musste lächeln, als er sah, wie der Dackel unbeirrt an dem Kollegen hochsprang.

„Hör mir auf“, stöhnte der, „der macht mich schon die ganze Zeit verrückt. Er gehört wohl dem alten Mann, der da drin liegt.“ Plötzlich ließ der Hund von dem Kommissar ab und raste zurück ins Haus. Der atmete erleichtert auf und ging so nahe an Bauer heran, dass ihn die anderen nicht hören konnten. „Wenn das kein Fall für eine Soko ist, dann weiß ich auch nicht. Schau dich mal da um“, meinte er und nickte nach hinten durch die offene Wohnzimmertür zu einem beigen Cordsessel, in dem zusammengesunken ein etwa sechzigjähriger dicklicher Mann saß, dessen offene Augen ins Nichts starrten. Über sein fleischiges Gesicht zog sich eine Blutspur, die sich auf einem blauen Pullover fortsetzte. Offensichtlich hatte ihn eine Kugel seitlich in die Stirn getroffen, wo sie ein deutliches Loch hinterlassen hatte. An der Wand dahinter lehnten zwei Krücken an einem offenen Kamin, im Eck stand ein Rollstuhl. Im Sessel daneben hing der Körper eines untersetzten Asiaten verdreht über der Lehne, er schien jünger zu sein, vermutlich um die vierzig. Offensichtlich hatte er gerade gestanden, als ihn die Kugeln in die Brust trafen. Sein weißes Hemd war zerfetzt und größtenteils blutrot, seine Brille hing ihm über das rechte Ohr.

„Das sieht ja wie nach einer Hinrichtung aus“, meinte Bauer und sah der Spurensicherung zu, die in dem Moment im Wohnzimmer begann, jeden Quadratzentimeter zu bearbeiten.

„Habt ihr Papiere bei den Toten gefunden?“

Der Kommissar schüttelte den Kopf. „Nein, das ist ja das Merkwürdige. Der Asiate hatte überhaupt keinen Ausweis in seinen Taschen. Bei dem anderen ist es klar, das dürfte der Hausbesitzer sein, ein Wolfram Kronen. In der Küche lag sein Führerschein, da ist sein Photo drin.“

„Wer hat denn eigentlich bei uns angerufen?“ fragte Bauer, während er weiter den Tatort begutachtete. Das Zimmer war altmodisch eingerichtet, hellgrün gefaserte Tapete, eine beige Couch mit bunten Kissen, eine große Glasfront mit Tür zum Garten, in dem außer Rasen nur wenige kahle Bäume zu sehen waren. Eine Seite des Zimmers bildete ein bis zur Decke reichendes Bücherregal, in dem fein säuberlich nach Größe geordnet scheinbar kaum benutzte Lektüre platziert war. An den Wänden hingen zwei in Gold gerahmte Ölgemälde mit Landschaftsmotiven.

„Die Frau vom Nachbarhaus. Sie meinte, ein Geräusch wie Schüsse gehört zu haben“, antwortete der Kommissar. „Habt ihr mit der Frau schon gesprochen?“

„Sie hat nur durch die Tür mit uns gesprochen. Meinte, wir sollen in ein paar Minuten noch mal kommen, sie muss sich erst ordentlich anziehen.“

Bauer zog die Augenbrauen hoch und drehte sich um. „Dann werde ich mal nachsehen, ob sie für mich schon hübsch genug ist. Hier können wir ja vorerst sowieso nichts machen, bevor die Spurensicherung fertig ist. Ihr könnt ja inzwischen mal bei den anderen Nachbarn nachfragen, ob sie was wissen.“

Bauer ging an den vier Bestattern vorbei, die in ihren ausgebeulten grauen Anzügen frierend im Garten warteten und rauchten. Er schüttelte bei ihrem Anblick unmerklich den Kopf. Wer hatte wohl die glorreiche Idee, diese Leute schon jetzt anzurufen, wo die Leichen noch mindestens eine Stunde wegen der Spurensicherung nicht bewegt werden durften?

Das Nachbarhaus war frisch renoviert, die Mauern um die Alurahmen der neuen Fenster waren noch nicht verputzt und gestrichen worden. Bauer suchte gerade die Klingel, als eine hochgewachsene, vornehm gekleidete ältere Dame mit halblangem, silberfarbigem Haar die Eingangstür öffnete. „Sie sind bestimmt von der Polizei“, begrüßte sie ihn mit fester Stimme und bedeutete ihm, ins Haus zu kommen. Im Wohnzimmer zwitscherten zwei Kanarienvögel. Die Frau bot Bauer einen Platz an einem schweren hölzernen Esstisch an.

„Sie haben bei uns angerufen“, begann Bauer das Gespräch und zog seinen Notizblock aus der Jacke.

„Ja, ich habe bei der 110 angerufen.“ Ihr Atem ging schnell. „Ist ja ein Glück, dass ich mir die Nummer neben das Telephon gehängt habe, glauben Sie's mir, ich hätte sie sonst nicht mehr gewusst.“ Nervös strich sie mit einer Hand über die faltenlos gebügelte Tischdecke. „Normalerweise bin ich ja am Mittwochvormittag immer beim Yoga, aber heute ist das ausgefallen, weil unsere Lehrerin plötzlich die Grippe bekommen hat.“

Bauer sah sich im Zimmer um, ein aufwändig restaurierter Biedermeiersekretär erweckte seine Aufmerksamkeit. Vor Jahren war er selbst einmal kurz davor gewesen, sich einen zu kaufen, aber der Antiquitätenhändler in der Ottostraße hatte ihn mit seiner Preisvorstellung schnell wieder von dem Gedanken kuriert.

„Und dann, so gegen neun", sprach die Frau weiter, „habe ich meine beiden Katzen auf die Terrasse gelassen. Gerade als ich wieder ins Wohnzimmer zurückgehen wollte, hörte ich von drüben so Geräusche wie Schüsse." Die Frau bückte sich und hob eine braune Katze auf ihren Schoß, die um ihre Beine geschlichen war und sich nun an ihre Brust drückte. „Wissen Sie, ich habe ja noch nie Schüsse so wirklich gehört, also so in der Realität, meine ich. Mein verstorbener Mann war zwar Jäger, aber da bin ich nie mitgegangen, das war mir zu grausam. Aber im Fernsehen, da habe ich natürlich schon oft Schüsse gehört. Und genau so hat das geklungen."

„Und was haben Sie gemacht, als Sie die Schüsse gehört haben?" erwiderte Bauer.

„Ich bin dann gleich zum Zaun gerannt und habe durch die Hecke gesehen." Sie deutete in die Richtung des Nachbarhauses und schüttelte den Kopf. „Aber da war nichts Besonderes, ich habe nur das gekippte Wohnzimmerfenster gesehen, das hatte Herr Kronen tagsüber immer so. Die Gardinen waren zugezogen, darum habe ich nicht hineinschauen können."

„Und sonst, haben Sie niemanden gesehen, der aus dem Haus gelaufen ist oder sonst was Auffälliges?" Bauer musste seine Ungeduld zügeln.

Die Frau sah ihn mit einem schuldbewussten Gesichtsausdruck an. „Nein, überhaupt nichts. Ich bin dann auch noch nach vorne zur Haustür gegangen und habe von dort auf die Straße geschaut. Da war nichts Auffälliges. Kein Mensch war auf der Straße. Nur ganz vorne, wo sie eine Biegung macht, ist eine Frau gegangen." Die Frau strich wieder über die Tischdecke.

„Und wie sah die Frau aus?"

„Hm, wissen Sie, die war ja schon ziemlich weit weg. Ich habe eigentlich nur an dem Rock, den sie getragen hat, erkannt, dass es eine Frau sein muss. Einen beigen Mantel hatte sie an, so einen langen, bis zu den Knien." Die Frau überlegte und sah dabei durch das

Fenster in den Garten, den eine mächtige grüne Tanne dominierte. „Ja, und lange, dunkle Haare hatte sie, die hingen ihr bis auf die Schultern.“ Erleichtert atmete sie durch. „Aber mehr kann ich wirklich nicht sagen.“ Die Frau stand auf und setzte die Katze auf ein dunkelgrünes Sofa.

„Wissen Sie, ob Herr Kronen Feinde hatte?“

Die Frau schwieg, dachte nach und zog die Augenbrauen hoch. „Das kann ich Ihnen wirklich nicht sagen. Es ist eigentlich schade, weil wir doch Nachbarn waren, aber ich habe mit Herrn Kronen nicht viel Kontakt gehabt. Mit seiner Frau war das anders, aber die ist ja vor zwei Jahren an Krebs gestorben. Die war sehr freundlich, wir haben uns oft so über den Gartenzaun hinweg unterhalten, oder sie kam auch gelegentlich zu mir zum Kaffeetrinken.“

„Und von ihm wissen Sie nichts?“

„Na ja, nichts natürlich nicht, schließlich sind wir seit über zwanzig Jahren Nachbarn. Er hatte vor einigen Jahren einen schweren Verkehrsunfall, in China, wo er gearbeitet hat. Seitdem musste er auf Krücken gehen und ist auch nicht mehr nach China gereist. Danach ist er ziemlich komisch geworden, der Unfall hat ihn wohl aus der Bahn geworfen. Und dann noch der Tod seiner Frau.“

Bauer stand auf und sah aus dem Fenster zum Garten und der dichten grünen Hecke, die den Blick auf das Erdgeschoss des Nachbarhauses bis auf wenige kleine Stellen völlig verdeckte.

Sein Handy läutete, es war sein Chef, Klaus Bogner, Leiter des Mordkommissariats. „Sag mal, wo bist du denn? Der Direktor wartet auf den Bericht, und die Pressestelle dreht auch schon durch.“

Bauer war gerade dabei, sich vorzustellen, was die Frau, die er gerade befragte, durch den Zaun hatte sehen können. „Klaus, weißt du was, sag ihnen allen, sie können mich mal ...“

Bauer sah in das überraschte Gesicht der alten Frau, die ihm genau zugehört hatte, während über das Telephon ein erregtes Atemgeräusch an sein Ohr drang. „Das ist nicht dein Ernst, oder?“

„Nein, entschuldige, sag ihnen, in einer Stunde bekommen sie mehr, wir sind noch dabei, uns überhaupt erst einmal einen Überblick zu verschaffen.“ Bauer beendete das Telephonat, ohne auf die Antwort seines Chefs zu warten. Er setzte sich wieder zu der Frau an den Tisch. „Was können Sie mir noch über Herrn Kronen erzählen?“

„Wie ich schon sagte, wir hatten in letzter Zeit außer einer kurzen Begrüßung, wenn wir uns zufällig sahen, keinen Kontakt mehr. Er hat sich letztes Jahr einen Rollstuhl gekauft, mit dem ist er dann zwei- oder dreimal am Tag eine Runde ums Haus gefahren, damit der Schorsch ein bisschen Auslauf hatte."

Bauer sah sie fragend an.

„Haben Sie den denn nicht gesehen, den kleinen Rauhaardackel?"

„Ach so, der heißt Schorsch."

„Ja, den haben sie gekauft, als seine Frau noch gelebt hat. Aber ich glaube, Herr Kronen mochte ihn auch sehr gern, war ja quasi sein einziger Begleiter in der letzten Zeit."

„Haben Sie bei Herrn Kronen Besucher gesehen in den letzten Wochen?"

„Ab und zu kamen Leute von auswärts zu ihm. Zumindest hatten sie keine Münchner Autonummern. Aber mehr weiß ich dazu nicht." Die Frau sah Bauer argwöhnisch an, als ob ihr das Gespräch allmählich unangenehm würde.

„Hat er noch Angehörige?"

„Ja, eine Tochter, die lebt in Augsburg, soviel ich weiß. Ich habe sie zuletzt bei der Beerdigung von Frau Kronen gesehen. Das Verhältnis zu ihrem Vater war, glaube ich, nicht das beste."

„Wie meinen Sie das?"

Die Frau blickte verlegen zu der Katze, die inzwischen eingerollt auf ihrem Schoß eingeschlafen war. „Sie war nur ganz selten bei ihm. Und dann gab es noch so eine Sache: In Haus Nummer 25 hat eine Frau Grünberger gewohnt, die ist letztes Jahr weggezogen. Sie hat mir gesagt, dass sie mal einen heftigen Streit zwischen Herrn Kronen und seiner Tochter mitbekommen hat, als die beiden im Garten waren. Die Tochter hat ihm dabei vorgeworfen, dass er das ganze Geld für den Unterhalt des Hauses und für die Zinsen verbrauche. Er solle gefälligst in eine kleinere Wohnung ziehen, die reiche auch für ihn."

Die Frau ließ ihre Worte wirken, während Bauer durch das Fenster nochmals zum Tatort hinübersah und überlegte, was das Haus in dieser Lage wohl wert sein dürfte.

„Aber, wie gesagt", schob die Frau vorsichtig nach, „das ist nur das, was mir Frau Grünberger erzählt hat. Ob das wirklich so war, weiß ich nicht."

„Was schätzen Sie, kostet das Haus heute?"

Die Frau zuckte mit den Schultern. „Seien Sie mir nicht böse, aber ich habe mich nie darum gekümmert, wir wohnen ja schon so lange hier. Vor über zwanzig Jahren hat unser Haus 450.000 DM gekostet, dann können Sie es sich ja vielleicht ausrechnen."

Bauer nickte. Er notierte sich noch die Telephonnummer der Frau.

„Sie können ruhig auch spät anrufen, ich schaue mir immer noch die Tagesthemen an", meinte sie zum Abschied und drückte seine Hand.

„Ich rufe Sie an, wenn ich noch etwas brauche. Ach, bevor ich es vergesse, wissen Sie zufällig, wo man die Tochter erreichen kann?"

Die Frau schüttelte den Kopf. „Nein, leider nicht, ich weiß nur, dass sie Simone heißt und in Augsburg wohnt. Sie ist Schauspielerin, zumindest war sie das. Ich habe sie sogar einmal in einem Film gesehen, so einer Liebesgeschichte. Ist aber schon ein paar Jahre her."

Bauer verließ das Haus und ging über den kurzen Kiesweg zum Gartentor, der von akkurat zugeschnittenen Buchsbaumsträuchern eingesäumt war.

„Sie, Herr ...", rief die Frau ihm von der Haustür aus nach und blickte auf die Visitenkarte, die Bauer ihr in die Hand gegeben hatte. „Herr Bauer, das grüne Auto da vorne, das vor Nummer 25 steht, das habe ich hier noch nie gesehen. Vielleicht hat das ja irgendetwas mit der Sache zu tun. Ich habe es vorhin gerade entdeckt, als ich Ihnen aufgemacht habe." Sie ging mit Bauer vor die Tür und deutete auf einen dunkelgrünen Audi, der ordentlich geparkt am Straßenrand stand. „Sehen Sie, den da meine ich."

„Danke, wir werden uns das Auto mal anschauen", verabschiedete sich Bauer und ging zurück zum Nachbarhaus, dessen Gehweg noch immer von Streifenwagen zugeparkt war. Er überlegte, ob er jetzt in der Dienststelle anrufen sollte. Aber er hatte schlicht und einfach keine Lust; irgendwie mussten die endlich mal begreifen, dass die Presse erst am Schluss kommt, wenn alles Wichtige erledigt ist. Und in Bauers Augen gab es jetzt vieles, was wichtiger war als die Presse.

„Wir haben die Tochter ausfindig gemacht, Ricardo", rief Jochen Seidl, der mit ihm zum Tatort gekommen war. Er war älter als Bauer und derjenige von ihnen, der am längsten auf der Dienststelle war. Bauer kannte ihn seit einigen Jahren und schätzte ihn. Er war nicht unbedingt ein Mann für geniale Einfälle, aber dafür absolut zuverlässig. Sein Pech war, dass er bisher in seiner Karriere beim Präsidium nur ein einziges, dafür aber viel beachtetes Highlight gesetzt hatte. Und gerade bei dieser Gelegenheit hatte ihn sein kriminalistisches Gespür sträflich im Stich gelassen. Die Geschichte lag nun ein paar Jahre zurück, Seidl hatte damals ein Verhältnis mit der Sekretärin des Direktors, einer schlanken, dunkelhaarigen Frau mit stets gespannten Blusenknöpfen, über deren wahre Fähigkeiten sich aufgeregte Vermutungen rankten. Böse Zungen sagten ihr nach, sie wollte sich an ihrem Mann rächen, einem Polizisten, den sie beim Fremdgehen erwischt hatte. Jedenfalls bot sie reichlich Gesprächsstoff für die versammelte Schar paarungsbereiter Frauenversteher, die das Polizeipräsidium beschäftigte. Seidl wurde durch die Affäre, die nicht lange geheim blieb, weit über die Grenzen seines Kommissariats hinaus bekannt. Aber obwohl Seidl verheiratet war, hätte die Beziehung zwischen beiden kein besonderes Aufsehen erregt, wäre da nicht ein Umstand gewesen, der offensichtlich seinem Ermittlerinstinkt entgangen war. Der Direktor selbst hatte ein Auge auf die attraktive Dame geworfen und wohl auch schon einigen Aufwand betrieben, um ihr seine Gunst zu bezeugen. Als Erste auf der Dienststelle bekam sie neue Büromöbel, was allgemein mit verständnislosem Kopfschütteln quittiert wurde. Dies hinderte den Direktor aber nicht daran, regelmäßig auch noch ihren Schreibtisch mit frischen Blumen zu verschönern. „Ich möchte, dass sich meine Sekretärin wohlfühlt", war sein Standardspruch, der im Lauf der Zeit zu einem geflügelten Wort wurde. Und auch mittags ließ er sich es häufig nicht nehmen, sie vor der doch eher tristen Kantine zu bewahren und sie stattdessen zu einem lauschigen Italiener hinter dem Dom einzuladen. Versteht sich von selbst, dass er nicht sonderlich erbaut war, als er von Seidls Affäre erfuhr, die der zudem wohl ohne vergleichbare Investitionen erreicht hatte.

Die Reaktion ließ nicht allzu lange auf sich warten. Der Zusammenhang konnte natürlich nie bewiesen werden, aber aus der Tatsache, dass Seidl danach vom Direktor überraschend eine sehr schlechte Beurteilung bekam, wurden allgemein schon naheliegende Schlüsse gezogen. Und Seidl haderte lange Zeit mit sich, dass er sich dadurch die Chance verbaut hatte, Chef eines Kommissariats zu werden. Bauer musste daran denken, wie Seidl damals zu ihm gesagt hatte: „Weißt du, wie blöd man sein muss, die Sekretärin des Chefs anzubaggern, während der an deiner Beurteilung bastelt? Da kannst du doch nur völlig matschig in der Birne sein, sei doch mal ehrlich."

Aber Seidl hatte sich wieder gefangen, war inzwischen sogar ein treuer Ehemann geworden, zumindest war nichts anderes mehr bekannt geworden. Samstags traf man ihn in seinem Schrebergarten am Stadtrand. Das wäre noch vor ein paar Jahren undenkbar gewesen, diese Art der Freizeitbeschäftigung hätte nur seinen Hohn hervorgerufen. Nun brauchte er das Herumwerkeln im Garten mit seinen paar Obstbäumen und dem Gemüsebeet. „Das wirst du vielleicht auch noch mal feststellen, wenn du älter wirst, wie gut das tut", hatte er neulich zu Bauer gesagt, „die Natur ist ehrlich und offen, nicht hintenrum. Wenn du die Tulpen gießt, dann lachen sie dich am nächsten Tag richtig kräftig an, wenn du es vergisst, dann lassen sie die Köpfe hängen – ganz einfach. Hast du alles selbst in der Hand."

Bauer war froh, dass wenigstens Seidl mit ihm herausgekommen war und nicht einer von den ganz Jungen ohne Erfahrung, die sie seit ein paar Wochen auf der Dienststelle hatten. Er hätte jetzt nicht den Nerv gehabt, auch noch Fortbildung zu geben.

„Die Tochter des Opfers heißt Simone Lammer, sie war bis vor kurzem hier mit Zweitwohnsitz gemeldet, wohnt jetzt in Augsburg."

„Habt ihr schon mit ihr telephoniert?" fragte Bauer, während er den Männern der Spurensicherung zusah, wie sie ihre Klebebänder und Spurentafeln in Alukoffern verstauten.

„Da geht niemand ans Telephon", antwortete Seidl, während er unter dem Vordach des Hauses vor dem beginnenden Regen Schutz suchte. „Ich habe die Uniformierten losgeschickt, sollen mal schauen, ob ein Nachbar weiß, wo sie arbeitet."

„Ich habe mit der Frau von Nummer 29 gesprochen, viel hat sie nicht bemerkt. Nur dass sie den grünen Audi dort hier noch nie gesehen hat. Vielleicht gehört der ja zu unserer Geschichte."

„Ich lass mal den Halter raus", rief ein junger uniformierter Beamter, der unbeschäftigt bei der Eingangstür stand und neugierig dem Gespräch zugehört hatte.

„Der Chinese hatte einen Autoschlüssel in seiner Hosentasche, der gehört zu einem Audi", meinte ein Beamter der Spurensicherung und holte eine durchsichtige Plastiktüte aus einem Koffer.

Bauer nahm die Tüte und zog sich Plastikhandschuhe an, bevor er den Schlüssel herausnahm und die Fahrertür des Audi öffnete.

„Nicht hineinsetzen", rief einer der Spurensicherer zu Bauer, der sich nur mit seinem Oberkörper ins Fahrzeug gebeugt hatte.

Bauer nahm seinen Kopf wieder aus dem Auto heraus und sah den Mann mit hochgezogenen Augenbrauen an. „Keine Angst, hatte ich auch nicht vor." Gemeinsam mit Seidl durchsuchte er die Seitenfächer der Türen und das Handschuhfach.

„Hier ist ein Mietvertrag, ist ein Leihwagen", meinte Seidl und drückte Bauer die Papiere in die Hand. „Der Mieter heißt Chang Lin, geboren am 10. Oktober 1965. Chinesischer Staatsangehöriger. Das könnte zu unserem Asiaten da drin passen, oder?" fragte er Bauer, der gerade weiter im Handschuhfach wühlte.

„Frag mich nicht, bei den Asiaten tue ich mich immer schwer, die altersmäßig zu schätzen. Aber könnte schon hinkommen." Bauer sah sich den Vertrag genauer an. „Der hat ihn vor vier Tagen am Flughafen gemietet und wollte ihn am Freitag wieder abgeben."

„Und was sagt uns das?" fragte Seidl, während er die verschiedenen Papiere durchblätterte, die im Handschuhfach lagen.

„Zumindest können wir vermuten, dass er nicht in München gewohnt hat."

Seidl winkte Bauer mit einem Prospekt. „Hier hat er einen Prospekt von einem Hotel in Schwabing. Da kommen wir doch schon eher weiter, oder?"

Bauer sah das Photo einer Pension in der Nordendstraße, die mit freiem Internetzugang und einer Lage im Herzen Münchens warb. „Von dem Hotel habe ich noch nie etwas gehört."

„Ich habe mal einen festgenommen, der hat bei denen gewohnt. Ist ein ordentlicher Laden, die Chefin war auch sehr hilfsbereit, zumindest damals", erwiderte Seidl, während er das Handschuhfach wieder schloss.

„Wo sind denn eigentlich die anderen, hat dich Klaus noch nicht angerufen?" Bauer schlug die Fahrertür zu.

„Nein, das heißt, doch, er wollte von mir Infos für die Pressestelle, aber von Verstärkung hat er nichts erzählt." Seidl schüttelte den Kopf.

Der schnauzbärtige Kommissar kam auf Bauer zu. „Können wir noch etwas für euch tun?"

„Wir müssen jetzt als Erstes zum Hotel fahren, um herauszubekommen, wer der Chinese war. Sperrt ihr solange noch den Tatort ab, bis wir jemanden aus dem Präsidium schicken. Die müssen dann alles gründlich durchsuchen." Bauer dachte an die Aktenordner in den zwei Regalen, die er im Büro neben dem Wohnzimmer gesehen hatte – vom Schreibtisch mit den dicken Papierstapeln gar nicht zu reden. Das alles zu sichten war eine reine Strafarbeit, das machte wahrlich keinen Spaß.

Der Kommissar nickte.

„Ich kann dir aber nicht versprechen, wann das sein wird." Bauer klopfte dem Mann auf die Schulter.

„Wenn du mir dafür den Hund vom Hals schaffst, bleibe ich meinetwegen über Nacht da", entgegnete der Kommissar und schaute mit einem mürrischen Blick den Dackel an.

„Können wir den Hund denn nicht bei der Nachbarin lassen, bis die Tochter ihn vielleicht nimmt?" fragte Bauer und sah Schorsch an, der immer noch wie aufgedreht umhersprang.

„Den hat wahrscheinlich das Geräusch der Schüsse ganz durcheinandergebracht", warf Seidl ein und beugte sich zu dem Hund.

Bauer zog die Augenbrauen hoch. „Na gut, ich frag mal die Nachbarin."

Als er erneut zum Nachbarhaus kam, stand die Haustür offen, kurz danach kam die Frau mit einem Mülleimer heraus. „Entschuldigen Sie, wir haben da noch ein kleines Problem. Vielleicht könnten Sie uns helfen", meinte er. „Sie kennen doch den Hund, den Schorsch. Könnten Sie eventuell auf ihn aufpassen, bis wir die Tochter erreichen und sie dann entscheidet, was mit ihm gemacht wird?"

„Oje“, antwortete die Frau aufgeschreckt, „ich würde Ihnen gerne helfen, aber ich habe doch Katzen, das wird bestimmt nichts.“ Sie zuckte mit entschuldigender Miene die Achseln.

„Leider nicht.“ Bauer bedankte sich kurz und schüttelte den Kopf über sich selbst. Auf die Idee hätte er auch selbst kommen können, er hatte ja die Katzen bei der Frau vorhin gesehen. „Also, bei der geht nichts“, sagte er zu Seidl, der sich mit Schorsch beschäftigte, „sie hat Katzen. Hilft nichts, dann muss er ins Tierheim.“

„Das kannst du nicht machen“, erwiderte Seidl, „ich war da letzte Woche mal, weil uns so ein Pinscher zugelaufen ist.“ Er schüttelte den Kopf. „Die waren alle völlig verstört, konnten einem wirklich leid tun. Ist ja auch kein Wunder, bei dem Massenbetrieb.“

„Darf ich fragen, was du dann vorschlägst“, meinte Bauer in leicht genervtem Tonfall.

„Was ist denn mit dir, du könntest den doch ein paar Tage nehmen, oder?“

Bauer sah Seidl mit ernstem Blick an. „Was Besseres fällt dir nicht ein, was?“

„Na komm, du hast doch Zeit, abends und am Wochenende, tut dir doch auch nicht schlecht, regelmäßig spazieren zu gehen“, erwiderte Seidl und blickte demonstrativ auf Bauers in Ansätzen sichtbare Bauchrundung.

Bauer war viel zu ungeduldig, um sich jetzt länger mit der Versorgung des Hundes zu beschäftigen. „Okay, ich nehme ihn, aber nur, wenn du tagsüber mit ihm Gassi gehst, wenn wir im Büro sind. Ich mache mich nicht zum Affen und renne mit ihm ums Präsidium.“

„Mir ist das egal“, meinte Seidl.

„Wir müssen das nur noch mit Klaus klären, ob der einverstanden ist.“

Mit viel gutem Zureden gelang es ihnen, Schorsch auf den Rücksitz des Autos zu locken, wo sie eine Decke ausgebreitet hatten, die am Tatort in der Küche lag. Sie fuhren zum Hotel in Schwabing. Der Regen hatte aufgehört, und der Verkehr auf der einspurigen Straße von Grünwald nach München war um diese Zeit nicht besonders stark. Nur morgens war diese Strecke mühsam, wenn sie durch sportliche Geländewagen mit getönten Scheiben auf dem Weg nach München verstopft wurde. Bauer nahm sein Handy. „Klaus, hör mir mal zu ..., ja, ich habe dich schon verstanden, vorhin, jetzt lass aber erst mal mich reden! Wir brauchen da draußen noch mindestens zwei Mann, die sich durch die Akten von dem Toten wühlen. Wir fahren gerade zum Hotel, in dem das zweite Opfer gewohnt hat, der Chinese."

Ein Motorradfahrer überholte das Auto der Ermittler und scherte so knapp vor ihnen ein, dass Bauer scharf bremsen musste und ihm das Handy aus der Hand fiel.

„Hast du den Idioten gesehen", schrie Seidl und hörte, wie Klaus aus dem Handy, das irgendwo im Fußraum lag, etwas krächzte.

Seidl gab Bauer das Handy zurück. „Ich kann von hier niemanden schicken, es ist verrückt, ich weiß, aber die Staatsschützer haben mir vier Mann abgezogen. Erzähle ich euch, wenn ihr zurück seid."

„Dann schick doch wenigstens einen unserer Rollierer und meinetwegen einen von K12", rief Bauer verärgert.

Am anderen Ende war kurz Funkstille. „Das kann ich versuchen", antwortete Klaus Bogner.

„Wir sehen uns auf der Dienststelle. Wir müssen dann auch noch was anderes mit dir besprechen."

Seidl kramte mit seinen Händen nervös unter seinem Sitz.

„Was machst du denn?"

„Den holen wir jetzt raus, diesen Idioten", schrie Seidl, während er die Suche unter seinem Sitz aufgab und mit mühsamen Verrenkungen hinter seinem Sitz herumtastete. „Ich finde diese verdammte Kelle nicht", schimpfte er und sah nach vorne, wo sich der Motorradfahrer durch waghalsige Überholmanöver immer weiter entfernte. „Die hat wahrscheinlich wieder mal ein Kollege seinem Kleinen zum Spielen mit nach Hause genommen."

„Komm, vergiss es. Aus dem Alter bin ich raus, dass ich dem dann erkläre, wie man fährt."

Seidl murmelte etwas Unverständliches und zog ein Taschentuch aus seiner Hose, um sich von den Händen den Staub abzuwischen, den er unter dem Sitz aufgesammelt hatte.

Die Chefin des kleinen Hotels, das gerade mal 15 Zimmer hatte, stand an der Rezeption, als sie ankamen. Schorsch hatten sie wild kläffend im Auto gelassen. Bauer wollte gerade seinen Ausweis aus der Jacke holen.

„Lassen Sie nur, ich kann mich an ihren Kollegen noch erinnern“, sagte die Frau mit einem Kopfnicken in Richtung Seidl. Vom Äußeren erinnerte sie Bauer an die Köchin in der Polizeikantine, über ihrem kräftigen Oberkörper mit ausladender Brust trug sie eine altmodisch geblümte helle Bluse, die Haare hatte sie hochgesteckt, und mit wachen Augen musterte sie durch eine große Brille die Besucher. „Wen von meinen Gästen wollen Sie mir denn heute wegnehmen?“ fragte sie gutgelaunt.

Bauer erklärte ihr kurz den Fall, worauf ihre Fröhlichkeit verschwand. „Das tut mir sehr leid. Wissen Sie, Herr Lin war immer ein sehr angenehmer Gast. Er kam ein- oder zweimal pro Jahr nach München. Im Januar immer wegen einer Messe, und dann ab und zu noch mal im Herbst.“ Sie schüttelte den Kopf. „Eigentlich war er ja schon etwas verrückt. Die Messe, wegen der er gekommen ist, ist in Düsseldorf. Aber ihm gefiel München so gut, sagte er, dass er lieber morgens nach Düsseldorf geflogen ist und abends wieder zurück. Er wollte immer dasselbe Zimmer, Nummer 114.“

„Wissen Sie, was für eine Messe das war?“ fragte Bauer und sah zu einem jüngeren Pärchen, das gerade heftig streitend an ihnen vorbei zum Aufzug ging.

„Ja, das war eine Messe für Werbeartikel, kleine Feuerzeuge, Schlüsselanhänger und solches Zeug. Er hat mir immer ein paar von den Sachen geschenkt.“

„Und sonst, wissen Sie mehr über ihn?“

„Herr Lin hat nicht viel erzählt. Er spricht ja kein Deutsch.“ Sie sah die beiden Beamten verstohlen an. „Und mein Englisch ist halt gerade so, dass ich klarkomme, wenn mal ein Amerikaner bei uns übernachtet. Aber soweit ich ihn verstanden habe, hat er wohl etwas mit einer Fabrik in China zu tun, die solche Werbegeschenke herstellt.“ Die Frau hob entschuldigend die Arme. „Fragen Sie mich nicht, ob er der Chef der Firma war oder nur ein Angestellter, das weiß ich nicht.“

„Wann ist er denn hier angekommen?“

„Am Samstag. Das weiß ich jetzt gerade so genau, weil ich da mal ausnahmsweise nicht freigenommen habe. Wissen Sie, meine Aushilfe hatte die Grippe, deshalb habe ich dann gearbeitet.“

„Und wie lange hatte er gebucht?“

Die Frau tippte etwas in ihren Computer. „Hier ist er. Bis Freitag, ja, übermorgen wollte er wieder abreisen.“

„Können wir mal sein Zimmer sehen?“ fragte Bauer und ging schon in Richtung Aufzug.

Die Frau holte ihren Generalschlüssel aus einer Schublade und folgte ihm. „Er war heute früh noch besonders gut aufgelegt, ich hatte mich schon gewundert. Sonst war er immer sehr ruhig, aber heute hat er sogar mit dem Mädchen vom Frühstücksbuffet kurz geredet, wie es ihr geht und so. Sie ist aus Polen und kann ziemlich gut Englisch. Er schien sich auf etwas Besonderes zu freuen.“

Das Zimmer lag zur Straßenseite hin und war deshalb um diese Zeit sehr laut. Durch das Fenster sah Bauer auf den Elisabethplatz mit seinem Kiosk und den kleinen, bunten Verkaufsläden. Die spärliche Möblierung des Zimmers ließ nicht viel Raum für die Hoffnung neugieriger Ermittler, hier Interessantes zu finden. Schon auf den ersten Blick war klar, dass hier in wenigen Minuten alles durchsucht sein würde.

Auf einem Holzstuhl neben einem kleinen Schreibtisch lag ein blauer Hartschalenkoffer, der mit einem Zahlenschloss gesichert war. Bauer sah sich die Kleidung im Schrank an: zwei Sakkos, zwei Hosen, ein paar Hemden und eine Veloursjacke. Seidl versuchte sich währenddessen am Schloss des Koffers. „Was war noch mal das Geburtsdatum von dem Mann?“ fragte er Bauer, der gerade einen Papierstapel auf dem Tisch durchblätterte.

Der sah auf seinem Notizzettel nach. „10. Oktober 1965. Denkst du, die ticken so wie wir?“

„Ausprobieren.“

Kurz danach hob Seidl den Deckel des Koffers hoch. „Sind auch nur Menschen“, meinte er triumphierend. Socken, Unterwäsche, ein Katalog einer Firma für Werbeartikel in Nürnberg, verschiedene Visitenkarten und eine Klarsichthülle, in der sich eine auf Deutsch geschriebene Rechnung einer chinesischen Firma an das Unternehmen in Nürnberg befand. Dahinter lag eine Rechnung an die gleiche Nürnberger Firma von einer Schweizer Unternehmensberatung. Der Betrag war jedoch wesentlich niedriger.

Die Hotelchefin stand immer noch in der Tür und beobachtete die beiden. „Ah, entschuldigen Sie, ist vielleicht eine blöde Frage, aber brauchen Sie für so etwas nicht einen Durchsuchungsbefehl?“ Als sich Bauers Blick zu ihr hinwandte und sie seinen missmutigen Gesichtsausdruck sah, beeilte sie sich mit einem nervösen Schulterzucken zuzufügen: „Äh, ich meine ja nur, wissen Sie, auch wenn man tot ist, hat man ja noch Rechte, oder?“

„Da haben Sie grundsätzlich schon recht“, erwiderte Seidl in verständnisvollem Ton, „aber bei Toten ist das etwas anders, und bei einer Ermittlung nach einem Mord können wir das auch ohne Durchsuchungsbefehl.“

Die Frau nickte heftig, und ihrem Gesichtsausdruck nach war sie dankbar, dass ihre Frage so freundlich beantwortet worden war.

„Haben Sie eine Liste der Telephonate, die Herr Lin von seinem Zimmer aus geführt hat?“ fragte Bauer, während er die Innentaschen der Sakkos leerte.

„Kann ich Ihnen gleich ausdrucken, bin sofort wieder da“, antwortete sie betont höflich und eilte durch den schmalen Gang zum Aufzug.

„Manche haben wirklich Sorgen, dass dir nichts mehr einfällt“, murmelte Bauer und faltete einen Stadtplan von St. Gallen auseinander, den er in einer Seitentasche des Koffers gefunden hatte.

„Schau dir mal den Katalog an“, warf Seidl ein, „er hat da einen Kreis um die Adresse gemacht. Vielleicht war er bei denen.“

Bauer nahm ihn in die Hand und blätterte darin. Feuerzeuge, Taschenspiegel, Schirme, Schlüsselanhänger und kleine Digitaluhren zum Aufstellen, alles mit Werbeaufdruck und zu Preisen zwischen fünfzig Cent und vier Euro.

„Das ist die gleiche Firma, die auch auf den Rechnungen steht, die ich gerade gefunden habe.“

Die Hotelchefin kam freudestrahlend zurück ins Zimmer. „Hier, da ist die Liste“, sagte sie und wedelte damit herum.

Seidl nahm sie ihr ab und studierte die Einträge. „Viel telephoniert hat er ja nicht, aber vielleicht kommen wir da weiter“, meinte er nachdenklich. Da steht die Telephonnummer von dem Nürnberger, dieselbe wie auf dem Katalog. Mit dem hat er in den letzten Tagen ein paarmal telephoniert.“ Seidl fuhr mit seinem Finger die Einträge auf der Liste entlang. „Zuletzt gestern früh, um kurz nach acht.“

„Brauchen Sie mich momentan noch, ich müsste wieder runter an die Rezeption", warf die Hotelchefin ein, die gespannt zugehört hatte, aber jetzt offensichtlich für sich das Ende der Krimistunde gekommen sah.

„Nein, ist schon gut, danke", antwortete Seidl geistesabwesend, während er weiter die Liste betrachtete.

„Gib mir mal die Nummer." Bauer tippte sie in sein Handy ein. Nach einigen Zwischenstationen war er mit dem Geschäftsführer verbunden. „Entschuldigen Sie", antwortete der in breitem fränkischen Dialekt, „woher kann ich wissen, dass Sie wirklich von der Polizei sind."

Bauer nickte zu Seidl und verzog das Gesicht. „Ja, natürlich, ich gebe Ihnen recht, Herr Mohr, das können Sie nicht wissen. Passen Sie auf, machen Sie bitte Folgendes. Rufen Sie im Polizeipräsidium München bei der Nummer an, die ich Ihnen gleich gebe, das ist mein Kommissariatsleiter Bogner. Der wird Ihnen bestätigen, dass alles in Ordnung ist. Ich rufe Sie dann in zehn Minuten wieder an."

Der Geschäftsführer war einverstanden, und wenige Minuten später hatte ihn Bauer wieder am Telephon, während Seidl die Telephonliste studierte.

„Kennen Sie einen Herrn Lin?"

Es entstand eine kurze Pause, Bauer hörte nur ein Atmen am anderen Ende des Telephons.

„Ja, den kenne ich. Der war vorgestern bei uns. Wieso, was ist mit ihm?"

Bauer überlegte kurz, wie weit er den Geschäftsführer jetzt schon einweihen sollte. „Entschuldigen Sie, aber ich würde Ihnen gerne ein paar Fragen stellen, bevor ich mehr dazu sage."

Der Gesprächspartner machte wieder eine kurze Pause. „Das finde ich aber etwas merkwürdig, dass Sie mir nicht sagen wollen, worum es geht. Da wäre es mir dann schon lieber, wenn wir uns persönlich unterhalten könnten."

Bauers Stimmung verschlechterte sich schlagartig, er sah sich schon auf der Autobahn nach Nürnberg. Auch wenn sie dreispurig war, hatte er es noch nie erlebt, dass er ohne Stau durchgekommen war. Entweder war gerade die Zeit, dass alle zum Flughafen wollten, oder aber die Pendler wollten nach Hause und verstopften alles – aber es war ihm klar, dass sie mit dem Mann so bald wie möglich sprechen mussten. „Können wir heute Nachmittag zu Ihnen kommen, so gegen 14 Uhr?"

„Ginge es auch eine Stunde später? Ich habe vorher eine Besprechung."

„Gut, wir sind dann um drei bei Ihnen."

„Da schau mal her, vor drei Tagen, da hat er zweimal mit einer Nummer in der Schweiz telephoniert", meinte Seidl und zog die Augenbrauen hoch.

Bauer wählte, bis sich am anderen Ende eine weibliche Stimme meldete: „UBS St. Gallen, Gruezi."

Er hängte wieder auf. Beide sahen sich erstaunt an. „Du glaubst es ja nicht, jetzt haben auch schon die Chinesen Konten in der Schweiz." Bauer schüttelte den Kopf.

„Und wie kommen wir jetzt da an Infos?" meinte Seidl mit skeptischem Blick

Bauer sah aus dem Fenster auf die belebte Nordendstraße, gerade fuhr eine Straßenbahn voll mit Schulkindern vorbei, während gegenüber ein türkischer Straßenkehrer in einer knallig orangen Jacke mit seinem langen Besen Pappbecher vom Gehweg kehrte.

„Ich rufe nachher den Staatsanwalt an. Wenn das so wie das letzte Mal bei dem Autohändler in Freimann läuft, dann dürfte das in ein paar Tagen erledigt sein. Die Schweizer machen in solchen Fällen inzwischen ganz gut mit."

Seidl nahm sich wieder den Computerausdruck vor, auf dem ungefähr zehn Telephonnummern standen.

Bauer blickte ihm über die Schulter. „Hier", er deutete auf eine Münchner Nummer, „die ist vermutlich in Grünwald. Schauen wir mal, das könnte der Kronen sein."

Sie wählten, kurz danach hob ein Polizist am Tatort ab.

„Passt schon, ich bin es, wir prüfen nur gerade, wen der Chinese von seinem Hotel aus angerufen hat." Bauer stand auf und machte sich mit dem Handy in der Hand auf die Suche nach einer Minibar, im Zimmer war die Luft staubtrocken.

„Wie sieht es denn bei euch aus?"

„Zwei von euren Leuten sind noch gekommen, die studieren gerade die Akten des Opfers. Wir rücken dann jetzt ab."

„Sag denen, sie sollen auch schauen, ob sie irgendetwas finden, wo man die Tochter in Augsburg tagsüber erreichen kann."

„Da haben sie schon was gefunden, neben dem Telephon lag ein Adressverzeichnis. Ich gebe dir mal den Kollegen."

Eine junge Stimme meldete sich. „Herr Bauer, hier ist Kohlmeier. Wir haben eine Telephonnummer der Tochter gefunden, ist offensichtlich bei einem Theater in Augsburg."

Bauer notierte sich die Nummer, und kurz darauf wusste er, dass die Tochter des Opfers dort gelegentlich auftrat und gerade auf Kuba im Urlaub war. In etwas mehr als einer Woche wurde sie zurückerwartet.

Die Theaterchefin, mit der Bauer gesprochen hatte, gab ihm eine Handynummer. Bauer wählte. Nach wenigen Sekunden hörte er die spanische Ansage, dass der Anschlussinhaber momentan nicht erreichbar sei.

„Na ja, wenigstens hat sie ihr Handy dabei. Dann werden wir später schon noch Glück haben."

„Wir fahren jetzt ins Präsidium und erzählen Klaus ein bisschen was, sonst verzweifelt der noch."

Bauer sah sich nochmals im Zimmer um. Es beschlich ihn ein komisches Gefühl, als er die Kleidung und den Koffer betrachtete. Er sah den toten Chinesen vor sich, blutverschmiert und mit diesem leeren Blick ins Nichts. Jäh herausgerissen aus dem Leben, in einem fremden Land, und hier waren die kümmerlichen Reste, die er in München zurückgelassen hatte. Ein paar Sakkos und ein Koffer in einem kleinen Zimmer in Schwabing.

„Haben Sie was gefunden?" Die Hotelchefin beugte sich verschwörerisch über den Tresen ihrer Rezeption, aufnahmebereit für jedes Geheimnis, das die Polizisten möglicherweise mit ihr teilen wollten. Bauer blieb einen Meter vor ihr stehen, worauf sie ihn mit einem Kopfnicken auf die Sitzgruppe aufmerksam machte, wo ein älteres Ehepaar gerade ein Münchner Stadtmagazin durchblätterte.

„Nichts Besonderes, aber ich würde Sie bitten, dass Sie das Zimmer verschließen. Wir schicken heute noch jemanden vorbei, der die Sachen von Herrn Lin abholt."

Bauer sah ihrem Gesichtsausdruck an, dass sie mehr Neuigkeiten erwartet hatte. „Mach ich gleich, den Schlüssel behalte ich dann bei mir, dann kann da nichts schiefgehen." Der Schlüssel verschwand in ihrer Rocktasche.

„Noch eine Frage zum Schluss. Hatte Herr Lin irgendwelchen Besuch, oder ist Ihnen sonst etwas aufgefallen?"

Bauer sah, wie ein Gedankenblitz bei der Frau einschlug. „Mensch, dass ich Ihnen das nicht gleich gesagt habe", stieß sie aufgeregt hervor, „am Sonntag war er im Konzert, hier im Gasteig, bei den Münchner Philharmonikern. Ich musste ihm die Karten besorgen."

„Wieso die Karten? War er denn nicht alleine?"

„Nein, er wollte zwei Karten. Keine Ahnung, für wen die zweite war."

„Hat denn hier jemand für ihn angerufen?" bohrte Bauer weiter.

„Na ja, ich bin nicht immer da, da müsste ich auch noch mal meine Aushilfen fragen, aber bei mir hat niemand für ihn angerufen."

Eine ältere Frau mit einer kleinen Aktentasche kam aus dem Aufzug und ging an ihnen vorbei.

„Moment mal, Frau Koch", rief die Geschäftsführerin.

Die Frau drehte sich überrascht um.

„Entschuldigen Sie, aber Sie haben doch heute Morgen mit Herrn Lin am Frühstückstisch gesessen, oder?"

„Ja, schon, warum?" Die Frau sah ungeduldig zwischen den Beamten und der Hotelchefin hin und her. „Worum geht es denn?"

Bauer stellte sich kurz vor und erzählte ihr vom Mord an ihrem Tischgefährten.

„Mein Gott, das ist ja schrecklich."

„Hat Herr Lin zu Ihnen heute Morgen irgendetwas gesagt, was er heute vorhat?"

„Nein, überhaupt nichts. Er hat mich nur gefragt, wie lange man mit dem Auto nach Grünwald braucht, aber da konnte ich ihm nicht viel helfen. Ich bin ja nicht von hier." Sie machte eine Pause und sah die Hotelchefin an. „Aber da fällt mir etwas anderes ein, das vielleicht für Sie interessant sein könnte. Heute Morgen, als ich zum Frühstück gegangen bin, da musste ich an seinem Zimmer vorbei. Und da hat er ziemlich laut mit jemandem telephoniert. Er hat fast geschrien, würde ich sagen."

„Wann war das ungefähr?" fragte Seidl.

Die Frau wischte sich mit der Hand über die Stirn. „Entschuldigen Sie, ich bin richtig schockiert. Lassen Sie mich kurz nachdenken. Also, um halb sechs läutete mein Wecker. Dann bin ich ins Bad gegangen. Ja, es muss so gegen halb sieben gewesen sein, als ich an seinem Zimmer vorbeigegangen bin."

„Haben Sie verstanden, worüber er geredet hat?"

Die Frau schüttelte den Kopf. „Ich habe durch die Tür nur einige Worte verstanden, er hat Englisch gesprochen. Irgendwie sagte er, dass er nicht nach Nürnberg kommen wird, und dann noch, dass der andere ihn endlich in Ruhe lassen soll. Wissen Sie, ich wollte ja eigentlich nicht vor dem Zimmer stehen bleiben. Es war nur, weil er so laut gesprochen hat." Die Frau sah verlegen zu Boden.

„Vielleicht haben Sie uns ja damit geholfen, auf jeden Fall vielen Dank", sagte Bauer und notierte sich Name und Telephonnummer der Frau. Dann ging er mit Seidl auf die Straße hinaus. „Wenn ich das richtig sehe, dann hat ihn heute früh der Mohr aus Nürnberg noch mal angerufen. Denn er hat heute ja nicht mehr telephoniert, sonst hätten wir das Gespräch ja auf der Liste."

„Außer er kannte noch jemanden in Nürnberg, mit dem er heute früh gesprochen hat", bemerkte Seidl.

„Wir fragen einfach später den Mohr, der wird's uns schon erzählen."

Gegenüber in dem Fischgeschäft schlangen die ersten Büromenschen an kleinen Stehtischen ihre Kabeljaufilets mit Pommes und Remouladensoße in sich hinein. Nachrücker mit vollen Tellern drückten sich dazwischen. Am vordersten Tisch war bei dem Gerangel offensichtlich gerade ein Glas umgeworfen worden, was hektische Aufregung zur Folge hatte.

„Was hältst du von einer kurzen Einkehr im Scheidegger, mittwochs haben die immer Schweinebraten in Dunkelbiersoße, da kniest du nieder." Seidls Gesichtsausdruck verriet ohne jeden Zweifel, dass er sich gerade gedanklich im Zentrum seiner Wohlfühlregion befand. „Das ist keine zweihundert Meter weg von hier, und die Zeit würde gerade ideal passen."

„Glaubst du, dass du immer noch so verzückt schauen wirst, wenn wir danach ins Büro fahren und Klaus erzählen, dass wir ihn wegen eines eiligen Abstechers zum Scheidegger leider etwas länger auf den Bericht warten lassen mussten?"

Seidls Gesicht nahm wieder arbeitsmäßige Züge an. „Vergiss es, war nur eine Idee", erwiderte er mit einer abschätzigen Handbewegung.

Als sie zum Auto kamen, sprang Schorsch sofort hoch und hielt sich mit seinen Pfoten an eine Kopfstütze. Sein Schwanz wedelte freudig hin und her.

„Leine und Halsband", sagte Bauer und suchte die Gegend nach einem passenden Geschäft ab.

„Vorne in der Georgenstraße gibt's eines", meinte Seidl, während sie einstiegen. Schorsch war nicht zu beruhigen, bis ihn Seidl vor sich auf den Boden setzte und am Kopf kraulte. „So, kannst gleich mal zuschauen, das wird heute dein Abendprogramm", grinste er zu Bauer, während der Hund keinen Ton von sich gab. Wenige Minuten später hatte Schorsch eine Leine und ein Halsband, was Bauer sichtlich beruhigte.

„Wir lassen ihn im Präsidium erst mal im Auto, bis wir mit Bogner geredet haben", meinte Seidl, als sie ausstiegen.

„Wie du meinst, ist mir egal. Du weißt ja, das hier ist dein Bereich, da kümmerst du dich um Schorsch. Ich bin erst nach Dienstschluss dran, nicht vergessen", mahnte Bauer Seidl mit erhobenem Finger, als sie ausstiegen.

„Ihr könnt gleich mitkommen, will gerade in die Kantine gehen."

Klaus Bogner sah heute aus, als ob er schon drei Tage durchgearbeitet hätte. Seine dünnen, braunen Haare hingen ihm in Strähnen über die Stirn, sein Hemd war verknittert, und zu allem Überfluss hatte er auch noch den obersten Hemdknopf verloren, so dass ein Teil seiner bleichen Brust durchschimmerte. „Heute ist wieder ein Tag, da glaubst du, hier sind alle verrückt geworden."

Bogner schüttelte den Kopf und ging voran, offensichtlich von unbändigem Hunger getrieben, während sich Bauer und Seidl mit einem Augenzwinkern ansahen. Seit einigen Wochen war bei Bogner jeder Tag wie dieser. Die Gründe dafür, soweit waren sie sich auf der Dienststelle einig, waren verständlich, ja, Bogner genoss allgemeines Beileid, auch wenn ihm das nichts nützte. So hatte er auf Drängen seiner Frau der geliebten Pfeife abschwören müssen, sein Arzt hatte ihm eröffnet, dass er Zucker hatte, und dann war seine Tochter auch noch kurz davor, zum zweiten Mal im Gymnasium sitzenzubleiben. Er fuhr sich nervös durch die Haare, während er den Speiseplan las.

„Heute kann er mich mal kreuzweise, der Herr Doktor“, schnaubte er, während er die Tageskarte an der Wand betrachtete. Mit Schweinswürstel und Sauerkraut ging er an den Tisch, wo er sofort seinen Blick auf Bauer richtete. „Hast du das mitbekommen, warum wir keine Soko bekommen?“ Bogner schob sich eine Wurst zwischen die Zähne und kaute hektisch.

Bauer schüttelte den Kopf, während Bogner sich flüchtig umsah, wer ihnen zuhören konnte. Seine Gesichtsfarbe wurde eine Spur rötlicher. „Weil unsere Freunde vom Verfassungsschutz wieder mal das Gras wachsen hören.“ Er legte sein Besteck aus der Hand. „Ich habe euch doch erzählt, dass bei der letzten Besprechung beim Staatssekretär der Chef von unseren Staatsschützern ziemlich alt ausgesehen hat, weil sie zu den Muselmännern nichts Neues wussten.“

„Ja, kann ich mich erinnern“, erwiderte Seidl.

„Genau, und da muss der Staatssekretär ziemlich laut geworden sein. Was denn das solle, das BKA hätte ständig neue Infos, nur unsere bayerischen Staatsschützer wüssten nichts, er habe keine Lust mehr, immer wie ein ahnungsloser Dummkopf dazustehen und so weiter.“ Er senkte die Stimme und redete leise weiter. „Das hat mir der Forster vom Staatsschutz erzählt.“ Bogner nahm einen Schluck Wasser und wischte sich den Mund ab, während er einen glatzköpfigen Beamten grüßte, der am Tisch vorbeiging. „Das ist auch einer von der Truppe, denen wir den Mist zu verdanken haben.“

Seidl und Bauer nutzten den Vortrag, um in Ruhe zu essen.

„Vor drei Tagen haben nun unsere Staatsschützer riesigen Alarm gemacht. Sie hätten da in so einem arabischen Forum im Internet mehrere Beiträge von einem gelesen, der zum Kampf gegen die Ungläubigen in München aufgerufen habe, weil wir hier angeblich gegen den Bau einer Moschee seien.“ Bogner fuhr sich erregt mit der Hand durch die Haare.

„Solche Texte kannst du doch jeden Tag im Internet finden“, meinte Seidl und schob seinen leeren Teller auf die Seite.

„Ein Freund von mir ist bei denen in so einer Arbeitsgruppe. Der hat mir neulich erzählt, dass die eine solche Show abziehen, dass es unglaublich ist. So viel heiße Luft wie bei denen hat er in seinen zwanzig Jahren bei der Polizei noch nicht erlebt."

Bogner nickte heftig. „Ja, ja, das sagst du so, aber wenn du einen Staatssekretär hast, der glänzen will, und einen Leiter beim Staatsschutz, der noch was werden will, dann ist das eben nicht so. Dann macht man da eine ernste Bedrohung draus und lässt den ganzen Apparat anlaufen." Bogner konnte sich richtig aufregen bei dem Thema.

„Was wollen die denn mit dem Unsinn anfangen", entgegnete Bauer verständnislos.

„Erst mal haben sie festgestellt, dass dieser Typ, der den Unsinn geschrieben hat, insgesamt aus drei verschiedenen Internetcafés im Westend schreibt. So, und darum hocken jetzt unsere Leute vor diesen Cafés. Und weil die freundlicherweise 16 Stunden am Tag offen sind, braucht man da halt einige Beamte, um das abzudecken. Und dann benötigt man natürlich noch Ermittler, die die Daten der Internetcafés auswerten, wer von dort mit wem übers Internet telephoniert, wer wohin E-Mails schreibt und so weiter." Bogner gestikulierte aufgeregt mit seinen Händen in der Luft. „Und wenn dann so ein normaler Mord passiert, so ohne Araber und Al Qaida und den ganzen Krampf, dann erwarten sie einfach von uns, dass wir das mit zwei Mann auf die Beine stellen."

Bogners Gesichtsfarbe war nun deutlich gerötet, Bauer überlegte kurz, ob Bogner zuletzt auch etwas von Bluthochdruck gesagt hatte, konnte sich aber nicht erinnern. Eigentlich wollte er sich bei Bogner beschweren, dass sie anscheinend nur zu zweit mit den beiden Aushilfen an dem Fall arbeiten sollten. Er hatte aber irgendwie das Gefühl, dass jetzt nicht gerade der optimale Augenblick dafür war, er beschloss sogar, sich auf die Seite seines zweifellos schwer angezählten Chefs zu schlagen. „Wir kriegen das hin, wenn uns der Rollierer und noch einer vom K 12 unterstützen, dann wird das schon."

Seidl schaute Bauer verwundert an und wollte offensichtlich gerade zum Widerspruch ansetzen, aber Bauer schüttelte leicht den Kopf.

„Hört mal her", redete Bogner weiter, „ich habe mit dem Rossner gesprochen, wir bekommen einen vom K 12. Aber es gibt einen kleinen Haken."

Bauer und Seidl sahen sich mit skeptischem Blick an.

„Kennt ihr den Lechner?"

Seidl stieß heftig Luft aus. „Du meinst den Lechner, den sie ab mittags verboten haben, ans Telephon zu gehen, weil er so gelallt hat?"

„Pass auf", erwiderte Bogner und sprach dabei betont leise, „der Lechner war jetzt sechs Monate auf Entzug. Sie haben mich gefragt, ob wir ihn nehmen können für den Fall, Lechner ist jetzt absolut trocken, wurde mir versichert."

„Der war doch schon mal auf Entzug und hat's dann wieder nicht gepackt, oder täusche ich mich", widersprach Seidl.

Bogner nickte. „Ja, das stimmt, aber sie glauben, dass er es dieses Mal schaffen kann, weil er eine neue Freundin hat, die ihn unterstützt. Das letzte Mal war er ja die ganze Zeit solo, da ist das halt auch verdammt schwer."

„Was soll's, wir haben doch ohnehin keine Alternative. Wenn er wirklich trocken ist, dann wird er uns schon was nützen", meinte Bauer und sah an Seidls Gesichtsausdruck, dass der noch nicht überzeugt war.

„Also, dann geht das klar", meinte Bogner, „und den jungen Rollierer gebe ich euch auch, der ist recht interessiert. Hat nur noch keine Erfahrung, das wisst ihr ja. Kommt direkt von den Uniformierten."

Er schaute auf seine Uhr, auf deren Glas sich ein Soßenspritzer breitgemacht hatte. „Mensch, habe ich glatt vergessen, ich muss die Pressestelle anrufen. Die haben gleich die Pressekonferenz." Bogner stand auf, Bauer und Seidl folgten ihm. „Ricardo, kannst du mir im Zurückgehen kurz erzählen, was ihr bisher habt?"

Sie zwängten sich durch das Treppenhaus, das immer wieder von einigen Polizisten blockiert wurde, die in Gruppen zusammenstanden und sich unterhielten. Bauer erzählte Bogner kurz, was sie wussten.

„Und wie geht es jetzt weiter bei euch?"

„Zuerst müssen wir was anderes noch kurz besprechen. Der Kronen hatte einen Hund, und weil den da draußen niemand nehmen wollte, haben wir ihn jetzt dabei, bis ihn die Tochter nimmt."

Bogner hatte sich schon wieder hinter seinen Schreibtisch gesetzt. Mit einem Stirnrunzeln blickte er Bauer an. „Was soll das heißen?“

„Na ja, dass wir jetzt einen Hund dabeihaben. Ich nehme ihn abends mit, aber tagsüber muss er bei uns im Büro sein.“

„Muss er bei euch im Büro sein“, wiederholte Bogner, als ob er nicht richtig gehört hätte.

„Sonst müssen wir ihn ins Tierheim bringen“, schaltete sich Seidl ein, der still zugehört hatte, „und das kannst du nicht machen. Ist doch nur für ein paar Tage, bis die Tochter ihn nimmt.“

Bogner machte eine wegwerfende Handbewegung. „Macht, was ihr meint. Aber wenn irgendeiner sich beschwert, dann muss er weg, dass das klar ist. Also, wie geht es jetzt weiter bei euch?“

„Dann haben wir noch eine Sache für deine Pressekonferenz. Die Frau vom Hotel hat doch gesagt, dass sie für Lin zwei Karten für die Münchner Philharmoniker am Gasteig besorgt hat. Wäre gut, wenn wir wüssten, mit wem er dort war“, sagte Bauer, „vielleicht kann sich ja jemand an ihn erinnern.“

„Wie sieht's mit einem Photo aus“, erwiderte Bogner und sah nervös auf seine Uhr. „Leute, wir haben noch genau 15 Minuten bis zur Pressekonferenz.“

Seidl zog den Pass aus dem Plastikbeutel, den er vom Tatort mitgenommen hatte. „Das Photo dort ist ganz in Ordnung, so hat er heute Morgen auch noch ausgesehen.“

„Ihr wisst ja, wie das in der Zeitung herauskommt, das wird nichts Besonderes“, meinte Bogner und blätterte im Pass. „Aber ein besseres haben wir nicht.“

Seidl sah sich das Passphoto nochmals an. „Das ist doch ohnehin das Problem. Für uns sehen die doch alle irgendwie gleich aus, die kannst du doch kaum unterscheiden.“

„Versuchen wir es, verlieren können wir nichts“, würgte Bogner die Diskussion ab und sah die beiden genervt an, während er sich über die Stirn wischte. „Sonst noch was?“

„Wir fahren jetzt nach Nürnberg. Heute Morgen hat der Chinese noch mit einer Firma in Nürnberg telephoniert, die offensichtlich mit Werbeartikeln handelt. Mit denen hat er in den letzten Tagen öfter Kontakt gehabt. Und dann werde ich gleich mal versuchen, die Tochter des toten Hausbesitzers zu erreichen, die in Kuba in Urlaub ist."

Sie standen jetzt vor Bogners Zimmer. „Bitte haltet mich auf dem Laufenden, wenn ihr irgendetwas Neues habt", meinte er mit einem Blick, der Bauer innerlich schwören ließ, es nicht zu vergessen. Dieser Mann tat ihm wirklich leid, es ging ihm nicht gut, zweifellos.

Das Telephon der Tochter des Toten auf Kuba antwortete noch immer mit einer Ansage.

„Was haben die eigentlich für einen Zeitunterschied?" fragte Bauer Seidl.

Der hob nur die Schulter. „In Italien haben sie die gleiche Zeit wie wir hier, und woanders war ich noch nicht, sorry", antwortete Seidl und machte auch nicht den Eindruck, als würde er gerade sein Hirn mit der Suche nach einer passenden Antwort strapazieren.

„Ich glaube, sechs Stunden, also haben die jetzt neun Uhr. Na ja, da könnte sie aber langsam aufstehen und ihr Handy anschalten", meinte Bauer.

„Wenn sie es überhaupt benutzt", erwiderte Seidl und ließ sich einen Kaffee aus dem Automaten heraus, der auf dem Gang stand.

„In einer halben Stunde fahren wir", redete Bauer weiter und ging in sein Büro. Er stellte sich ans Fenster und sah in die Büros des gegenüberliegenden Gebäudes, einem frisch renovierten Haus aus den sechziger Jahren. Alle hatten nun das Licht angemacht. In der Anwaltskanzlei gegenüber saß ein älterer grauhaariger Mann am Schreibtisch, eingerahmt von einem Berg olivfarbener Aktendeckel, die Füße auf dem Tisch, und las, während er neben sich ein Glas Rotwein stehen hatte. Im Zimmer nebenan saß wieder die junge, hübsche Anwaltsgehilfin, die alle im Präsidium kannten, die auf dieser Seite ihre Büros hatten. Im Sommer waren gelegentlich auch ihre schlanken Beine zu sehen, wenn sie einen Minirock trug und zum Anwalt ins Nachbarbüro ging. Sie sah gelegentlich zum Präsidium herüber, aber es war nie genau zu erkennen, ob sie in ein bestimmtes Zimmer blickte. Dies führte immer wieder zu lebhaften Diskussionen unter den Beamten, begleitet von neuen Hoffnungen oder enttäuschter Liebe.

Er spürte nun auch etwas Müdigkeit, die letzte Nacht war er wieder mal lange wach gelegen. Vor zwei Tagen hatte sein Sohn

Stephan Geburtstag gehabt, er war zwölf geworden. Wie jedes Jahr hatte er ein Geschenk nach London geschickt, wo seine Ex-Frau mit dem Sohn und ihrem jetzigen Mann lebte. Und als Antwort hatte er wie schon die letzten drei Jahre nur eine freundliche Postkarte bekommen: „Lieber Papi, vielen Dank für das Geschenk, es geht uns gut, wir hoffen, Dir auch."

Es gab Zeiten, da konnte er das Thema gut verdrängen. Dann aber gab es auch Tage und Nächte, da ließ es ihm keine Ruhe. Hatte er nicht ein Recht darauf, die Erziehung seines Sohnes mitzubestimmen?

Als er Marion das letzte Mal vor einem Jahr darauf angesprochen hatte, meinte sie nur, Stephan und Brian, ihr neuer Mann, würden sich sehr gut verstehen, und es wäre nicht gut, wenn er krampfhaft versuchen würde, sich dazwischenzustellen. Doch wie konnte sich Stephan überhaupt entscheiden, wenn er seinen leiblichen Vater vor drei Jahren zuletzt gesehen hatte? Immer wenn er Jungs im Alter von Stephan sah, verspürte er das Verlangen, sich einfach ins Flugzeug zu setzen und ihn zu besuchen, mit ihm zu reden, Fußballspielen, zu erfahren, was er machte, einfach Dinge tun, die ein Vater mit seinem Sohn in dem Alter macht. Aber natürlich flog er nicht einfach hin, sondern verdrängte den Gedanken bis zum nächsten Mal.

„Komm, wir müssen fahren, wir haben um drei den Termin", riss ihn Seidl aus seinen Gedanken.

Kurz danach waren sie auf der Autobahn in Richtung Norden. Der Regen ging allmählich in Schneefall über, doch der blieb noch nicht auf der Straße liegen. Das Gewerbegebiet lag etwas außerhalb. Einige schon in die Jahre gekommene Bürogebäude mit olivfarbenen Betonfassaden bildeten ein Quadrat, in dessen Mitte ein Pavillon mit der Rezeption war.

„Die Firma ist im Haus Apollo im dritten Stock", informierte sie die Empfangsdame und meldete sie an.

Am Eingang der Firma wartete ein junger Mann auf sie, der aussah, als hätte er nächtelang durchgemacht. Bedenklich dunkle Augenringe säumten seinen müden Blick, mit rauchiger Stimme bat er die Beamten herein, während er nervös an seinem Augenbrauenpiercing herumzupfte. „Ich sage Herrn Mohr Bescheid, er kommt dann gleich."

Das Büro schien nur drei Zimmer zu haben, in das erste ging der Mann nach kurzem Klopfen. Auf dem Gang standen bis zur Decke gestapelt braune Kartons, die zum Teil aufgerissen waren, so dass rote Feuerzeuge zu sehen waren. Kurz danach ging die Tür wieder auf, und ein drahtiger Mittvierziger kam heraus, dunkelgrüner, leicht ausgebeulter Anzug, kurze, schwarze, gegelte Haare, gebräuntes Gesicht. Die breite Nase schien schon ein paar Schläge abbekommen zu haben, sie erinnerte Bauer an den Boxer, den er letzte Woche vernommen hatte. Er hatte sich aufgrund der müden Stimme am Telephon einen behäbigen Typ vorgestellt, der hier wirkte drahtig und sportlich.

„Guten Tag, meine Herren", begrüßte sie der Mann und drückte Bauer die Hand, als müsste er einen Schraubstock imitieren. „Ich hoffe, Sie hatten eine gute Fahrt."

Er führte sie in ein Besprechungszimmer, das nur mit einem braunen Holztisch und sechs schwarzen Klappstühlen eingerichtet war. An einer Wand hing das Poster eines Konzerts der Rolling Stones im Münchner Olympiastadion vor drei Jahren. Es roch nach kaltem Zigarettenrauch, und der Mann leerte eilig den vollen Aschenbecher aus, der auf dem Tisch stand. „Bitte bedienen Sie sich", sagte er und zeigte auf die drei Mineralwasserflaschen, die dort standen. Er schob Bauer eine Visitenkarte über den Tisch, mit der er sich als Bruno Mohr vorstellte.

„Danke, dass Sie so schnell Zeit für uns hatten."

Mohr nickte ungeduldig.

Bauer beugte sich leicht über den Tisch, während sich Seidl mit übereinandergeschlagenen Beinen nach hinten lehnte und die Szene beobachtete. Diese Aufgabenteilung hatte sich bei ihnen so eingespielt, Seidl griff nur gelegentlich ein und konzentrierte sich sonst auf Bauers Gesprächspartner, um so jede auffällige Regung zu erkennen. „Sie kennen einen Herrn Chang Lin?"

„Ja, ich kenne Herrn Lin, habe ich ja schon am Telephon gesagt. Aber wollen Sie mir jetzt nicht erst mal sagen, was denn überhaupt los ist?"

Bauer sah auf seine Notizen, um keine Hektik aufkommen zu lassen, dann hob er den Kopf und sah Mohr an. „Ich werde es Ihnen sagen, aber zuerst möchte ich Sie bitten, uns ein paar Fragen zu beantworten."

Mohr atmete hörbar aus. „Meinetwegen, legen Sie los", antwortete er kurz angebunden und lehnte sich zurück.

„Wann haben Sie Herrn Lin das letzte Mal gesehen?"

„Vorgestern, am Montag, da war er bei uns. Wir haben über neue Werbeartikel gesprochen, die seine Firma ab dem Frühjahr nächsten Jahres für uns fertigen soll."

„Die Firma von Herrn Lin hat also für Sie produziert."

Seidl kaute an einem Kugelschreiber und sah zum Fenster, an das starker Regen prasselte.

„Ja, seit ein paar Jahren haben wir einen Großteil unserer Produkte dort fertigen lassen. Vor allem Feuerzeuge und Schlüsselanhänger. Herr Lin war der Geschäftsführer, und ich glaube auch einer der Inhaber, aber darüber hat er sich nicht klar geäußert." Mohr zog sein Sakko aus, er schwitzte, obwohl es im Zimmer eher kühl war. Durch sein weißes Hemd war ein muskulöser Oberkörper zu erahnen.

„War am Montag etwas Besonderes gewesen, oder hat Ihnen Herr Lin etwas darüber erzählt, was er in München noch vorhatte?"

Mohr verschränkte die Arme. „Nein", er schüttelte demonstrativ den Kopf, „es war wie immer. Wir sprachen über die Konditionen, Preise, Lieferfristen und über die Qualitätsmängel, die wir letztes Mal festgestellt hatten. Es war überhaupt nichts Besonderes." Dem Gesichtsausdruck nach schien es in seinem Kopf heftig zu arbeiten. Er musterte aufmerksam Bauers Gesicht, doch der zeigte keinerlei Reaktion. „Wissen Sie, wir haben so gut wie nie über etwas Privates gesprochen. Mit Asiaten habe ich es nicht so, ich werde nicht besonders warm mit denen."

Mohr sah angestrengt auf Bauers Unterlagen, aber der hielt die Rechnung der Schweizer Firma, die sie in Lins Koffer gefunden hatten, verdeckt, so dass Mohr sie nicht sehen konnte.

„Wenn ich das also richtig verstehe, dann haben die Chinesen für Sie produziert, und Sie haben direkt das Geld dorthin überwiesen, oder?"

Mohr hob die Schultern. „Verstehe nicht, worauf Sie hinauswollen. Natürlich haben wir denen die Sachen bezahlt, die sie für uns hergestellt haben. Denken Sie, die hätten uns sonst weiter beliefert?" Er wischte sich mit der Hand über die Stirn, er schien sich zunehmend unwohl zu fühlen, seine Augen wanderten nervös zwischen Bauer und Seidl hin und her. Bauer zog nun die Rechnung der Schweizer Unternehmensberatung hervor und legte sie vor sich auf den Tisch, so dass Mohr sie sehen konnte. „Das hätte ich mir ja denken können“, sagte der und atmete tief ein. Er sah an Bauer vorbei, als ob er etwas Zeit gewinnen wollte. „Ja, es gab da noch eine spezielle Vereinbarung mit Herrn Lin.“ Mohr schien nachzudenken, wie viel er preisgeben musste.

„Können Sie mir das etwas genauer erläutern“, unterbrach Bauer die Stille.

„Bei jeder Rechnung, die wir an seine Firma überwiesen haben, mussten wir nochmals 15 Prozent an diese Schweizer Unternehmung bezahlen. Er sagte, dass diese Firma die Designberatung machen würde und immer 15 Prozent als Honorar bekommt. Aber trotzdem war sein Angebot immer noch das günstigste.“

Mohr sah abwechselnd zu Seidl und Bauer, der die Stirn runzelte. „Hatten Sie mal mit jemandem von der Schweizer Firma Kontakt?“ fragte er, während er sich Notizen machte.

„Nein, ich kenne niemanden von denen.“

„Ist das denn nicht komisch, Sie sind der Kunde, und der Designer Ihres Lieferanten hat nie mit Ihnen Kontakt?“

Mohr zog die Augenbrauen hoch und kratzte sich am Kopf. „Natürlich ist das merkwürdig, ich glaube auch nicht, dass die Firma tatsächlich Designberatung gemacht hat. Das kam ja in der Regel von uns, wir haben ja die Muster gefertigt und den Chinesen geschickt.“

„Welchen Zweck hatte denn dann Ihrer Meinung nach diese Firma?“

Seidl stand auf und ging ans Fenster. „Darf ich?“ Er sah fragend zu Mohr, während er den Fenstergriff drehte.

„Wie Sie wollen.“

Seidl kippte das Fenster, der Regen hatte aufgehört, und es kam kühle, frische Luft ins Zimmer. „Für mich war das schnell ziemlich klar, hinter dieser Firma stand Herr Lin selbst. Das Geld hat er einfach für sich abgezweigt. Keine Ahnung, ob er nur die Steuer bescheißen wollte oder auch seine Partner in der Firma. So wie ich mitbekommen habe, ging einer seiner Söhne in St. Gallen auf so ein Nobelinternat, vielleicht war's ja auch das Schulgeld für den.“

Mohr reckte seinen kurzen Hals, als ob er eine Verkrampfung lösen müsste.

„Haben Sie eine Ahnung, wie viel sie auf dieses Konto überwiesen haben?“

Mohr fuhr sich mit der Hand über das Gesicht und sah zur Zimmerdecke. „Ich schätze mal so 1,4 Millionen, vielleicht auch 1,6.“

Bauer sah Mohr erstaunt an.

„Na ja, müssen wir nur zusammenrechnen: Wir machen im Jahr drei bis 3,5 Millionen Umsatz mit denen, davon dann die 15 Prozent. Und seit drei Jahren arbeiten wir zusammen. Das gibt dann in drei Jahren ungefähr den Betrag.“

„Gab es zwischen Ihnen und Herrn Lin irgendwelche Meinungsverschiedenheiten?“

Mohr schien diese Frage erwartet zu haben, Bauer hatte den Satz noch nicht zu Ende gesprochen, da schoss es aus ihm heraus. „Nein, nein, es lief alles wie immer.“ Er sah Bauer mit aufgeregtem Blick an. „Denken Sie vielleicht, dass ich ihn umgebracht habe?“

Bauer erwiderte seinen Blick ohne sichtliche Regung.

„Wie kommen Sie darauf, dass er umgebracht wurde?“ fragte Seidl, der gerade wieder ins Zimmer zurückgekommen war.

„Na hören Sie mal, so auf den Kopf gefallen bin ich ja auch nicht. Ihr Chef hat sich mit ‚Mordkommission‘ gemeldet, als ich ihn angerufen habe, so wie sie mich gebeten hatten. Er griff mit einer Hand in die Innentasche seines Sakkos und holte eine Zigarettenschachtel heraus. „Darf ich?“ fragte er Bauer, der den Kopf schüttelte.

„Wäre Ihnen dankbar, wenn Sie darauf verzichten könnten, bis wir fertig sind. Ich bekomme Kopfschmerzen vom Rauch.“ Das stimmte zwar nicht, aber Bauer hasste es, wenn seine Kleidung nach Rauch stank. Ihm genügte schon der Qualm, in dem sie ohnehin schon saßen.

Mohr steckte die Zigaretten kommentarlos wieder ein.

„Jetzt, wo Sie es wissen, fällt Ihnen dann etwas ein, was am Montag vielleicht besonders war?“

Der Mann schüttelte erneut den Kopf. „Nein, tut mir leid. Er hat nur gesagt, dass er noch ein paar Tage in München sein wird, irgendwelche Termine hatte er noch.“

„Haben Sie nach seinem Besuch bei Ihnen am Montag noch mal mit ihm Kontakt gehabt?“ Bauer sah vor sich auf den Computerausdruck des Hotels, auf dem er die Telephonate des Chinesen mit Mohr eingekreist hatte. Der letzte Kreis war um ein Telephonat am gestrigen Dienstag gezogen.

„Nein, wir haben uns am Montag verabschiedet, und dann gab es nichts mehr zu besprechen.“

Bauer biss sich auf die Zunge, während Seidl ihn von der Seite mit seinem Jetzt-gehört-er-aber-uns-Blick anschaute. Bauer faltete seine Notizblätter zusammen und beobachtete aufmerksam, wie die Anspannung aus Mohrs Gesicht verschwand. Er stand auf, die beiden anderen Männer folgten ihm.

„Noch eine Frage zum Schluss, Herr Mohr. Wo waren Sie heute Morgen zwischen sieben und neun Uhr?“

Mohr reagierte gelassen, als ob er auf diese Frage schon längst gewartet hätte. „Zu Hause, ich habe gefrühstückt. Ich komme immer gegen halb zehn ins Büro, dafür können Sie mich auch noch um sechs erreichen, wenn's brennt.“ Seine Augen blickten nervös.

„Gibt es einen Zeugen dafür?“

Mohr holte sich einen Kaugummi aus dem Sakko und schob ihn in den Mund. Langsam begann er zu kauen. „Nein, den gibt es nicht“, antwortete er und bemühte sich, dabei ruhig zu wirken.

Bauer stand auf, Seidl folgte ihm. „Wenn mir noch irgendetwas einfällt, was für Sie interessant sein könnte, dann melde ich mich natürlich“, sagte Mohr ganz beflissen, und Bauer war sich in dem Moment sicher, dass er von Mohr nie einen Anruf bekommen würde. Dessen Hemd war am Rücken inzwischen durchgeschwitzt, eilig zog er sein Sakko wieder an. Sie verabschiedeten sich und gingen zum Lift.

„Warum hast du denn den nicht gleich gepackt, von wegen, sie hatten seit Montag keinen Kontakt mehr“, raunte Seidl, als sie wieder bei ihrem Auto standen.

„Wenn ich dem das jetzt gesagt hätte, dann hätte er sich halt schnell korrigiert.“ Seidls Gesichtsausdruck machte keinen überzeugten Eindruck. „Glaubst du nicht, dass er uns dann so eine Antwort gegeben hätte wie ‚Ach ja, das hatte ich ganz vergessen, ja natürlich, gestern haben wir noch mal telephoniert, es ging um die nächste Lieferung‘, und so weiter? Der Typ ist nicht dumm, so wie ich ihn einschätze. Dann wären wir wieder dagestanden. Ich bin mir nicht sicher, vielleicht ist er wirklich so sauber, wie er tut. Dass unser Chinese mit dem gestritten hat, heißt ja noch nicht, dass er deswegen unser Mann ist, oder?"

Seidl murmelte etwas vor sich hin, Bauer konnte es nicht verstehen. „Dann sag ich dir was", meinte Seidl und holte einen Zettel hervor. Ich habe vorher gerade mal kurz telephoniert, als ich auf die Toilette gegangen bin. Roland Mohr, geboren am 10. April 1965. Unser Freund ist vor acht Jahren mit Kokain am Flughafen in Frankfurt erwischt worden. Dafür hat er drei Jahre gesessen, muss also schon ein bisschen mehr als nur für sein eigenes Näschen gewesen sein, was er da bei sich hatte."

„Gut, jetzt wissen wir also, dass er mal ein krummer Finger war", antwortete Bauer und streckte seine Arme in die Luft. „Ich sage dir was, ich bin verdammt müde. Wir behalten den Mohr auf jeden Fall mal ernsthaft im Auge. Aber wir haben doch noch nichts, warum der unseren Chinesen und den Kronen umgebracht haben sollte, da hängen wir doch noch völlig in der Luft."

Seidl blickte mürrisch aus dem Autofenster, während sie wieder in Richtung München fuhren. „Ich habe da nur so ein Gefühl, aber du hast schon recht, noch ist es zu dünn, was wir haben."

„Ich schlage vor, wir fahren jetzt nach Hause und machen morgen weiter", beendete Bauer ihre Unterhaltung.

München empfing sie mit dem üblichen Stau am neuen Fußballstadion, es war kälter geworden, so dass der Schnee liegen blieb und eine braunschmutzige Masse gab, über die sich die Kolonne wälzte. Bauer hatte sich eigentlich vorgenommen, nochmals zum Tatort zu fahren. Wenn alle anderen weg waren, kamen ihm immer die besten Gedanken, was dort genau passiert sein könnte, aber heute wollte er nur noch etwas essen und dann ins Bett.

Eigentlich war heute wieder mal der Paulaner im Tal fällig. Der niederbayerische Krustenbraten mit Semmelknödeln war abends für seine Figur natürlich tödlich, und dann noch ein oder zwei Weißbier. Keine Frage, Bauer wusste, er würde danach wieder wie ein voller Sack im Bett liegen und nicht einschlafen können. Die Alternative war ein Naturjoghurt vor dem Fernseher, ohne Zucker, sofern der im Kühlschrank nicht schon wieder mal abgelaufen war. Auf dem Weg vom Präsidium durch die Fußgängerzone ins Tal hetzten ihm die Späteinkäufer entgegen, wahrscheinlich auch wegen der eisigen Kälte, jeder wollte schnell ins Warme. Er musste Schorsch immer wieder mit der Leine zu sich heranziehen. Japanische Touristen mit bayerischen Trachtenhüten gruppierten sich in einem Durchgang des alten Rathauses um ihren jungen Reiseleiter, der gestenreich die Geschichte der Münchner Stadtmauer erklärte. Bauer quälte sich mit der Entscheidung über das Abendmenü, noch konnte er umkehren. Wenige Minuten später öffnete er die Tür zu dem Lokal, bayerisches Stimmengewirr mit ein paar fremdsprachigen Zwischentönen hallte ihm entgegen. Auch Schorsch nahm mit seiner Nase sofort Witterung auf und zog an der Leine ins Lokal. Jetzt war es entschieden. Der Joghurttag wurde auf morgen festgesetzt. Genüsslich machte er sich über den Braten her und ließ die Knödelstücke durch die Sauce fahren, bis sie alles aufgesaugt hatten. Als die Bedienung zum Schluss auch noch meinte „Jetzt brauchen Sie aber schon noch einen Schnaps", wurde der Abend mit einem echten Südtiroler Kirschgeist gekrönt. Schorsch hatte nach kurzem Protest eingesehen, dass es hier für ihn nichts zu holen gab. Bauer nahm sich vor, an einer Tankstelle noch etwas für ihn zu organisieren.

Zwei Stunden später und gefühlte drei Kilo schwerer saß Bauer vor dem Fernseher. In einer Talkshow diskutierte eine sehr kritische Moderatorin mit meinungsstarken Menschen über die Frage, ob Deutschland noch eine Zukunft habe. Bauer spürte, wie sein Magen mit den Aufräumarbeiten kämpfte, die er ihm so spät noch abverlangte. Es war ihm bewusst, dass diese bis in die Nacht dauern würden. Er beneidete Schorsch, der schlafend bei seinen Füßen lag. Das sündhaft teure Futter, das sie noch gekauft hatten, war offensichtlich nach seinem Geschmack gewesen. Bauers Gedanken wanderten nochmals zu dem Chinesen. Mit wem war er am Sonntag im Konzert gewesen? Wen konnte er, der nur ein- bis zweimal im Jahr in München war, hier kennen? Warum hatte er dann mit dieser Person zuvor nicht telephoniert? Oder hatte er ein Handy, das sie nur nicht gefunden hatten? Bauer stand auf und schaltete den Fernseher auf stumm, ohne Ton war die Sendung irgendwie angenehmer, die Gäste wirkten dann zum Teil direkt sympathisch.

Den Tatort vor Augen, machte er sich ein paar Notizen. Dies hatte ihm vor einiger Zeit sein Hausarzt geraten, nachdem er immer wieder nachts aufgewacht war vor Angst, irgendetwas bei Ermittlungen vergessen zu haben. Doch viel half es nicht. Er wachte immer noch auf, weil er sich nicht mehr sicher war, ob er das, was ihm gerade im Schlaf durch den Kopf gegangen war, auch wirklich aufgeschrieben hatte. Aber es war wenigstens nicht mehr so häufig wie früher.

Es war schon nach elf Uhr, sein Handy läutete.

„Hallo, ist dort die Mordkommission?“ Die Anruferin schien ziemlich weit weg zu sein, ihre Stimme war nur schlecht zu verstehen.

„Ja, wer spricht denn bitte?“

„Mein Name ist Simone Lammer. Meine Nachbarin hat mich angerufen, dass mein Vater angeblich ermordet wurde. Stimmt das?“

„Ja, leider, das stimmt. Wo sind Sie denn?“

„Ich bin noch in Kuba, aber ich muss jetzt gleich zum Flughafen, in drei Stunden geht mein Flug nach Frankfurt.“

„Können Sie mir kurz sagen, ob Ihr Vater mit jemandem Streit hatte?“

„Hallo, ich verstehe Sie jetzt ganz schlecht. Was haben Sie gesagt?“

„Ich habe gefragt, ob Sie ...“

Das Gespräch wurde unterbrochen. Bauer versuchte, die Handynummer der Tochter anzurufen, aber er hörte nur einen Ansagetext in Spanisch. Er überlegte, wann die Frau in Deutschland sein würde. Zehn Stunden Flug, in drei Stunden Abflug. Das hieß, sie würde morgen irgendwann am Vormittag in Deutschland sein.

Bauer schob seinen Notizzettel beiseite und ging ins Bett.

Kapitel 3

Grünwald lag im fahlen Licht der Straßenlaternen, hohe Bäume warfen immer wieder lange Schatten über die Straße. Die letzte Straßenbahn nach München war gerade abgefahren, wie ein Geisterzug war sie nur mit dem Fahrer unterwegs. Gelegentliche Fußabdrücke von Spätheimkehrern wurden von den dichten Schneeflocken in Minuten bedeckt. Außer dem Polizeisiegel an der Tür deutete an dem Haus nichts darauf hin, dass es vor wenigen Stunden Schauplatz eines grausamen Doppelmordes gewesen war. Im Garten auf der Rückseite herrschte völlige Finsternis. Eine schwarzgekleidete Gestalt mit tief ins Gesicht gezogener Kapuze kam zu Fuß auf das Haus zu und sah sich kurz um. Die Nachbarhäuser waren stockdunkel, nirgends war Licht zu sehen. Ein rascher Griff – sie trug Handschuhe –, ein leichtes Knarren des Gartentors, und schon huschte sie auf das Grundstück. Jetzt war sie von der Straße aus unsichtbar. Mit wenigen Schritten lief sie unter den großen Tannenbaum neben dem Haus, während Schnee auf ihre Schultern rieselte. Sie atmete tief durch und blickte auf ihre Fußspuren auf der Straße, die rasch unter dem Neuschnee verschwanden – und dann zum Nachbarhaus. Unverändert, alles war ruhig. In einem weiter entfernten Garten bellte ein Hund, doch das schien die Person nicht zu irritieren. Bedächtig schlich sie an der schneebedeckten Hecke entlang zur Terrasse des Hauses. Alle Rollos auf der Rückseite waren hochgezogen. Mit einem Griff in ihre Jacke holte sie einen länglichen, schmalen Metallgegenstand heraus, der wie ein überdimensionaler Zahnstocher aussah. Nochmals glitt ihr Blick an der Stirnseite des Nachbarhauses entlang. Das eine Fenster, das herüberzeigte, war durch ein Rollo verschlossen. An der Rückseite des Grundstücks stand ein Gartenhäuschen, das den Blick der dort angrenzenden Nachbarvilla auf die Terrasse verdeckte. Die schwarze Gestalt bückte sich und zog sich kleine Plastiktüten über die Schu he, dann richtete sie sich wieder auf. Das Metall strich an der Kante der Terrassentür hinunter, bis es in der Mitte mit Gewalt ins Holz gedrückt wurde. Der Rahmen gab schnell nach und splitterte, das Schloss sprang mit einem harten Geräusch auf. Ein kurzer Blick über die Schulter nach hinten, dann war von außen nichts mehr zu sehen, die Person war im Haus verschwunden. Ein schmaler Lichtstrahl tastete sich durch das Zimmer. Rotbraune Blutflecken auf dem Parkettboden, ein Schrank, dessen Türen aufgerissen waren, ein kleines Tischchen neben der Couch, auf dem das Telephon stand. Die Luft war stickig und warm, es roch nach Blut und Urin, das Polster eines Stuhles war fleckig gefärbt. Die Heizung lief auf vollen Touren. Der Lichtstrahl huschte durch das Wohnzimmer in das benachbarte Büro. Die Schreibtischschubladen waren offen, ihr Inhalt lag säuberlich auf dem Tisch ausgebreitet. Der Lichtstrahl wanderte weiter, auf dem Parkett bildeten sich kleine Wasserkreise. Auf der Straße fuhr ein älteres Auto langsam am Haus vorbei, der Fahrer blinkte und hielt am Straßenrand. Mit hochgeschlagenem Mantelkragen sprang ein jüngerer Mann heraus und begann mit einem Eiskratzer die Frontscheibe zu bearbeiten. Der im Haus umherwandernde Lichtstrahl einer Taschenlampe blinkte immer wieder kurz in den Fenstern zur Straßenseite hin auf. Keine zwei Minuten später war die Frontscheibe wieder frei, der Mann ging zurück. Sein Blick streifte am Haus entlang, bevor er sich die Füße abstapfte und fluchend ins Auto einstieg. Er knallte die Autotür zu. Ein Gesicht schob sich hinter einem Vorhang ans Fenster und sah zur Straße, der Lichtstrahl war verschwunden. Das Auto fuhr an und war kurz danach aus dem Blickfeld der Person im Haus verschwunden.

Die Terrassentür wurde vorsichtig geöffnet, nur das Rauschen der Bäume war zu hören. Die Gestalt streifte die Plastiktüten von den Schuhen und stopfte sie in ihre Jacke. Der Schneefall war leichter geworden. Mit einem Ast verwischte sie ihre Spuren im Schnee, langsam schlich sie gebückt zum Gartentor. Nervös suchten ihre Augen die Straße ab, dann war sie auf dem Gehweg. Noch ein paar Meter weit verwischte sie ihre Spuren mit dem Ast, dann warf sie ihn über einen Gartenzaun und ging mit festen Schritten in Richtung Stadt.

Kapitel 4

Am nächsten Tag war er wach, bevor sein Wecker läutete. Ein heiseres Hundegebell war nicht zu überhören. Schorsch war es nicht, der stand mit großen Augen vor dem Bett und beobachtete sein neues Herrchen neugierig. Bauers Adrenalinspiegel stieg binnen Sekunden in den nur noch schwer zu kontrollierenden Bereich. Er hatte es gestern Abend total vergessen, dass die Nacht kurz sein würde. Sein Pech, dass seine Nachbarin Krankenschwester war und in dieser Woche wieder Frühschicht hatte. Das wäre für Bauer weiter nicht von Bedeutung gewesen, wenn sie nicht einen Hund gehabt hätte, einen rachitisch kläffenden Zwerg mit immer hochstehenden Ohren, der der Meinung war, das Frauchen müsse vor ihrem anstrengenden Arbeitstag mit all den Kranken gebührend verabschiedet werden. Die Folge war, dass Bauers Tagesbeginn eng an den Schichtplan der Intensivstation des Krankenhauses Rechts der Isar gekoppelt war. Zu seinem Glück wechselte dieser Plan der Nachbarin wöchentlich, so dass er jede zweite Woche Ruhe hatte, weil sie dann erst nachmittags Dienst hatte. Schon wenige Tage nach deren Einzug hatte er ursprünglich ein wohlwollendes Gespräch mit ihr zu führen versucht, einer blassen Endvierzigerin mit mausgrauen Haaren. Doch gegen das Argument, dass der Hund das Einzige sei, auf was sie sich verlassen könne, im Gegensatz vor allem zu Männern, war er machtlos. Seine vorsichtig vorgebrachte Idee, ob der Hund nicht vielleicht in einer ruhigeren Form seinen Emotionen freien Lauf lassen könnte, wurde von ihr hart gekontert. Da das Recht auf freie Entfaltung der Persönlichkeit schließlich auch für Hunde gelte, werde sie ihren Vierbeiner auf keinen Fall dazu zwingen, auf seine morgendlichen Liebesbeweise zu verzichten. Bauer hatte da eingesehen, dass er nur zwei Möglichkeiten hatte – entweder auszuziehen oder aber im Rhythmus einer Krankenschwester zu leben. Vorerst hatte er sich für Letzteres entschieden, nachdem er in den letzten Jahren schon zweimal umgezogen war. In seinen Träumen hatte er das Problem Nachbarhund schon ein paarmal gelöst. Die Varianten, die er dabei durchlebte, reichten von blutig grausam bis zur Vorstellung, dass der Hund samt Frauchen auf einer Wolke in den Weiten des Universums verschwand. Doch gerade nach dieser Variante war das Aufwachen in der Realität immer besonders deprimierend.

Bauer stellte das Radio laut und duschte kalt. Der Magen schien wieder in Ordnung, heute Abend war ja ohnehin Naturjoghurt fest eingeplant, beruhigte er sich unter dem Wasserstrahl.

Im Lauf der Zeit hatte er festgestellt, dass das frühe Aufstehen auch Vorteile mit sich brachte. Er war dann der Erste im Büro, eine Situation, die ihm früher völlig unbekannt war. Das brachte ihm ansehensmäßig einen beachtlichen Vorsprung vor all den Normalschläfern und verschaffte ihm einigen Freiraum, zum Beispiel für eine verlängerte Mittagspause. Heute musste er unbedingt die Tochter von Kronen in Kuba erreichen, zumal sie anscheinend die einzige Verwandte war, die der Mann hatte.

„Mein Gott, hat die fesche Nachbarin wieder Frühschicht", feixte Seidl lachend, als er um Viertel nach sieben ins Büro kam.

Bauer war gerade dabei, den Bericht zu lesen, den die beiden Kollegen geschrieben hatten, die nach ihnen den Tatort durchsucht hatten. „Der Typ hatte bei einigen Geschäften mit China seine Finger mit im Spiel gehabt", antwortete Bauer, ohne auf Seidls Bemerkung einzugehen.

„Sie haben da einige Faxe gefunden, die er nach China geschickt hat. T-Shirts, Gartenmöbel, Autozubehör, der hat sich anscheinend mit allem Möglichen beschäftigt."

„Und hat er da eine eigene Firma gehabt, oder was?" fragte Seidl, während er seine drei grüngrauen Kakteen am Fenster goss, die zuvor in der Wohnung einer alten Frau gestanden waren, bis die von einem Zeitschriftenverkäufer erschlagen wurde. Die Angehörigen hatten sie Seidl geschenkt mit der Bemerkung, dass dies sicher im Sinne der Verstorbenen sei, die diese Pflanzen besonders gern gemocht habe.

Seidl hatten sie offenbar schnell in die Kategorie Pflanzenliebhaber eingereiht, nachdem er von seinem Schrebergarten erzählt hatte. Er erwies sich dieser Einschätzung auch als würdig, mit großer Sorgfalt pflegte er die blütenlosen Gewächse, die für Bauer einfach nur trostlose Staubfänger waren.

„Sehr geehrte Damen und Herren, wie ich Ihnen telephonisch schon mitgeteilt habe verfüge ich aufgrund meiner langjährigen beruflichen Tätigkeit in China, speziell in der Region Schanghai, über sehr gute Kontakte. Diese will ich Ihnen gerne zur Verfügung stellen, damit die von Ihnen dort geplante Zusammenarbeit mit örtlichen Unternehmen für Sie ein Erfolg wird. Gerne erwarte ich Ihre weiteren Informationen und stehe Ihnen auch in München jederzeit für ein persönliches Beratungsgespräch zur Verfügung."

Bauer legte das Schreiben wieder vor sich auf den Schreibtisch. „So, und von der Sorte haben wir ungefähr 25 Stück. Und dann noch ein paar Antworten von Firmen. Und noch eine Rechnung eines Hotels in London von Anfang Dezember. Zwei Nächte war er dort."

Seidl hatte seine Botanik-Pflege beendet und saß nun Bauer gegenüber. Sein grauer Schreibtisch war im Gegensatz zu Bauers bis auf einen kleinen Stapel mit Papier fast leer. Seidl pflegte alle Unterlagen in Schubladen zu horten. Das fördere seine Fähigkeit nachzudenken, weil er dann nicht ständig durch andere Vorgänge gestört werde, hatte er schon mehrmals erklärt. Bauer hatte sich über die Gestaltung seines Schreibtischs nie so explizit Gedanken gemacht. Es ergab sich einfach wie von selbst, dass er so alle vier Wochen gezwungen war, wenigstens ein paar Akten in den Schrank zu räumen, damit er noch einigermaßen den Überblick behalten konnte. Die Fahndung nach vermissten Unterlagen auf seinem Schreibtisch nahm auch so genügend Zeit in Anspruch.

„Wollen wir jetzt anfangen, jede dieser Firmen zu befragen?" fragte Seidl mit einem Blick, der wenig Zweifel an seiner geringen Begeisterung darüber aufkommen ließ.

„Wenn ich nur endlich diese Tochter erreichen könnte", fluchte Bauer, „da kriegst du doch echt eine Krise, zwei Tote und nicht einen Angehörigen, den du was fragen kannst."

„Hast du von der Spurensicherung schon was gehört?"

„Spaßvogel, das Ganze war doch erst gestern. Und du willst heute früh schon den Bericht."

„Ich dachte, seit der Brenner jetzt bei denen Chef ist, soll das al les endlich etwas schneller gehen."

„Warten wir es ab, bis Mittag werden wir schon was bekommen. Ich nehme mir jetzt mal die Telephonliste vor, mal sehen, wer da noch drauf steht." Bauer nahm sich die zweite Schweizer Telephonnummer vor, die auf der Liste stand.

Nach kurzem Läuten meldete sich eine freundliche weibliche Stimme. „Contar Treuhand, Gruezi."

Bauer stellte sich kurz vor, bevor er zum Thema kam. „Kennen Sie einen Herrn Lin?"

„Entschuldigen Sie bitte, da verbinde ich Sie besser mit Frau Dr. Lüthi, unserer Geschäftsführerin."

Wenige Minuten später war das Telephonat beendet, und Bauer wusste, dass Schweizer Treuhänder telephonisch nicht viel zu erzählen haben. Außer ihrem Namen und was sie generell machen, war eigentlich nichts zu erfahren, schon gar nicht irgendwelche Auskünfte über ihre Kunden, egal, ob diese am Leben waren oder angeblich ermordet wurden. Bauer stand auf, um sich einen Blick ins Büro gegenüber zu gönnen und zu überlegen, wie er schnellstmöglich von dieser Treuhänderin Informationen bekommen könnte. Der Himmel, von dem er nur ein kleines Stück zwischen den Häusern sehen konnte, war grau verhangen, überall in den Nachbarhäusern brannte Licht. Nur im Büro des Rechtsanwalts gegenüber nicht.

Bauer sah auf Seidls Kakteen, die wärmende Wüstenatmosphäre verbreitet hätten, wenn sie nicht die Neonlampen des Büros unbarmherzig in grelles, kaltes Licht getaucht hätten.

Seidl telephonierte gerade mit der Spurensicherung. „Kollege, ich habe nur höflich gefragt, wann wir denn von euch den Bericht bekommen können. Das war keine Beschwerde, und ich habe auch nicht gesagt, dass ihr zu langsam seid." Er sah zu Bauer und ballte die Faust, während er den Telephonhörer verkrampft festhielt. Kurz danach legte er auf. „Heute Mittag wahrscheinlich, hat er gemeint." Seidl schnaufte tief durch und begann zur Ablenkung, den aktuellen Speiseplan der Kantine zu studieren.

Bauer setzte sich wieder. „Hast du eine Idee, wie wir von dieser Schweizer Treuhandtante am schnellsten Infos bekommen?"

Seidl sah zur Decke und biss in einen Schokoriegel. „Beim LKA haben die doch letzte Woche so eine gemeinsame Aktion mit den Schweizern gehabt wegen der Schleuser. Ich kenne den Einsatzleiter, er war mit mir auf dem gehobenen Lehrgang. Den rufe ich mal an, vielleicht geht da was. Wo ist denn diese Treuhänderin?"

„In St. Gallen, genauso wie sein Bankkonto bei der UBS."

Seidl führte ein paar Telephonate, wobei seine Stirn zwischendurch so viele Falten warf, dass Bauer sich schon um das Aussehen seines Kollegen Sorgen machte.

„Also, hast ja gehört. Die Schweizer sind da etwas mühsam, ich habe mit dem Chef der Kantonspolizei in St. Gallen gesprochen. Das Schnellste, was er für uns machen kann, ist, einen von seinen Leuten mit uns zusammen zu der Treuhänderin zu schicken. Dazu braucht er aber unbedingt ein Schreiben von unserem Staatsanwalt, das wir ihm mitbringen sollen. Den offiziellen Schriftkram, hat er gesagt, können wir auch später machen."

„Na also, dann werde ich uns jetzt schnell die Erlaubnis für einen kleinen Ausflug besorgen, und dann geht es los."

Bauer dachte an das erste Mal, als er in St. Gallen war. Das muss jetzt so zehn Jahre her sein. Damals war er dort mit dem Tennisverein zu einem Turnier gewesen, und dann hatte er diese zierliche Schweizerin kennengelernt. Sie hatte so ein freches Lachen, das ihn sofort angesteckt hatte. Wenn er so zurückdachte, war das eigentlich das einzige Mal gewesen, wo er Marion beinahe untreu geworden wäre. Was diese Schweizerin wohl heute machte? Bauer meinte sich zu erinnern, dass sie als Sportlehrerin arbeitete. Plötzlich begeisterte ihn der Gedanke, dass er sie vielleicht wiedersehen könnte, wenn er mit Seidl in St. Gallen wäre. Den könnte er schon für ein bis zwei Stunden in einem Café parken, dafür hätte der schon Verständnis. Aber je mehr er darüber nachdachte, desto klarer wurde ihm, dass es Unsinn war. Er wusste nicht einmal ihren Namen, und wahrscheinlich war sie ohnehin schon verheiratet und hatte ihn natürlich längst vergessen.

Seidl war kurz aus dem Zimmer gegangen, nachdem ihn der Chef angerufen hatte. „Das mit dem gemeinsamen Ausflug in die Schweiz wird nichts", kam er zurück und hatte einen Packen mit Zetteln in der Hand. „Das sind die Anrufe, die bis jetzt bei uns wegen dem Zeitungsartikel eingegangen sind. Die glauben alle, dass sie unseren Chinesen gesehen haben. Klaus hat gemeint, ich sollte mich darum kümmern."

Bauer sah ihn mit fragendem Blick an. „Die haben alle wegen dem Chinesen angerufen? Ich hätte gedacht, den kennt hier in München niemand. Da bin ich ja mal gespannt."

Seidl begann die Notizen zu lesen. „Da ist einer, der ist sich sicher, dass der Chinese im McDonald's im Hauptbahnhof arbeitet. Okay, geschenkt." Er nahm den Zettel und legte ihn auf das Fensterbrett. „Eine Cornelia Wimmer meint, sie hätte unseren Chinesen am Samstag im Tierpark mit einer Frau und zwei Kindern gesehen. Wo stecken wir die hin?"

„Ich würde sagen: lauwarm, zur Sicherheit mal überprüfen", antwortete Bauer, während er gerade überlegte, wer diese reizvolle Aufgabe übernehmen könnte, zu all den Mitteilern hinzufahren.

„Der Hinweis ist auch gut", machte Seidl weiter, „der Mann hier ist sich sicher, dass er den Lin in einem Chinarestaurant in der Sonnenstraße in der Küche gesehen hat."

„Heiße Spur", lachte Bauer.

Seidl blätterte weiter die Zettel durch. „Ich sag's dir ja, mit den Chinesen, das ist wirklich die Seuche. Die kann doch keiner bei uns auseinanderhalten."

„Halt, da ist eine, die könnte passen. Die Frau sagt, sie habe ihn am Sonntag im Gasteig gesehen, bei dem Konzert. Die vom Hotel hat doch gesagt, dass er am Sonntag im Konzert war, oder?"

Bauer nickte. „Ja stimmt, das hat sie gesagt. Okay, dann fahre ich jetzt alleine in die Schweiz. Und du kümmerst dich um diese Frau", Bauer blickte auf Schorsch, der heftig mit dem Schwanz wedelte, „und natürlich um Schorsch."

Bauer grinste auf dem Weg zur Tür, Seidl gab ihm noch den Namen des Polizisten, bei dem er sich melden sollte. Gerade fuhr er am alterwürdigen Bau des Wittelsbacher Gymnasiums vorbei, wo er einmal Latein und Griechisch gelernt hatte. Nur Jungs waren sie damals gewesen, in der ganzen Schule kein einziges weibliches Wesen bis auf das bissige Weib des Hausmeisters. Das sei gut für die Konzentration, meinten seine Eltern, und als Elfjähriger konnte er darin auch kein Problem sehen. Aber das änderte sich rasch. Was hatten sie sich dann nicht alles einfallen lassen, wenn sie Schulfeste organisierten. Die Schwesternschülerinnen vom nahen Krankenhaus am Rotkreuzplatz hatten sie mit Gratisgetränken gelockt, beseelt von dem Gedanken, dass es mit denen richtig hoch hergehen würde. Denen musste es ja so wie ihnen gehen, was die Sehnsucht nach dem anderen Geschlecht anging, litten die ja sicher auch unter dieser biologisch völlig unnatürlichen Form der Ausbildung. Bauer musste schmunzeln bei dem Gedanken, wie zäh es dann immer gewesen war, eine der zukünftigen Lebensretterinnen nur zu einem engen Tanz mit Körperfühlung zu bewegen. Wenn es einer seiner Kumpane am Ende des Festes geschafft hatte, zum Abschied von seiner Angebeteten ein hingehauchtes Wangenküsschen zu bekommen, dann war er der Star des Abends.

Sein Handy riss ihn aus seinen Jugendträumen. „Die Tochter von Kronen hat angerufen“, sagte Seidl, „sie ist anscheinend wieder zurück.“

Bauer war wie elektrisiert und wäre beinahe auf den vor ihm plötzlich bremsenden Lastwagen aufgefahren. „Und, was hat sie gesagt?“

„Sie war nicht besonders gesprächig, keine Ahnung ob aus Trauer oder weshalb sonst. Hat auch nur gefragt, ob wir schon wissen, wer es getan hat. Ich sagte, sie soll zu uns ins Büro kommen, aber sie meinte, das gehe sehr schlecht. Ob wir sie nicht in Augsburg befragen könnten.“

Bauer überlegte, was er davon halten sollte. Normalerweise konnten es die Leute gar nicht schnell genug erfahren, was genau passiert war. „Dann scheint das von der Nachbarin zu stimmen, dass sie kein besonderes Verhältnis zu ihrem Vater hatte.“

„Keine Ahnung. Aber ich habe mir gedacht, du könntest doch auf der Rückfahrt über Augsburg fahren, oder nicht?“

Bauer wäre am liebsten sofort nach Augsburg gefahren, von den Vernehmungen in der Schweiz erhoffte er sich nicht so viel, aber er hatte die Termine mit den Schweizer Kollegen bereits vereinbart, das hätte nicht gut ausgesehen, die jetzt zu streichen. „Okay, gib mir die Telephonnummer, ich rufe sie dann später an.“

Bauer freute sich zunehmend auf den Tag, am Abend würde er weiter sein als jetzt, davon war er überzeugt.

Die Wolken rissen auf, als er durch die schneebedeckte Hügellandschaft des Allgäu fuhr. Die Sonne schien auf die kleinen Dörfer mit ihren gepflegten Häusern und spitzen Kirchtürmen neben der Autobahn. Bauer dachte an einen seiner ersten Ausflüge, den er mit Marion, seine Ex-Frau, an den Bodensee gemacht hatte. Ihm kamen die Bilder wieder in den Sinn, wie sie mit einem Boot zur Insel Mainau fuhren, Marion damals noch mit langen Haaren, immer gut gelaunt und mit überraschenden Einfällen. Sie wollte mit ihm spontan am Bodensee über Nacht bleiben, aber er konnte nicht, er musste am nächsten Tag wieder in den Dienst. Es war das erste Mal, dass ihnen sein Beruf im Weg stand, aber nicht das letzte Mal, wie Marion sich oft beklagte. War es wirklich seine Arbeit, die sie letztendlich auseinanderführte? Oder machte er sich etwas vor, und sie wären heute auch getrennt, wenn er irgendeinen anderen, stinknormalen Beruf gehabt hätte, vielleicht in einer Bank oder irgendwo in der Verwaltung?

Er wehrte sich nicht gegen die melancholische Stimmung, die in ihm aufkam. In den Monaten nach der Trennung waren diese Erinnerungen viel härter für ihn gewesen, manchmal hatte er morgens im Büro angerufen und sich einen Tag frei genommen, nur um niemandem zu begegnen und für sich zu sein. Jetzt konnte er damit umgehen, er wusste, dass ihn die Erinnerung nicht mehr aus der Bahn werfen würde.

Der Schweizer Zöllner hatte ihn ohne Kontrolle durchgewunken, hohe schneebedeckte Berge bildeten jetzt die wuchtige Kulisse auf seiner Fahrt. Leichter Nebel kam vom Bodensee herüber zur Autobahn, die an seiner Südseite entlangführte. St. Gallen hatte sich seit Bauers letztem Besuch nicht viel verändert, soweit er sich erinnern konnte. Ein paar neue Häuser, das ein oder andere moderne Geschäftsgebäude, ansonsten wirkte die Stadt, die zwischen hohen Hügeln eingeklemmt ist, eher ärmlich. Zumindest können die Einwohner ihren Reichtum gut verstecken, so sie denn welchen haben, dachte er sich.

Die Kantonspolizei St. Gallen im Stiftsbezirk war leicht zu finden, ein jüngerer Beamter in Uniform begrüßte ihn. „Wir haben Sie schon erwartet, hatten Sie eine gute Reise?“ begann er freundlich das Gespräch in bemühtem Hochdeutsch, ohne den typisch singenden Schweizer Akzent zu kaschieren. Bei der Geschäftsführerin der Treuhandfirma hatte er sie schon angemeldet, so dass Bauer mit Uniformierten kurz danach auf der Fahrt dorthin war.

„Ich habe gehört, Sie haben einen Mord in München, bei dem ein Kunde dieser Firma getötet wurde?“

„Wir vermuten, dass er ein Kunde war, weil er die Telephonnummer dieser Firma gewählt hat. Außerdem haben wir bei ihm eine Rechnung einer Schweizer Unternehmensberatung gefunden, die dieselbe Anschrift wie die Treuhandfirma hat.“

Der Polizeibeamte nickte. „Das gibt es hier bei uns sehr häufig. Diese Treuhandfirmen verwalten oft mehrere Hundert solcher Briefkastenfirmen und machen auch die Buchhaltung für die. Wahrscheinlich ist das hier auch so, wir werden sehen. Da sind wir schon."

Sie waren an einem mehrstöckigen Haus mit moderner Glasfassade im Zentrum von St. Gallen angekommen, das sich von den etwas heruntergekommenen grauen Gebäuden der Umgebung abhob. Nur wenige Meter entfernt rauschten die Züge nach Zürich vorbei.

Frau Dr. Lüthi, die Geschäftsführerin der Contar Treuhand, war eine kleine Frau Anfang fünfzig. Sie war kaum geschminkt und trug einen engsitzenden, braunen Hosenanzug mit beiger Bluse, alles saß korrekt ohne jede Falte. Mit einem geschäftlich strengen Blick empfing sie die Beamten und führte sie in ihr holzgetäfeltes Büro. Der Schweizer Polizist zeigte ihr kurz ein Schreiben des zuständigen Staatsanwalts, das auf sie aber keinen sichtbaren Eindruck machte. „Nun gut, sehen wir mal, was ich für Sie tun kann", meinte sie und schenkte sich eine Tasse Kaffee ein.

„Wie ich schon am Telephon kurz andeutete, haben wir in München einen Mordfall, bei dem ein Chinese namens Chang Lin erschossen wurde. In seinen Unterlagen haben wir eine Rechnung einer Unternehmensberatung gefunden, die hier in diesem Haus ihren Sitz hat, und ihre Telephonnummer auf der Liste des Hotels."

Die Frau stand auf und nahm aus dem Schrank hinter ihr einen Aktenordner. „Ich bin mir zwar nicht sicher, ob ich Ihnen das nur wegen diesem Schreiben des Staatsanwalts sagen darf, aber ich tue es jetzt mal. Also, der Herr Lin war seit fünf Jahren unser Kunde. Wir haben seine Firma, die Chinafive Consulting, verwaltet. Auch sein Bankkonto, weil er das so wünschte, wenn er nicht in Europa war."

„Wann haben Sie ihn das letzte Mal gesehen?" fragte Bauer.

„Das war am Dienstag, also vorgestern."

„Was wollte Lin bei Ihnen?"

„Er hat sich die aktuellen Kontoauszüge angesehen und mir dann wiedergegeben, er hat sie nie mitgenommen. Und außerdem hat er von der Bank 1,8 Millionen Franken abgehoben und die dann in Euro umgewechselt."

Bauer fühlte sich bestätigt, der Tag würde interessant werden, wie er schon vermutet hatte. Sein Blutdruck erhöhte sich merklich. „Sie sagen, 1,8 Millionen Franken? Wissen Sie, wofür er das Geld gebraucht hat?“

Die Frau schüttelte den Kopf. „Wissen Sie, in unserem Beruf stellt man solche Fragen nicht. Wenn der Kunde es nicht von sich aus erzählt, und das hat er nicht, dann bleibt das sein Geheimnis.“ Der Gesichtsausdruck der Frau war unbeweglich wie eine Maske, auch ihr monotoner Tonfall ließ keinerlei Erregung erkennen. Es schien für sie nichts Besonderes zu sein, dass Kunden mit solchen Summen hantierten.

„Ich habe Ihnen ja schon am Telephon gesagt, dass Herr Lin ermordet wurde. Ist Ihnen am Dienstag etwas an ihm aufgefallen?“

Die Frau schüttelte den Kopf. Es war offensichtlich, dass sie den Termin so schnell als möglich hinter sich bringen wollte. „Nein, er war wie immer. Wir haben die Buchhaltung seiner Unternehmensberatung Chinafive kurz besprochen, das war es. Es war ja auch immer dasselbe, die Firma hatte ja keine großen Aktivitäten.“

„Können Sie mir mal die Kontoauszüge der letzten Monate zeigen?“

Bauer sah, wie das Gesicht der Frau für einen kurzen Moment Ärger verriet, dann hatte sie sich wieder gefangen. „Ja, meinetwegen, einen Moment.“

Sie verließ das Zimmer und kam kurz danach wieder mit einem Ordner zurück, den sie Bauer gab. Auf dem Konto bei der UBS St. Gallen war nicht viel Bewegung gewesen in den letzten Monaten, im Schnitt gab es alle drei Monate eine Überweisung der Nürnberger Firma, die zwischen 60.000 und 80.000 Euro lag. Bauer dachte an die Aussage von Mohr, er hatte sie also nicht angelogen, zumindest in diesem Punkt. Dieses Geld wurde dann in Aktien und anderen Wertpapieren angelegt. Gelegentlich gab es auch kleinere Barabhebungen bis zu 5.000 Schweizer Franken. Das Konto hatte nach der Abhebung noch ein Guthaben von 450.000 Schweizer Franken.

„Wenn ich das richtig sehe, hatte Herr Lin nur einen Kunden, von dem er Geld auf das Konto bekommen hat. Wissen Sie, wofür das war?“

„Nein, keine Ahnung. Er hat uns immer dann angerufen, wenn wir eine Rechnung an diese Firma in Deutschland schreiben sollten. Das war so drei- oder viermal im Jahr, glaube ich. Und er hat uns dann auch immer den Betrag gesagt, den wir berechnen sollten. Der Grund war immer der Gleiche, Designberatung, das war von Anfang an so."

Die Frau machte eine Pause und sah mit nachdenklichem Blick zum Fenster hinaus, wo jetzt dicke Schneeflocken fielen.

„Eine Sache fällt mir jetzt ein, die könnte für Sie vielleicht interessant sein. Ich muss überlegen, dass ich mich noch genau daran erinnere. Es war das vorletzte Mal, als Herr Lin bei mir war, das war irgendwann letztes Jahr im Herbst. Er fragte mich, ob ich Erfahrung mit der deutschen Polizei hätte. Da musste ich ihm sagen, dass ich mit ihr noch nie zu tun hatte. Aber ein ehemaliger Studienkollege von mir arbeitet jetzt in Frankfurt als Rechtsanwalt. Den könnte er fragen, wenn er etwas Spezielles bräuchte, habe ich ihm gesagt."

Die Frau schenkte sich Kaffee nach und trank einen Schluck aus der Tasse, während sie Bauer beobachtete. „Er hat dann gesagt, er kenne jemanden, der erpresst wird. Und nun würde derjenige überlegen, ob er zur Polizei gehen und Anzeige erstatten solle."

„Hat er gesagt, um wen es sich handelt?"

Die Frau sah Bauer mit nachdenklichem Blick an. „Nein, das hat er nicht. Ich wollte auch nicht mehr wissen, ich habe ihm dann die Telephonnummer meines Studienfreundes gegeben. Bei dem hat er sich aber nie gemeldet, ich habe mit ihm letzte Woche erst telephoniert und ihn danach gefragt."

Bauer gingen immer noch die 1,8 Millionen durch den Kopf. „Hat er überhaupt keine Andeutung gemacht, was er mit dem Geld vorhatte?"

„Nein, ich habe nicht die leiseste Ahnung. Ich habe ihm nur gesagt, dass er möglicherweise Schwierigkeiten an der Grenze bekommen kann mit so viel Bargeld. Aber darauf hat er nicht reagiert. Dann ist er gegangen und hat gesagt, er wird sich wieder melden. So wie immer." Die Frau sah auf ihre vergoldete Schreibtischuhr. „Ich hoffe, Sie sind mir nicht böse, aber wenn Sie nichts Wichtiges mehr haben, würde ich jetzt gerne das Gespräch beenden, ich habe gleich eine wichtige Besprechung."

Bauer und der Schweizer Polizist standen auf, die Frau reichte ihnen kraftlos die Hand und ließ sie von der Sekretärin zur Tür bringen.

„Wie schätzen Sie die Frau ein?“ fragte Bauer den Kollegen, als sie draußen waren.

„Das Wichtigste für diese Treuhänder ist, dass sie in Ruhe arbeiten können. Die wollen möglichst wenig mit Behörden zu tun haben, die reden auch mit uns nur, wenn sie es nicht vermeiden können. Muss man auch verstehen, ist nun mal ihr Geschäft, dass sie verschwiegen sind.“

„Glauben Sie, die Frau weiß etwas, das sie uns verheimlicht hat?“

Der Polizist schüttelte leicht den Kopf, während sie wieder im Auto saßen und zurück ins Zentrum von St. Gallen fuhren. „Ehrlich gesagt, nein. Ich denke, was sie weiß, hat sie uns auch gesagt. Hat mich ohnehin gewundert, dass sie uns so viel erzählt hat.“

Bauer stieg aus und bedankte sich. „Die Kontoauszüge von der UBS können Sie uns dann auf dem offiziellen Weg schicken, ich benötige sie für unsere Unterlagen.“

„Machen wir. Und wenn Sie noch irgendeine Frage haben, Sie haben ja meine Telephonnummer. Rufen Sie einfach an.“

Bauer stieg in sein Auto und überlegte kurz, ob er eine Mittagspause machen sollte. Eigentlich hatte er noch keinen Hunger, aber ihm fiel gerade das Lokal wieder ein, wo er damals mit der Schweizer Lehrerin zum Essen war. Vielleicht würde sie ja auch dort sein. Es war noch früh für die Mittagspause, gerade mal zwei Gäste waren im Lokal. Bauer setzte sich so, dass er die Tür im Auge hatte, und bestellte sich das Tagesgericht, Schweinemedaillon mit Rösti. Er kam sich irgendwie lächerlich vor, aber andererseits, warum sollte er nicht auch Glück haben? Erst vor wenigen Tagen hatte er einen Roman gelesen, in dem ein Musiker seine Jugendliebe nach vielen Jahren wieder zufällig getroffen hatte und die beiden dann beschlossen, es noch einmal zu versuchen. Die Tür ging auf, und eine Gruppe von vier jungen Frauen kam schwatzend ins Lokal. Aber sie waren alle jünger als Bauers erwartete Lehrerin. Eine halbe Stunde später waren alle Plätze besetzt, doch keine Spur von ihr. Romane sind nun mal nicht das reale Leben, dachte er sich. Irgendwie war er auch ganz froh, wahrscheinlich hätte sie sich gar nicht mehr erinnert.

Er zahlte und ging zu seinem Auto, das inzwischen nach einem heftigen Schneeschauer komplett eingeschneit war. Da er im Auto nichts Passendes zum Freikratzen fand, waren seine Hände zu Eis gefroren, als er endlich durch die Scheibe sehen konnte. Er überlegte, wie lange die Fahrt nach Augsburg dauern würde, so drei Stunden, dachte er sich. Er rief Kronens Tochter an und vereinbarte mit ihr ein Treffen in einem Café im Zentrum, in der Maximilianstraße. Er würde sie leicht erkennen, meinte sie, sie trage ein blaues Halstuch, weil sie sich eine Erkältung eingefangen habe. Danach rief er Seidl an und erzählte ihm kurz vom Gespräch mit der Treuhänderin.

„Na ja, 1,2 Millionen ist ja nicht so wenig. Die muss er dann ja wohl im Hotel auf dem Zimmer gehabt haben, auch etwas ungewöhnlich“, meinte Seidl.

„Was haben denn deine Telephonate mit den Hinweisen wegen des Zeitungsartikels ergeben?“

„Die meisten sind nichts, die haben nur irgendeinen Chinesen gesehen und glauben, das könnte unserer sein. Interessant aber ist eine Frau, die arbeitet an der Garderobe im Gasteig. Sie hat gesagt, sie kann sich an den Chinesen erinnern, weil er mit einer Frau da war, mit der er dann gestritten hat, als sie nach dem Konzert ihre Mäntel wieder abgeholt haben. Sie hat nicht verstanden, worum es ging, weil die beiden Englisch gesprochen haben. Sie glaubt aber, dass die Frau eine Deutsche war, zumindest hat sie mit der Garderobenfrau akzentfreies Deutsch geredet.“

„Und, wie willst du jetzt herausbekommen, wer die Frau ist?“

„Ich habe mal die Taxizentrale angefragt, ob unser Pärchen vom Gasteig gemeinsam mit einem Taxi weggefahren ist. Die haben eine Durchsage gemacht, aber bis jetzt hat sich noch keiner gemeldet. Wenn die natürlich bei einem unserer speziellen Freunde eingestiegen sind, der vielleicht gestern gerade wieder mal beim Radar drei Punkte eingefahren hat, dann wird er den Teufel tun und uns helfen.“

„Auf jeden Fall wissen wir schon mal, dass er mit einer Frau unterwegs war. Hast du eine vernünftige Beschreibung bekommen?“

„Es geht. Die Frau hatte natürlich viel zu tun beim Konzertende, hat deshalb unser Pärchen nur kurz angesehen. Aber sie meint, sie würde sie wiedererkennen. Die Frau war so ungefähr Anfang vierzig und hatte halblange, braune Haare.“

„Ich treffe mich jetzt mit der Tochter von Kronen. Mal sehen, was die weiß. Was macht denn dein Spürhund Schorsch?“

„Das ist nicht *mein* Spürhund, sondern ich passe für dich tagsüber auf ihn auf. Nur damit es da kein Missverständnis gibt.“

„Gut, unser Spürhund“, antwortete Bauer.

„Den hat, glaube ich, die ganze Aufregung gestern ziemlich mitgenommen, er liegt nur unter meinem Tisch und schläft. Nur vorhin hat er Bogner angekläfft, als er ins Zimmer gekommen ist. Heute Abend darfst du ja dann schön mit ihm Gassi gehen“, lachte Seidl und hängte auf.

Als Bauer mit knapper Verspätung ins Café kam, erkannte er die Frau sofort, die auf ihn wartete. Simone Lammer trug das blaue Halstuch. Ihre schwarzen Haare hatte sie zu einem Pferdeschwanz zusammengebunden, der über den Kragen ihrer schwarzen Jeansjacke hing, die mit Glasperlen verziert war. Die Frau, die Mitte dreißig war und zierlich, stand auf und begrüßte ihn. „Und Sie kommen jetzt direkt aus der Schweiz?“ fragte sie Bauer neugierig, der noch damit beschäftigt war, einen Platz für seinen Mantel zu finden. Das Café war so eng mit Tischen zugestellt, dass er sich nur vorsichtig bewegen konnte, um nicht das Geschirr auf den Nachbartischen mit seinem Mantel herunterzufegen.

„Ist etwas eng hier, aber dafür haben sie den besten Cappuccino in der Stadt“, meinte die Frau mit einem entschuldigenden Lächeln.

Bauer bestellte sich den so gerühmten Cappuccino und versuchte seinen Stuhl so zu Simone Lammer zu drehen, dass nicht alle Nachbartische ihr Gespräch hören konnten.

„Woher haben Sie erfahren, dass Ihr Vater tot ist?“

„Die Nachbarin, die auch auf unsere Blumen aufgepasst hat, hat mich angerufen. Die hatte meine Handynummer.“

„Und dann sind Sie sofort ins Flugzeug gestiegen und zurückgeflogen?“

Sie nahm einen Schluck Kaffee und schüttelte den Kopf. „Nein, eigentlich nicht. Ich wäre sowieso früher zurückgekommen. Aber das hat andere Gründe, nicht wegen meinem Vater.“

Bauer war erstaunt, wie unbeeindruckt die Frau war. Von Trauer oder bedrückter Stimmung konnte er nicht viel bemerken. Aber vielleicht war sie einfach nur ein verschlossener Typ, obwohl sie nicht so auf ihn wirkte.

„Sie wissen ja dann schon von Ihrer Nachbarin, dass wir Ihren Vater ermordet in seinem Haus gefunden haben, zusammen mit einem Chinesen. Sagt Ihnen der Name Chang Lin etwas?"

„Nein", antwortete sofort, „habe ich noch nie gehört."

„Was haben Sie gedacht, als Sie gehört haben, dass Ihr Vater ermordet wurde? Ist Ihnen irgendetwas eingefallen, das damit im Zusammenhang stehen könnte?"

Simone Lammer zuckte mit den Schultern. „Hm, was ich gedacht habe ... eigentlich nichts, wenn ich ehrlich bin. Aber ich war ja auch sehr geschockt, da ist man im Urlaub, und dann so eine Nachricht." Sie sah Bauer an und schien zu überlegen, wie sie ihm das erklären sollte. „Wissen Sie, mein Vater und ich hatten früher ein sehr enges Verhältnis. Ich war das einzige Kind meiner Eltern, und wir haben immer viel Zeit miteinander verbracht. Als mein Vater dann nach China ging, vor acht Jahren, haben wir uns natürlich nicht mehr so oft gesehen, aber immer noch fast täglich telephoniert. Und dann kam der Neujahrstag vor vier Jahren. Meine Mutter war bei meinem Vater in Shanghai zu Besuch, sie flog so zwei- bis dreimal im Jahr für mehrere Wochen zu ihm. Mein Vater hatte ein Auto gemietet, und sie machten einen Ausflug aus der Stadt hinaus, als ihnen ein Lastwagen auf ihrer Spur entgegenkam und voll erwischte. Meine Mutter hatte Glück, sie wurde aus dem Auto geschleudert und hatte nur einige Prellungen. Aber meinen Vater hatte es voll erwischt, wir dachten anfangs, er überlebt es nicht. Er hatte alle möglichen inneren Verletzungen, einen Beckenbruch und was weiß ich nicht noch alles. Zuerst war er in China in einer Klinik, dann haben wir ihn nach Deutschland fliegen lassen. Erst war er Monate im Krankenhaus, dann in der Reha."

Bauer sah die Frau an, sie wirkte mehr und mehr ergriffen, je länger sie von ihrem Vater erzählte. Ihre anfangs nichtssagenden Augen drückten nun tiefe Traurigkeit aus.

„Aber mein Vater war immer ein Kämpfertyp gewesen, er glaubte auch im Krankenhaus daran, dass er wieder arbeiten könnte. Die Firma seines Schwagers, für die er in China tätig war, versprach ihm auch, dass sie ihn wieder irgendwie beschäftigen würde. Aber nach ein paar Monaten haben sie ihm ziemlich kühl geschrieben, dass sie seinen Vertrag nicht verlängern werden. Mein Onkel hatte es nicht mal für nötig befunden, sich persönlich bei meinem Vater zu melden. Das hat ihn ziemlich getroffen, er hatte sich für die Firma ziemlich reingehängt."

Bauer bemerkte, dass ihre Augen feucht waren.

„Von da an ging es rapide bergab mit ihm. Er wurde unheimlich misstrauisch, auch mir und meiner Mutter gegenüber, meinte immer, wir würden ihn nicht mehr ernst nehmen. Wir hatten oft Streit, aber es war sinnlos, er war nicht mehr zugänglich."

„Was glauben Sie, war der Grund, dass er sich so veränderte"

Sie atmete tief ein. „Ich kann es nicht sagen, ich bin keine Psychologin, sondern Schauspielerin, aber ich vermute, dass es für ihn einfach ein zu großer Bruch war. Von heute auf morgen konnte er nicht mehr arbeiten und wurde nicht mehr gebraucht, so hat er es auf jeden Fall wohl gesehen. Dazu kam auch, dass meine Eltern seitdem finanzielle Schwierigkeiten hatten, mein Vater hatte sich nicht gut versichert, und auf dem Haus lagen noch hohe Schulden."

Lammer nickte einer jungen Frau zu, die mit ihrem Kind ins Café kam und ihr zugewunken hatte. „Eine frühere Kollegin von mir, hat mit mir hier in Augsburg am Theater gespielt. Entschuldigung, wo war ich stehengeblieben?"

„Sie sagten, dass Ihre Eltern hohe Schulden hatten."

„Ja, das war für beide sehr schlimm, weil sie immer gut verdient hatten, auch meine Mutter, die früher mal eine Apotheke hatte. Und dann bekam sie plötzlich Krebs, vielleicht auch wegen dem Kummer, den sie hatte, und nach wenigen Monaten starb sie."

„Wann war das?"

„Nächste Woche werden es genau zwei Jahre."

„Wissen Sie, was Ihr Vater gemacht hat in der letzten Zeit? Hat er irgendwelche Geschäfte gemacht, oder kann es sein, dass der Chinese ein Bekannter von ihm war?"

Lammer dachte einen Moment nach, dann schüttelte sie den Kopf. „Sie werden mich jetzt vielleicht für eine schlechte Tochter halten, aber ich kann Ihnen über das, was mein Vater die letzten Monate gemacht hat, nicht viel sagen. Unser Verhältnis verschlechterte sich nach dem Tod meiner Mutter weiter, er war nur noch mies gelaunt und machte alle um ihn herum für seine Situation verantwortlich. Plötzlich passte es ihm auch nicht mehr, dass ich Schauspielerin war, er meinte, ich sollte was anderes arbeiten, wo man sicher Geld verdient. Sonst würde es mir mal so gehen wie ihm."

„Haben Sie nicht gelegentlich miteinander telephoniert?" Bauer sah sie ungläubig an.

„Doch, das haben wir schon. Er rief mich so ein- bis zweimal pro Monat am Donnerstagabend an, weil er wusste, dass mein Mann dann beim Sport ist. Die beiden verstanden sich überhaupt nicht."

„Wir haben bei ihm Schreiben gefunden, wo er Firmen Beratung für Geschäfte in China angeboten hat. Wissen Sie etwas darüber?"

„Ach ja", sie machte eine abwertende Handbewegung, „das war immer noch sein Traum, dass er da wieder einen Fuß in die Tür bekommt. Er hat immer wieder von interessanten Anfragen erzählt, aber dann ist nur selten etwas daraus geworden."

„Aber er hatte doch sicher noch Kontakte nach China von seiner früheren Arbeit her, oder?"

„Ja, das schon, er hat auch immer wieder mal was davon erzählt, dass sich irgendein Chinese bei ihm gemeldet hat, dem er dann geholfen hat mit seinen Kontakten hier. Aber das waren immer mehr so Gefälligkeiten, damit hat er, glaube ich, nie richtig Geld verdient. Zuletzt hatte ich ihm ein paarmal gesagt, er solle doch das Haus verkaufen und in eine kleinere Wohnung ziehen, er konnte kaum noch den Kredit bezahlen." Der Gesichtsausdruck der Frau wurde jetzt härter, die Trauer verschwand aus ihren Augen. „Aber nein, das kam überhaupt nicht in Frage", erzählte sie mit lauter, wütender Stimme, „das Haus sei das Letzte, was ihm noch geblieben sei. Für was habe er denn ein Leben lang gearbeitet, doch nicht dafür, dass er dann in einer kleinen Wohnung hausen müsse. Da war mit ihm überhaupt nicht zu reden."

„Wissen Sie, warum er Anfang Dezember in London war?" Bauer hatte den Eindruck, dass sie diese Frage etwas erschreckte, aber er war sich nicht sicher, zumal sie ihr Gesicht weggedreht hatte und der Bedienung nachsah, um noch etwas zu bestellen.

„Ich glaube, er hat mir etwas erzählt, dass er irgendeinen geschäftlichen Termin hat. Ich habe da gar nicht näher nachgefragt, bei seinen Geschäften bekamen wir uns meistens in die Haare. Er träumte immer noch von dem großen Deal, den er noch einmal machen wollte. Ich fand es nur noch traurig, dass er sich nicht einfach mit seiner Situation abfinden konnte, er war nun mal 64 und ging mit Krücken."

Die Bedienung kam an den Tisch, und sie bestellte sich noch etwas zu trinken.

„Finden Sie nicht auch, dass das Leben auch so noch schön sein kann, man muss doch mal mit einem Abschnitt abschließen können und sich mit der Realität arrangieren." Mit feuchten Augen sah sie Bauer an. Trauer und Wut vermischten sich in ihrem Blick.

„Es tut mir leid, dass ich das jetzt alles bei Ihnen wieder aufgewühlt habe. Aber ich muss Sie leider fragen. Sie sind ja die einzige Angehörige."

Sie wischte sich die Tränen mit einer Serviette aus den Augen. „Tut mir leid, entschuldigen Sie."

Nach ein paar Minuten, in denen nur das Stimmengewirr der anderen Gäste des Cafés zu hören war, hatte sie sich wieder gefasst. „Eines fällt mir noch ein, weil wir gerade von seinen Geschäften sprachen. Als wir das letzte Mal vor meinem Urlaub geredet haben, hat er mir erzählt, dass er jetzt endlich ein Geschäft abschließen könne, bei dem er eine gute Provision verdienen würde." Sie sah nachdenklich an Bauer vorbei ins Café. „Ich meine, es war sogar so, dass er gesagt hat, an diesem Mittwoch würde das Geschäft perfekt gemacht. Nageln Sie mich nicht fest, aber ich meine, es war dieser Mittwoch, den er gemeint hat."

„Hat er nicht irgendwas erzählt, mit wem er das Geschäft machen wollte und worum es ging?"

„Nein, ich muss vielleicht später noch mal in Ruhe darüber nachdenken, aber momentan kann ich mich nicht erinnern, dass er dazu was gesagt hat." Sie sah Bauers unzufriedenen Gesichtsausdruck. „Wissen Sie, mein Vater kam sich inzwischen ja auch lächerlich vor, immer wieder was anzukündigen, und dann wurde doch nichts daraus. Darum hat er wahrscheinlich auch nicht mehr erzählt, bis die Sache über die Bühne war und er sein Geld hatte. Ist nicht viel, was ich Ihnen sagen kann, nicht wahr?"

Bauer musste sich beherrschen, ihr nicht recht zu geben, er hatte sich doch einiges mehr von diesem Gespräch erhofft. „So ist das nun mal in unserem Beruf, aber machen Sie sich keine Sorgen, wir kommen schon auch so weiter“, meinte er mit einem Schulterzucken und gab ihr seine Visitenkarte. „Denken sie heute Abend einfach noch mal in Ruhe nach, möglicherweise fällt Ihnen ja doch noch etwas dazu ein. Irgendjemand, mit dem Ihr Vater in letzter Zeit Streit hatte. Wir gehen davon aus, dass er den Mörder ins Haus gelassen hat, weil es an der Tür oder sonst im Haus keinerlei Aufbruchspuren gibt. Also hat er den Mörder wohl gekannt.“

Lammer zog den Reißverschluss ihrer Jeansjacke auf und steckte die Visitenkarte ein. „Ich bleibe noch etwas hier. Gehen Sie ruhig, Sie müssen ja noch nach München zurück.“

„Jetzt hätte ich es beinahe total vergessen. Wir haben den Hund Ihres Vaters, Schorsch, bei uns. Mein Kollege wollte ihn nicht ins Tierheim bringen. Wann können Sie den abholen?“

Die Frau bedeckte ihr Gesicht mit den Händen und atmete tief ein. „Mein Gott, ja, den hatte er ja auch noch.“ Sie schüttelte den Kopf. „Ich weiß nur nicht, wie ich das jetzt auch noch auf die Reihe bekommen soll. Mein Mann und ich haben uns getrennt, und jetzt muss ich erst mal eine Wohnung für mich suchen. Solange wohne ich bei einer Freundin, da ist es so schon eng genug. Der kann ich unmöglich auch noch Schorsch zumuten.“

Bauer beobachtete, dass sie offensichtlich kurz davor war, in Panik zu verfallen, nervös knetete sie ihre Hände.

„Könnten Sie und Ihr Kollege nicht den Hund noch für eine kurze Zeit behalten, bis ich eine neue Wohnung habe?“ Sie sah Bauer mit flehentlichem Blick an. „Ich verspreche Ihnen, ich bemühe mich so schnell wie es geht um eine neue Wohnung, und dann hole ich Schorsch zu mir.“

Bauer überlegte, welche Wahl er hatte. Das Ergebnis war klar – keine.

„Ich habe Ihr Versprechen, dass Sie mir den Schorsch so bald wie möglich wieder abnehmen, darauf verlasse ich mich.“

Sie warf ihm ein dankbares Lächeln zu und drückte fest seine Hand, als er sich verabschiedete. Als er draußen war, schaute er noch einmal durch die Fensterscheibe ins Café, wo er sie mit nachdenklichem Blick sitzen sah.

Kapitel 5

„Was meinst du, könnte doch sein, dass sich Lin eine Frau von einem Escort Service kommen hat lassen“, meinte Seidl, während er den Bericht der Spurensicherung durchblätterte.

Bauer nickte. „Das kann ich mir schon vorstellen, bloß dann wird die sich bei uns wahrscheinlich nicht melden, fürchte ich.“

Seidl schüttelte den Kopf. „Ich verstehe nur nicht, dass wir kein Handy bei ihm gefunden haben und er auch nicht vom Hotel aus angerufen hat. Irgendwie muss er sich mit der ja verabredet haben, oder?“

„Vielleicht hat der Mörder das Handy von ihm eingesteckt“, erwiderte Bauer, während ihm eine Idee kam. „Weißt du was, wir lassen jetzt mal unseren Dolmetscher bei der Firma Lins in Shanghai anrufen. Der soll mal fragen, ob Lin ein Handy dabeihatte. Vielleicht wissen die auch, mit wem er sich treffen wollte.“

Der Dolmetscher war ein kleiner, älterer Chinese, der seine kurzen grauen Haare mit einem ordentlichen Scheitel frisiert hatte. Bauer hatte ihn schon gelegentlich auf den Gängen des Präsidiums gesehen, immer mit Sakko und Krawatte. Das verlangte offensichtlich sein Arbeiten in offizieller Funktion von ihm. Er ging immer leicht gebückt durch die Büros, als ob er am Hof des Kaisers dienen würde. Bauer hatte Glück gehabt, der Mann war von einem Kollegen für eine Vernehmung bestellt worden und hatte noch etwas Zeit. Mit Mordfällen selbst hatte er noch nicht zu tun gehabt, deshalb war er sichtlich entsetzt, als Bauer ihm von dem Fall erzählte. Erschrocken schlug er die Hand vor den Mund, und es dauerte ein paar Sekunden, bis er sich beruhigt hatte und telephonieren konnte. Bauer beobachtete den Dolmetscher, wie er mit großer Ruhe das Gespräch führte und sich gelegentlich mit der Hand über den Kopf fuhr. Nach einigen Minuten legte er auf. „Ich habe mit dem Vertreter von Herrn Lin gesprochen, er war total überrascht, weil sie noch nichts von seinem Tod erfahren hatten.“

Bauer sah Seidl mit fragendem Blicken an. „Ich dachte, das Präsidium hat gleich das Ministerium informiert? Dann müsste das doch auch die Botschaft längst wissen, oder nicht?“

„Dachte ich auch“, schnaubte Seidl und schüttelte den Kopf.

Der Dolmetscher wandte sich an Bauer: „Also, auf jeden Fall habe ich denen dann kurz gesagt, was sie mir schon erzählt hatten, Mister Bauer. Der Mann hat zuerst gemeint, dass ich ihn anlüge. Aber dann hat er mir doch geglaubt, auch weil er gestern eigentlich ein Telephonat mit Herrn Lin vereinbart hatte. Er sagte mir, dass Herr Lin ein Handy hat und er das normalerweise auch nach Deutschland mitnimmt. Sicher ist er aber nicht, wie es dieses Mal war, weil sie nicht miteinander telephoniert haben." Der Dolmetscher blickte ihn mit einem entschuldigenden Gesichtsausdruck an. „Und wegen der Person, die Lin hier getroffen hat, wusste der Mann auch nichts. Er konnte mir nur sagen, dass Herr Lin eine geschäftliche Besprechung in Nürnberg hatte."

„Haben Sie ihn auch gefragt wegen der Familie, ob man die anrufen kann", bohrte Bauer weiter.

„Ja, ja, das habe ich natürlich, wie Sie es gesagt haben, Mister Bauer. Der Mann hat gesagt, die Familie von Herrn Lin wohnt über zweihundert Kilometer von Shanghai weg auf dem Land. Herr Lin hatte wohl auch Kinder, hat sie aber nur alle paar Monate mal besucht. Mehr wusste der Mann nicht, er hat die Frau nie gesehen, hat er gesagt."

Bauer sah auf die Uhr und stand auf, um den Dolmetscher zu verabschieden. „Danke, Sie müssen jetzt zu der Vernehmung bei dem Kollegen gehen." Der Dolmetscher nickte unterwürfig. „Vielleicht brauchen wir Sie in der Sache noch mal, ich melde mich bei Ihnen."

Der Dolmetscher zog den Krawattenknoten wieder fest, der sich leicht gelockert hatte, und schlich wieder gebückt aus dem Büro. Bauers Telephon läutete, Klaus Bogner, sein Chef, war am Apparat. „Bei mir hat gerade die Garderobenfrau vom Gasteig Konzertsaal angerufen. Sie hat in einem Programmheft ein Photo von der Frau gesehen, die mit unserem Lin dort war. Diese Frau ist anscheinend Geigerin, den Namen habe ich aufgeschrieben. Habe mir auch schon die Telephonnummer besorgt. Schreibe sie dir mal auf!"

Bauer spürte, wie sein Körper in Sekundenschnelle Betriebstemperatur erreichte, obwohl er erst die Hälfte seines Kaffees getrunken hatte.

„So, jetzt wird es ernst. Wir haben die Frau, die mit Lin im Konzert war.“ Bauer wählte und hörte das Freizeichen. Niemand hob ab. „Ich fahr da mal hin, ist nicht weit von hier, die wohnt in der Rablstraße.“

Als er schwungvoll das Büro verließ, wäre er fast mit zwei Kollegen des Raubkommissariats zusammengestoßen, die mit mehreren Portionen Leberkäs und Tüten voller Brezen beladen den Gang versperrten. „Der Greiner gibt seinen Ausstand“, murmelte einer, während ein Stück Breze aus einem Mundwinkel hing. Bauer drückte sich an der Wand entlang am verdutzt schauenden Leberkäskomitee vorbei und lief die Treppen hinunter. Nach ein paar Stationen mit der S-Bahn stand er vor dem zehnstöckigen Hochhaus und läutete bei S. Tellmann.

Eine weibliche Stimme, die gestresst wirkte, meldete sich durch den krächzenden Lautsprecher der Klingelanlage. „Ja, was ist denn?“

Bauer stellte sich kurz vor, worauf Stille eintrat. Er wollte schon erneut läuten, als doch aufgemacht wurde. Die Tür der Wohnung im achten Stock war leicht angelehnt. „Kommen Sie herein“, rief die Frau aus der Wohnung.

Bauer trat vorsichtig in den Gang, wo er sich auf einem edel geknüpften Perserteppich wiederfand. In der Luft lag der Duft eines süßen Parfüms, an den weißgestrichenen Wänden hingen gerahmte Aufnahmen einer Violinistin, teils mit Orchester, teils wie sie als Solistin vor festlich gekleidetem Publikum auftrat. Sie zeigten eine Frau Anfang vierzig mit halblangen, braunen Haaren. Ihre etwas hervorstehenden Wangenknochen gaben ihr markante und streng wirkende Gesichtszüge. Die Frau kam aus dem Wohnzimmer geeilt, wobei sie einen kleinen Koffer in der Hand hielt, den sie neben die Tür stellte. Über einem engen, beigen Rock trug sie eine dunkelrote Bluse, ihre Füße steckten in schwarzen Stöckelschuhen.

„Haben Sie gerade mal die Uhrzeit parat?“ fragte sie Bauer, während sie sich wieder umdrehte und im Wohnzimmer verschwand.

„Es ist zehn vor elf.“

Bauer ging ins Wohnzimmer, wo die Frau gerade von einem Schreibtisch am Fenster einige Papiere zusammenfaltete und sie in eine Aktentasche steckte. „Ich bin furchtbar in Eile, in 25 Minuten kommt mein Taxi", rief sie ihm über die Schulter zu.

„Worum geht es denn?"

„Sie waren am letzten Sonntag mit einem Chinesen bei einem Konzert im Gasteig …"

Sie ließ Bauer keine Zeit zum Luftholen, um weiterzureden. „Ja, das stimmt. Und, was ist damit?" Sie kramte immer noch in den Papieren, irgendetwas schien sie zu suchen. „Haben Sie hier irgendwo ein Flugticket liegen sehen?"

Bauer sah sich kurz um. „Nein. Wegen dem Chinesen, Herrn Lin, mit dem Sie im Konzert waren. Der ist tot."

Die hektische Suche der Frau stoppte für einen Moment, dann suchte sie weiter. „Das tut mir leid."

„Er ist am Mittwoch ermordet worden. Und deshalb wäre ich Ihnen sehr dankbar, wenn Sie sich wenigstens zehn Minuten Zeit nehmen könnten, mir ein paar Fragen zu beantworten." Bauers Stimme war nun am Übergang von belanglos freundlich zu Vernehmungston, die Frau schien das zu bemerken.

„Entschuldigung, es ist nur so, dass ich in zwei Stunden nach Japan fliege. Ich gebe dort ein paar Konzerte." Sie drehte sich um und sah Bauer an, der in diesem Moment einen zufälligen Blick neben die weiße Ledercouch warf, wo ein Kuvert am Boden lag. „Vielleicht ist das dort Ihr Ticket."

Die Frau hob es auf und atmete erleichtert auf.

„Können Sie mir kurz erzählen, was Sie von Herrn Lin wissen?"

Die Frau setzte sich auf einen Barhocker, der an der Theke stand, die die offene Küche vom Wohnzimmer trennte. „Was haben Sie gesagt, er ist ermordet worden?" Die Frau schien erst jetzt zu realisieren, was Bauer gesagt hatte, ihr Blick wurde nachdenklich.

„Er wurde am Mittwoch in einem Haus in Grünwald gefunden, zusammen mit einem Deutschen, der ebenfalls erschossen wurde."

„Das ist ja schrecklich. Dass Menschen sich so etwas antun können." Hastig nahm sie einen Schluck aus dem Wasserglas, das auf dem Tresen stand. „Ich weiß nicht, ob ich Ihnen viel helfen kann, so besonders habe ich ihn ja nicht gekannt." Sie machte eine kurze Pause und glaubte offensichtlich, in Bauers Gesicht seine Gedanken lesen zu können. „Ich erkläre Ihnen gleich, was ich mit kennen meine, damit Sie da nichts Falsches verstehen." Sie zeigte auf einen Sessel und bedeutete Bauer, sich zu setzen. „Ich bin Solo-Geigerin, und im Dezember vor drei Jahren war ich mit einem Philharmonischen Orchester auf Tournee in China. Zum Abschluss hatten wir auch ein Konzert in der Shanghai Concert Hall, und danach waren wir von einem Kulturverein zu einem Abendessen eingeladen. Dort traf ich dann auch Herrn Lin, er saß neben mir und hat mir dann von seinem Geschäft erzählt und dass er schon seit vielen Jahren ein großer Konzertfan ist." Die Frau wirkte nun etwas entspannter. „Wir unterhielten uns den ganzen Abend, er war kein uninteressanter Gesprächspartner, muss ich ehrlich sagen. Und am Schluss sagte er, dass er gelegentlich nach München komme und mich gerne mal anrufen würde. Daraufhin habe ich ihm meine E-Mailadresse gegeben, meine Telephonnummer gebe ich nicht gerne heraus."

Bauer betrachtete ihre schlanken Hände mit rotlackierten Fingernägeln, mit denen sie das Glas vom Tresen in die Spüle stellte.

„Und danach hat er mir ein- oder zweimal pro Jahr, wenn er hierherkam, eine E-Mail geschrieben, und wenn ich Zeit hatte, sind wir in ein Konzert gegangen."

„War am Montag irgendetwas Besonderes?"

Die Frau überlegte kurz. „Nein, eigentlich nicht. Wir waren vor dem Konzert im Hilton Hotel auf ein Glas Wein, und danach haben wir uns verabschiedet, so wie immer. Ich wollte nicht, dass er mich nach Hause bringt."

„Hat Herr Lin erzählt, was er in den nächsten Tagen vorhatte?"

„Er sagte, dass er ein paar geschäftliche Termine hat, auch auswärts, eigentlich so wie immer. Aber an etwas Spezielles kann ich mich nicht erinnern." Die Frau sah nervös auf eine grellrote Designeruhr neben der Tür. „Der Taxifahrer wird jeden Moment läuten."

„Uns wurde gesagt, dass Sie mit ihm nach dem Konzert Streit hatten."

Die Frau zupfte an den Ärmeln ihrer Bluse. „Nein, Streit hatten wir nicht. Es war nur so, dass er mich überreden wollte, ihn am Mittwoch in seinem Hotel zu treffen. Er meinte, er würde an diesem Tag etwas kaufen, was mich als Geigerin sicher sehr interessieren würde. Mehr wollte er dazu aber nicht sagen. Er meinte, er wolle dieses Etwas erst sicher in den Händen haben, bevor er darüber spreche. Ich habe keine Ahnung, was er da vorhatte. Wirklich nicht. Aber für mich war das ohnehin egal, ich hatte am Mittwoch den ganzen Tag anstrengende Proben. Und am Abend war ich verabredet. Und deshalb haben wir eine kurze Diskussion gehabt, er war wohl etwas enttäuscht."

„Hat er denn keine Andeutung gemacht, um was es ging?"

Sie blickte aus dem Fenster, von wo aus man auf einen großen überdachten Balkon mit abgedeckten Gartenmöbeln sah. „Nein, ich weiß es wirklich nicht."

„Irgendein Hinweis von ihm, dass er mit jemandem Streit hat?"

Es läutete an der Tür. Die Frau rutschte vom Hocker und lief zum Eingang, auch Bauer stand vom Sessel auf. „Nein", rief sie vom Gang, nachdem sie über die Sprechanlage dem Taxifahrer Bescheid gegeben hatte. „Es tut mir leid, da kann ich Ihnen leider wirklich nicht helfen. Aber ich muss jetzt auch gehen, sonst verpasse ich meinen Flieger."

Als beide im Lift standen, zog sie aus ihrer Handtasche eine Visitenkarte, auf der außer dem Namen nur eine Anschrift mit Telephonnummer in Düsseldorf stand. „Wenn Sie mich unbedingt in den nächsten Tagen erreichen müssen, hier haben Sie meine Visitenkarte. Das ist meine Agentin. Die weiß immer, wo ich gerade erreichbar bin."

Bauers zweifelnder Gesichtsausdruck zeigte ihr, dass er etwas verwundert war.

„Seien Sie mir nicht böse, aber meine Handynummer haben wirklich nur meine Mutter und meine Agentin. Ich kann mich sonst nicht auf meine Musik konzentrieren, wenn ich den ganzen Tag von allen möglichen Anrufen gestört werde."

Bauer nickte immer noch leicht irritiert. „Na gut, versuchen wir es mal so, einiges haben wir ja schon besprochen."

Der Taxifahrer öffnete den Kofferraum und verstaute ihr Gepäck, während sie hinten ins Taxi einstieg. „Tut mir wirklich leid, dass ich Ihnen nicht mehr helfen kann. Ich hoffe trotzdem, dass Sie diese Sache schnell aufklären können." Sie winkte noch kurz aus dem Fenster, dann verschwand das Taxi im Stadtverkehr.

Bauer schlug seinen Mantelkragen hoch. Ein kalter Wind blies durch die Straße, die Sonne konnte dagegen nur wenig ausrichten. Er beschloss trotzdem, zu Fuß ins Präsidium zu gehen. Am Deutschen Museum standen mehrere Busse, die lärmende Schulklassen einsammelten, während er weiter zur Ludwigsbrücke ging. Für einen Augenblick genoss er den Anblick dieser rohen natürlichen Kraft der schäumenden Isar, deren Gischt mit lautem Getöse an den Brückenpfeilern hochspritzte. Sein Handy läutete.

„Herr Bauer?“ Eine weibliche Stimme war es, das konnte er verstehen, aber mehr auch nicht, der Lärm der Autos, die sich in einer langen Kolonne in Richtung Innenstadt schoben, war zu groß. „Können Sie mich in fünf Minuten nochmals anrufen“, rief er ins Telephon und legte auf, ohne die Antwort abzuwarten.

Der kalte Wind wurde stärker, Bauer sah zum Himmel. Schwere, dunkle Wolken zogen auf, der Schneeschauer würde nicht mehr lange auf sich warten lassen. Er stand gerade neben einer Pizzeria, schnell entschloss er sich, hier seine Mittagspause zu verbringen. Das Handy läutete wieder.

„Verstehen Sie mich jetzt?“ fragte die Frauenstimme, die Bauer als die von Simone Lammer erkannte.

„Ja, jetzt geht es besser.“

„Ich muss mich entschuldigen wegen gestern, aber ich war irgendwie noch so fertig wegen dem Flug und so.“

Bauer überlegte, wofür die Frau sich entschuldigen wollte, er konnte sich an nichts Besonderes erinnern.

„Mir sind doch noch ein paar Dinge eingefallen, vielleicht wäre das interessant für Sie. Hätten Sie heute am späteren Nachmittag Zeit, ich bin in München wegen einem Casting.“

Bauer überlegte, für heute Abend hatte er eigentlich nichts geplant, außer dass er wieder einmal in das Fitnessstudio gehen wollte, in dem er seit fast einem Jahr Beitrag bezahlte, und bei dem er sich nicht mehr erinnern konnte, wann er das letzte Mal dort gewesen war. „Ja, kann ich einrichten. Wann wollen Sie ins Präsidium kommen?“

Die Frau machte eine Pause, Bauer hörte nur ein Rauschen durchs Telephon. „Äh, wäre es möglich, dass wir uns woanders treffen, ich mag die Atmosphäre von solchen Büros nicht.“

„Wo wollen wir uns denn sonst treffen“, meinte Bauer, während er sich überlegte, was die Frau gegen ein Gespräch im Büro haben konnte.

„Ich kenne mich hier nicht so gut aus, aber am Stieglmaier Platz, gegenüber dem Löwenbräukeller, gibt es einen Italiener, da könnten wir uns treffen."

Sie verabredeten sich für fünf Uhr. Gerade kam der Kellner an den Tisch, um die Bestellung aufzunehmen, aber Bauer bedeutete ihm, dass er nichts wollte. Er hatte beschlossen, wenigstens aufs Mittagessen zu verzichten, wenn schon das Fitnesstraining wieder ausfiel. Seidl war nicht im Büro, nur Schorsch begrüßte ihn überschwänglich, als er durchnässt vom Schneegewitter ins Präsidium kam.

Er erinnerte sich an die Jacke und das Hemd, welche er vor einiger Zeit für alle Fälle ins Büro mitgenommen hatte und jetzt im Schrank hingen, vermutlich von einer üppigen Staubschicht bedeckt. Sein Griff in den Schrank korrigierte ihn, das Hemd war nicht voller Staub, dafür aber total verknittert, weil wer auch immer ein paar Aktenordner daraufgestellt hatte. Fluchend tauschte Bauer das nasse gegen das verknitterte Hemd und setzte sich an seinen Schreibtisch. Mit ein paar Strichen machte er sich eine Skizze mit allen Personen, die bislang um die beiden Mordopfer herum aufgetaucht waren. Die Tochter, die Treuhänderin, der Mann aus Nürnberg ... War das wirklich alles, was sie bislang hatten? Ihn beschlich das Gefühl, dass sie sich irgendwie im Kreis drehten, ohne der Klärung des Mordes auch nur ein bisschen nähergekommen zu sein.

„Dein Hemd habe ich neulich mal in gebügelter Version gesehen, sah echt gut aus." Seidl, der mit einem Teller Obst ins Zimmer kam, riss ihn aus seinen Gedanken.

Bauer hob nur leicht seinen Kopf und sah seinen Kollegen mit schrägem Blick an. „Dafür treffe ich heute noch die Tochter von Kronen, die Lammer. Sie meint, sie hätte vielleicht noch was Interessantes. Und weil sie dich nicht sehen möchte, gehen wir nicht hierher ins Büro, sondern in ein Lokal."

Seidl sah Bauer skeptisch an. „Was heißt, weil sie mich nicht sehen möchte? Die kennt mich doch gar nicht."

„War auch nicht ernst gemeint, sie mag keine Büroatmosphäre, hat sie gesagt."

„Ach, das verstehe ich, ich mag Büros auch nicht", erwiderte Seidl mit einem leichten Grinsen.

„Da wird man immer so an Arbeit erinnert.“

„Wie sieht die denn eigentlich aus?“

„Als ich sie gestern gesehen habe, war sie ziemlich fertig, von der Reise. Aber es geht. Unter normalen Umständen wahrscheinlich ganz passabel.“

„So, so“, murmelte Seidl, während er ein Stück Banane zwischen seinen Zähnen verschwinden ließ. „Dann kannst du die Dame ja gleich fragen, weshalb sie denn mit Mohr telephoniert hat.“ Er blickte Bauer mit einem Augenzwinkern an. „Das hat sie dir gestern wohl nicht erzählt, oder?“

„Wie kommst du darauf, dass die beiden telephoniert haben?“

„Unsere beiden Kollegen sind fleißiger als ich gedacht habe, die haben sich auch schon die Telephonverbindungen von Kronen und dem Handy von Mohr organisiert.“ Seidl sortierte konzentriert die Ausdrucke auf seinem Tisch nach Datum und begann, mit einem grünen Leuchtstift bestimmte Zeilen zu markieren. „Da haben wir so ein Telephonat“, meinte er und zog einen Kreis um eine Nummer. „Sagte die Tochter von Kronen nicht, dass sie von einer Nachbarin vom Tod ihres Vaters erfahren hat?“

„Was sagst du?“ Bauer ging in Gedanken gerade noch mal das Gespräch durch, das er gestern mit ihr hatte.

„Da, deine Simone Lammer, die hat doch gesagt, eine Nachbarin habe sie angerufen und ihr vom Tod des Vaters erzählt, oder?“

„Ja, so hat sie es gesagt.“

„Na ja, das ist aber schon komisch. Am Mittwoch um 22:10 Uhr hat unser Freund Mohr sie nämlich angerufen. Da war sie doch noch in Kuba, wenn ich mich richtig erinnere.“

Bauer war nun mit einen Schlag hellwach. „Mohr hat mit Simone Lammer telephoniert?“

„Ja, sag ich doch“, erwiderte Seidl ungeduldig.

„Die zwei kennen sich also. Fragt sich nur, woher.“

„Und warum erzählt sie dir dann nichts davon?“ Seidl blickte Bauer an, der sich mit verschränkten Armen in seinem Stuhl zurücklehnte.

„Tja, eine gute Frage. Aber die werden wir schnell klären können, ich sehe sie ja heute Abend.“

„Da bin ich gespannt, wie sie dir das erklären will.“

Bauer sah auf die Uhr. „Ja, das bin ich auch.“

„Musst du dich vor deinem Date noch herausputzen?" Seidl blickte betont auffällig auf Bauers zerknittertes Hemd.

„Kannst du mir sagen, wie ich jetzt noch ein gebügeltes Hemd organisieren soll?"

„Nein, da habe ich auch keine Ahnung. Aber warte, ich habe noch einen Pullover im Schrank, den kannst du drüberziehen, dann sieht man das Geknitter nicht."

Und so verließ Bauer das Präsidium mit einem karierten weißgrünen Hemd und einem Pullover mit Rautenmuster. Als er sich vorhin im Spiegel seines Schranks gesehen hatte, war er kurz davor, Seidl zu dem Gespräch zu schicken, aber er ließ es dann doch. Er knöpfte seine Jacke so weit es ging zu und schlich sich aus dem Präsidium. Kurz nach vier war am Freitag ohnehin schon in den meisten Zimmern Wochenendruhe eingekehrt.

Das Lokal am Stieglmaier Platz war um diese Zeit bis auf zwei Männer an der Bar leer. Simone Lammer erwartete ihn bereits an einem Tisch im Eck. „Haben Sie es gleich gefunden?" fragte sie Bauer und tat dabei so, als treffe sie einen alten Bekannten wieder.

„Ja, ich kann mich erinnern, vor vielen Jahren war ich schon mal hier."

„In dem Lokal bin ich früher öfter mit meinem Vater gewesen, er hatte mal gleich um die Ecke in der Brienner Straße sein Büro, bevor er nach China ging." Simone Lammer strich sich die Haare aus der Stirn, so dass ihr feingeschnittenes Gesicht noch deutlicher wurde. Ihre braunen Augen wirkten aufgeweckt und klar, anders als Bauer sie zuletzt gesehen hatte. Bauer setzte sich ihr gegenüber an den schmalen Tisch und bestellte sich etwas zu trinken.

„Übrigens, wenn Sie so etwas mögen, die haben hier hervorragenden Fisch", meinte sie und zog ihre Jacke aus, unter der sie eine weiße Bluse trug.

„Und, hat das mit dem Casting geklappt?" fragte Bauer.

Sie zog die Schultern hoch. „Vielleicht, das dauert. Die suchen eine Kommissarin für eine neue Krimiserie, und heute war der erste Tag vom Casting mit fünf Bewerberinnen. Und morgen kommen noch mal fünf. Mal sehen, aber toll wäre es schon, so ein festes Engagement für ein paar Jahre. Ich spiele zwar auch gerne am Theater, aber die Gagen sind da halt nicht besonders." Während sie dies sagte, schien ihr gerade ein Gedanke gekommen zu sein. „Wenn die mich nehmen, könnten Sie mir ja vielleicht ein paar Tipps geben, oder? Von Ihrem Alter her haben Sie doch schon bestimmt eine Menge Erfahrung gesammelt, nicht?“ Sie zwinkerte Bauer zu.

„So, meinen Sie, vom Alter her ... Ich würde sagen, wir sehen jetzt erst mal zu, dass Sie mir wirklich alles erzählen, was Ihnen noch eingefallen ist, dann schauen wir mal weiter.“

Sie nickte und rückte ihren Stuhl zurecht. „Ich kann mir schon denken, auf was Sie anspielen. Ich war gestern einfach fertig, Sie müssen entschuldigen, aber der Flug war echt anstrengend, und dann noch der Temperaturunterschied, von 28 Grad in Kuba auf zwei Grad hier, das schlaucht richtig. Als ich dann abends im Bett lag, ist mir noch mal einiges durch den Kopf gegangen.“

Die Bedienung brachte die Speisekarte, beide lehnten jedoch ab.

„Danke, vielleicht später“, sagte Bauer.

„Es war keine Nachbarin, die mich angerufen hat, es war Mohr. Haben Sie das inzwischen schon herausbekommen?“

Bauer zuckte nichtssagend mit den Schultern.

„Lassen wir das einfach mal so stehen. Erzählen Sie einfach weiter, Sie meinten ja, dass Sie was Interessantes für mich haben.“

„Na gut, Roland Mohr und ich hatten bis vor ein paar Monaten ein Verhältnis, okay“, redete sie in trotzigem Ton weiter. „Sowas kommt ja vor, oder?“

Bauer sagte nichts.

„Es war ein absoluter Zufall, der Lin und Roland haben sich über meinen Vater kennengelernt. Roland hatte einen neuen Lieferanten für seine Werbeartikel gesucht und irgendwo einen Bericht über meinen Vater gelesen, dass der Kontakte nach China herstellen kann. Und so kamen sie zusammen.“ Simone Lammer holte eine Zigarettenschachtel aus ihrer Tasche und zog eine Zigarette heraus.

„Ich denke, da bekommen wir Ärger, in Lokalen ist Rauchverbot“, bemerkte Bauer.

Sie sah ihn irritiert an und schüttelte den Kopf. „Mein Gott, klar, bin etwas durcheinander.“ Sie steckte die Zigaretten wieder weg und kratzte sich an der Nase. „Als ich letztes Jahr mal im Herbst meinen Vater besucht habe, war Roland auch gerade dort, und wir kamen ins Gespräch. Und danach haben wir uns ab und zu getroffen.“

„Wusste Ihr Mann davon?"

„Nein, natürlich nicht. Wir hatten zwar damals schon unsere Krise, aber ich glaubte, dass wir vielleicht noch eine Chance hätten. Auch wegen Sandra, meiner Tochter, hätte er es nie erfahren dürfen. Was soll sie denn denken, wenn sie erfährt, dass ihre Mutter fremdgeht?"

„Und was gibt es sonst noch, was Sie mir über Roland Mohr erzählen können?"

Ihr Blick wanderte von seinem Pullover zum Gesicht, sie wirkte kraftlos. „Ich weiß nicht. Zwischen uns läuft seit Ende letzten Jahres nichts mehr, wir telephonieren gelegentlich noch, aber sonst nichts. Für mich war das nichts, diese Heimlichtuerei, aber das musste ich auch erst kapieren."

„Und Sie hatten Angst, dass die ganze Geschichte auffliegt, wenn Sie mir das von Anfang an erzählen?"

„Ja klar, und jetzt wird es halt doch auffliegen, ich kann es nicht ändern", seufzte sie. „Wegen meinem Mann ist es mir inzwischen egal, aber meiner Tochter hätte ich es gerne erspart." Sie suchte mit ihren Augen die Bedienung, die sie aber nicht beachtete. Sie atmete tief aus. „Ich möchte Ihnen noch etwas sagen, das mir gestern Abend eingefallen ist. Vor meinem Urlaub hatte ich noch mit Roland telephoniert. Er hat mich dann gefragt, wie es meinem Vater geschäftlich geht, weil er noch Geld von ihm bekommt."

Bauer runzelte die Stirn. „Ihr Vater hatte bei Mohr Schulden?"

Lammer schüttelte verärgert den Kopf. „Es war mir so peinlich, das kann ich Ihnen gar nicht sagen. Ich wusste das gar nicht bis zu diesem Tag."

„Wussten Sie, warum er Mohr Geld schuldete?"

„Roland hat mir gesagt, er habe meinem Vater ein Geschäft vermittelt, irgendeine deutsche Firma, die in China eine Repräsentanz aufbauen wollte. Von dem Honorar, das mein Vater bekommen hat, wollte Roland zwanzig Prozent, so war es angeblich ausgemacht."

„Um welche Summe ging es denn?"

„Um 10.000 Euro, hat Roland gesagt. Ist ja eigentlich nicht so viel Geld, aber Roland war ziemlich sauer. Vielleicht war er selbst finanziell unter Druck, ich weiß es nicht. Ja, und deswegen erzähle ich das eigentlich, ich habe dann Roland versucht zu beruhigen und ihm erzählt, dass mein Vater ein größeres Geschäft in dieser Woche erwartet und dass er dann sicher sein Geld von ihm bekommen werde." Sie sah Bauer aufgeregt an. „Vielleicht ist das ja Unsinn, und Sie lachen mich jetzt aus, aber ich mache mir seit gestern Abend Gedanken. Vielleicht hat Roland danach noch mal mit meinem Vater telephoniert und ihn wegen dem Geschäft angesprochen. Könnte doch sein, dass er deshalb zu meinem Vater gefahren ist und sie irgendwie Streit bekommen haben."

„Entschuldigen Sie, wenn ich so direkt bin, aber ich bin jetzt schon überrascht. Zuerst sind sie mit Mohr befreundet, und jetzt glauben Sie, er könnte der Mörder Ihres Vaters sein?"

Lammer strich sich mit der Hand die Haare nach hinten. „Ich weiß, es klingt verrückt. Aber wissen Sie, Roland ist nicht einfach. Er kann sehr liebevoll sein, aber wenn Sie ihn dann am Telephon mit jemanden übers Geschäft reden hören, dann meinen Sie, da spricht ein anderer Mensch. Er kann dann so hart und direkt bedrohlich wirken, dass ich mir manchmal überlegt habe, wie das geht."

„Sie würden es ihm also tatsächlich zutrauen, dass er jemanden ermordet?"

„Ich weiß es nicht, ehrlich. Es geht nur einfach darum, dass ich helfen möchte, dass der Mörder meines Vaters gefunden wird. Ich habe Ihnen ja schon gesagt, dass ich zu meinem Vater zuletzt kein besonders inniges Verhältnis mehr hatte. Aber gestern, als ich dann im Bett lag und mir bewusst wurde, dass er jetzt für immer weg ist, da habe ich gefühlt, dass er mir sehr fehlen wird." Sie sah Bauer mit ihren großen, braunen Augen an. „Er war halt doch mein Vater, nicht irgendjemand, den ich so kannte. Haben Sie schon mal jemanden verloren, den Sie sehr gemocht haben?"

Bauer war überrascht von der Frage. „Mein Sohn lebt bei meiner Ex-Frau in London, und sie hat es geschafft, dass wir so gut wie keinen Kontakt zueinander haben. Manchmal fühle ich mich auch so, wie wenn mein Sohn gestorben wäre."

„Ich verstehe Sie", antwortete sie mit einem Kopfnicken und betrachtete ihn aufmerksam.

Bauer überlegte gerade, ob er sich nun doch ein Glas Wein gönnen sollte, als die Bedienung kam. Er nahm noch einen Rotwein. „Aber ich habe die Hoffnung noch nicht ganz aufgegeben, vielleicht wird es besser, wenn er älter ist und mehr selbst entscheiden kann.

„Ich wünsche es Ihnen“, sagte sie in einem aufrichtigen Ton, der Bauer auffiel. „Etwas anderes wollte ich Sie noch fragen. Haben Sie in dem Haus einen Tresor gefunden?“

Bauer schüttelte den Kopf. „Nein, die Kollegen, die das Haus durchsucht haben, hätten mir das sicher erzählt.“

„Kann ich mir vorstellen, da muss man schon viel Glück haben, wenn man den entdecken will. Mein Vater hat ihn erst nach dem Tod meiner Mutter einbauen lassen. Mir hat er ihn auch nicht gezeigt, aber ich hatte anfangs noch einen Schlüssel zum Haus, und als ich mal ins Haus kam und er mich nicht hörte, stand er in der Garage vor dem offenen Tresor.“

„Wo ist der denn?“

„In der Garage ist hinten an der Wand ein Schrank mit Werkzeug, der ist auf Rollen, und wenn man ihn auf die Seite schiebt, dann sieht man die Tür des Tresors. Er ist vielleicht so groß.“ Sie beschrieb mit ihren Händen eine Fläche von fünfzig mal fünfzig Zentimeter.

„Was hat Ihr Vater denn darin aufbewahrt?“

„Das kann ich Ihnen leider nicht sagen, keine Ahnung. Er hat auch damals nicht bemerkt, dass ich ihn gesehen habe. Ich bin gleich wieder ins Haus zurück und habe ihn nicht darauf angesprochen.“

Bauer hatte sich im Büro ein paar Notizen gemacht, worüber er sie befragen wollte, den Zettel holte er jetzt heraus.

„Sie haben ja unser Verhör richtig vorbereitet“, meinte sie, während sich ihre rotgeschminkten Lippen zu einem Lächeln formten.

„Werden Sie schon auch noch lernen müssen, wenn Sie Fernsehkommissarin werden wollen“, entgegnete Bauer und erwiderte ihr Lächeln. „Was uns gewundert hat bei Ihrem Vater, dass wir keinen Computer gefunden haben. Hatte er denn keinen?“

„Doch, er hatte früher mal einen. Aber dann haben sie ihm wohl letztes Jahr so einen Virus drauf gespielt und dann fast 4.000 Euro von seinem Konto abgezweigt. Die Bank hat ihm das zwar nach einigem hin und her wieder erstattet, aber er war so verärgert, dass er ab dann alles wieder über Fax und Telephon gemacht hat. Völliger

Unsinn natürlich, aber darüber konnte man mit ihm nicht mehr reden, er war da einfach stur wie ein Esel."

„Sie haben am Anfang mal gesagt, Sie wollten eigentlich erst später zurückfliegen, oder?"

Simone Lammer senkte ihren Blick und schaute auf die kleine Vase mit roten Trockenblumen, die auf dem Tisch stand. „Tja", seufzte sie, „eigentlich schon. Mein Mann und ich wollten es noch mal versuchen. Es ist sehr traurig, weil wir eigentlich mal eine sehr schöne Zeit hatten. Aber wir haben gemerkt, dass es nicht mehr funktioniert zwischen uns." Sie schwieg und sah Bauer an, das Lächeln aus ihrem Gewicht war verschwunden. „Haben Sie schon mal eine Trennung erlebt?"

„Ja", antwortete er spontan, und war zugleich überrascht, als er sich reden hörte.

„Ist es bei Ihnen schon lange her?" fuhr sie fort, während ihre Augen auf seinem Gesicht ruhten.

„Eigentlich schon, aber irgendwie", er blickte auf sein Glas, in dem nur noch ein paar Weintropfen den Boden bedeckten, und nahm es in die Hand, ohne zu trinken, „irgendwie gibt es Tage, da kommt es mir vor, als wäre es gestern gewesen."

Er sah sie an, ihr Blick wirkte auf ihn beruhigend, ihre dunklen Augen drückten Verständnis und Wärme aus. Sie begann, von ihrer Beziehung mit ihrem Mann zu erzählen, einem gut verdienenden Drehbuchautor, von ihren Krisen wegen des häufigen Getrenntseins, sie als Schauspielerin an Drehorten, er bei Besprechungen mit Produzenten im In- und Ausland, und ihrer Tochter, die in einem Internat in der Schweiz war. „Haben Sie Ihre Trennung schon verarbeitet?"

Er schwieg und sah an ihr vorbei an den Nachbartisch, von dem ein Mann hektisch nach dem Kellner gestikulierte.

Lammer stützte ihren Kopf auf die Arme und beugte sich leicht zu ihm über den Tisch. „Tut mir leid, ich wollte Ihnen nicht zu nahetreten. Ich weiß, Männer reden nicht gerne über so etwas, stimmt's?"

Bauer gab ihr innerlich recht, aber er fragte sich, warum. Warum sollte er nicht mit dieser Frau darüber reden? Über das, was ihm auch heute noch immer wieder durch den Kopf ging? Sie blickte zur Seite, ihr Gesicht gefiel ihm, sie wirkte reif und doch nicht verlebt, die Spitze ihrer feinen Nase zeigte ein wenig frech nach oben.

„Da haben Sie sicher recht“, nickte er nachdenklich, „und wahrscheinlich ist das auch etwas, was uns das Leben oft schwerer macht als es sein müsste.“

Sie nahm ihm die Entscheidung ab, sprach von ihrem Vater, wie sie in ihrer Jugend zum Segeln gegangen waren, auf 3.000er Berge in der Schweiz geklettert waren und sie im Nachhinein feststellte, dass er wohl einem Sohn nachtrauerte, den er gerne gehabt hätte. Bauer hörte ihr zu, fragte nach, erzählte ein wenig von sich, seiner gescheiterten Ehe, sie bestellten noch Wein, ihre Blicke trafen sich immer länger, und er spürte, wie er sich zunehmend wohler dabei fühlte. Das Lokal leerte sich, sie waren die Letzten, die zahlten und auf die Straße hinausgingen. Ein Zeitungsverkäufer fuhr mit seinem Fahrrad an ihnen vorbei, die rot unterstrichende Schlagzeile sprang Bauer ins Auge: *Doppelmord: War es die Chinesenmafia?*

„Ich habe mir ein Zimmer gleich hier in der Nähe in der Augustenstraße genommen“, unterbrach sie die Stille, „nachts fahre ich nur ungern Auto.“

Er sah geistesabwesend dem Radfahrer nach und versuchte, seine Gedanken zu ordnen.

Kapitel 6

„Im Notfall habe ich gesagt, kannst du mich anrufen", antwortete Seidl etwas gereizt, als sich Bauer bei ihm um acht Uhr meldete.

„Kann es sein, dass du den Doppelmord vergessen hast, den wir leider noch nicht geklärt haben?"

„Wir hatten gestern in unserem Schrebergartenverein Jahresversammlung, ich warne dich, danach bin ich immer ziemlich schlecht drauf."

Bauer saß auf seinem Sofa mit dem Telephon in der Hand, sein Kopf fühlte sich an wie eine schwere Eisenkugel, die ihm auf die Augen drückte. „Ja, ist okay, aber vielleicht kannst du mir jetzt trotzdem kurz zuhören."

„Schieß los, was gibt's denn?"

Bauer erzählte ihm von dem Tresor, den der Tote in seiner Garage haben sollte.

„Na gut, dann treffen wir uns in einer Stunde im Präsidium. Ich hoffe, es lohnt sich. Und denk daran, wenn du den Schlüsseldienst anrufst, nicht wieder den Brunnenmeier. Das letzte Mal bin ich bei dem drei Stunden herumgestanden, bis der endlich diesen Kasten offenhatte."

Bauer legte auf und sah auf sein Handy auf dem Wohnzimmertisch, es war ausgeschaltet. Er hatte vergessen, den Akku aufzuladen. Die Sonne schien auf die haushohe Fichte, die vor seinem Fenster stand. Ein leichter Wind bog ihre Äste, während der Hund der Nachbarin auf dem Balkon bellte. Schorsch blieb dennoch ruhig und schleifte seine Hundedecke durch die Wohnung.

In seinen Gedanken war Bauer noch beim gestrigen Abend, mühsam schlurfte er in die Küche und hoffte auf die Wirkung eines starken Kaffees, der gerade aus seiner Maschine in die Tasse lief. Er holte die Zeitung vor seiner Wohnungstür und blätterte darin, die Theorie von der Chinesenmafia hatten sie hier nicht übernommen. Langsam kam Leben in seinen Körper, und als er im Auto auf der Fahrt ins Präsidium saß, brachte ihn der Gedanke an den Tresor wieder auf Betriebstemperatur. Samstags um diese Zeit machte ihm Autofahren Spaß, denn nur wenige waren schon auf den Beinen. In der Bäckerei in seiner Straße kauften ein paar Väter mit ihren Kindern frisches Brot zum Frühstück, eine kräftige Gestalt in weißem

Kittel zog gerade an der Metzgerei die Rollläden hoch, der Feinkostladen nebenan hatte seine Auslage mit frischem Gemüse schon vor dem Schaufenster aufgebaut.

Seidls morgendlicher Kaffee schien nicht viel Wirkung entfaltet zu haben, er hing schwer gezeichnet in seinem Stuhl, als Bauer ins Büro kam. „Das nächste Mal nehme ich dich mit zu so einer Versammlung. Dann verstehst du wenigstens, dass man am nächsten Tag eigentlich zu Hause bleiben muss, um sich zu entspannen. Was da abgeht, das glaubst du echt nicht“, stöhnte er. „Jetzt wollen sie eine neue Satzung vereinbaren, wo dann auch drin steht, wie hoch jeder seine Pflanzen wachsen lassen darf. Weil ein paar sich beschwert haben, dass sie das ganze Jahr wegen ihrer Nachbarn im Schatten sitzen müssen.“ Seidl streckte den Kopf nach hinten. „So, und jetzt geht es darum, wie hoch maximal? Die einen meinen, zwei Meter, mein übernächster Nachbar hat einen Kirschbaum, der ist inzwischen 3,50 Meter, aber er hat gesagt, dass er den auf keinen Fall absägen wird, schon aus Prinzip nicht, hat er gesagt.“ Er tippte sich an die Stirn. „Nach drei Stunden waren wir so weit wie am Anfang, nur dass einer dem Typ mit dem Kirschbaum ein Bier über die Hose geschüttet hatte. Und jetzt wollen sie einen Rechtsanwalt beauftragen, der soll mal schauen, ob es nicht schon irgendwelche Gerichtsurteile gibt.“

Bauer grinste. „Das sind aber auch wirklich Dinge, denen man auf den Grund gehen muss. Du bist mir da manchmal etwas zu oberflächlich, wie im Dienst.“

Seidl winkte ab. „Komm, fahren wir. Hast du einen Schlüsseldienst organisiert?“

„Hat die Einsatzzentrale gemacht, in einer halben Stunde wartet der vor dem Haus auf uns.“

Vor dem Eingang des Grundstücks war eine kniehohe Schneemasse zusammengeschoben. Davor stand eine ältere grauhaarige Frau mit einer Bohrmaschine und einem kleinen Werkzeugkasten. Bauer begrüßte sie. „Haben wir Sie am Samstag herausgelockt?“

„Ja, ja, samstags wollen meine Söhne immer freimachen, wegen der Kinder. Da muss halt dann die Oma wieder raus.“

Jeder im Präsidium kannte die Frau, sie war so etwas wie die Inkarnation eines Schlüsseldienstes. Seit wahrscheinlich vierzig Jahren, so genau wusste das keiner, war sie unterwegs, ob nachts um drei oder morgens um sechs. Und immer schwebte um sie eine Duftwolke, als müsste sie den oft üblichen Gerüche Paroli bieten, die sie in den Wohnungen gelegentlich erwarteten. Ihre Söhne waren auch im Geschäft, doch das hinderte sie nicht daran, immer noch selbst mit ihrem kleinen, roten Transporter auszurücken.

Bauer entfernte das Siegel an der Eingangstür und sperrte auf. Kalte Luft blies ihm entgegen, sie kam aus dem Wohnzimmer.

„Wieso zieht's denn hier so?“ fragte Seidl verwundert und ging ins Haus. „Kann das sein, dass die von der Spurensicherung die Terrassentür offengelassen haben“, rief er verwundert und ging ins Wohnzimmer, wo mehrere Blätter durch die Luft wirbelten.

„Scheiße, da ist jemand eingebrochen.“ Er deutete auf den aufgebrochenen Türrahmen, von dem Holzsplitter abgesprungen waren. Bauer sah sich im Wohnzimmer um, alle Schranktüren waren offen, Schubladen auf dem Boden. In den anderen Zimmern dasselbe Bild

„Super. Jetzt können wir gleich wieder die Spurensicherung kommen lassen. Die werden Freude haben“, meinte Bauer und griff zu seinem Telephon. „Können wir nur hoffen, dass unsere Leute die wichtigen Unterlagen mitgenommen haben.“

Die Frau vom Schlüsseldienst stand in der Tür und beobachtete das Ganze wenig beeindruckt.

„Kommen Sie, wir gehen in die Garage und suchen den Tresor. Hier können wir jetzt nichts machen.“

Bauer ging voraus durch einen schmalen Gang, an dessen Ende die Tür zur Garage war. Sie war unverschlossen. In der Garage stand ein älterer BMW, zwei Fahrräder hingen an der Wand, daneben standen ein paar verschmutzte Gartengeräte. Wie Simone Lammer beschrieben hatte, stand an der Stirnseite ein Holzschrank mit zwei Flügeltüren. Bauer versuchte ihn auf die Seite zu schieben, aber die Rollen klemmten. „Komm, pack mal mit an“, rief er Seidl zu, der gerade ins Innere des BMW blickte, der nicht abgeschlossen war.

Der Schrank bewegte sich mit einem lauten Quietschen zur Seite, und dahinter kam die Tür vom Tresor zum Vorschein, beige lackiert wie die Wand.

„So, jetzt bin ich wohl an der Reihe“, meinte die Frau und begann, mit einer Taschenlampe das Schloss zu inspizieren. Seidl wühlte währenddessen im Handschuhfach des BMW, wo er aber nur die Bedienungsanleitung und zwei ölige Putzlappen fand.

„Das hat doch der Erkennungsdienst schon gemacht“, rief ihm Bauer zu, während er den Kopf schüttelte.

„Wäre doch nicht das erste Mal, dass die was übersehen“, ließ sich Seidl nicht beirren und kroch mit seiner Hand von hinten unter die Vordersitze.

„Na ja, Gott sei Dank hat er da nicht viel Geld ausgegeben, das werden wir schnell haben“, meinte die ältere Frau mit Blick auf den Tresor, und kurz danach zerschnitt das kreischende Geräusch ihrer Bohrmaschine die Wochenendruhe in dem Villenviertel. Funken sprühten, der Lack des Tresors sprang ab. Sie vergewisserte sich noch mal, dass ihre Brille richtig saß, während Bauer ein paar Schritte zurückging. Nach wenigen Minuten sprang die Tür auf. Der Tresor war würfelförmig, vielleicht einen halben Meter tief, mit zwei mit grünen, samtbezogenen Einlegeböden. Die Frau trat zurück, immer noch die Bohrmaschine in der Hand, und wischte sich mit dem Handrücken die gelben Lackbrösel von der Stirn, die vom Tresor abgesprungen waren. Sie packte ihr Werkzeug zusammen. „Ich kann dann ja gehen, oder“, meinte sie, „in Harlaching warten Kollegen von Ihnen auf mich.“

Bauer bedankte sich bei ihr, bevor er sich Plastikhandschuhe anzog und in den Tresor griff. Verschiedene Papiere lagen im oberen Fach. Ein von 1995 stammendes Zertifikat aus Hamburg für einen Perserteppich, der Sachverständige schätzte den Wert auf 45.000 DM. Bauer erinnerte sich an den Teppich, den er im Wohnzimmer gesehen hatte. Er blätterte die Papiere weiter, eine Lebensversicherung über knapp 40.000 Euro, die seine Tochter begünstigte, der Kfz-Brief fürs Auto und noch ein paar Versicherungen fürs Haus. Ein verschlossenes braunes Kuvert war noch übrig, Bauer riss es auf, während Seidl inzwischen neben ihm stand und ihm über die Schulter schaute.

Das Schreiben zeigte oben die Adresse eines Geigenbaumeisters aus Prien am Chiemsee, mit Familientradition seit über hundert Jahren, wie daneben in kunstvoll geschwungener Schrift stand. Bauer las laut: „Expertise – hiermit garantiere ich, dass die mir heute von Herrn Franz König vorgelegte Violine eine Stradivari ist, in allen Teilen echt und zusammengehörend.“

Darunter waren drei Photos einer Violine, von vorne, von der Seite und die Schnecke. Bauer las weiter: „Prien, den 20. Dezember 1998, Manuel Tannbach, Geigenbaumeister."

Seidl zog die Augenbrauen hoch. „Und, steht da nichts davon, was sie wert ist?" fragte er.

„Warte, da ist noch ein zweites Schreiben im Kuvert." Bauer nahm vorsichtig ein weiteres Blatt heraus, das wieder denselben Briefkopf hatte. „Wertgutachten", las er vor, „hiermit bestätige ich unter Bezugnahme auf die von mir am 20. Dezember 1998 erstellte Expertise, dass die vorgelegte Stradivari zum heutigen Tag einen Zeitwert von circa 2,8 Millionen DM hat."

Seidl kratzte sich am Kopf. „Fast eineinhalb Millionen Euro für so ein Teil, ist ja unglaublich."

Bauer sah auf das Datum der Unterschrift. „Und das Gutachten ist jetzt fast zehn Jahr alt, wahrscheinlich ist die heute noch mehr Wert."

„Jetzt überlegen wir mal", fuhr Seidl fort. „Der hat ein zehn Jahre altes Gutachten im Tresor, aber keine Violine. Das passt doch nicht, man verkauft doch sicher keine Violine ohne dieses Gutachten."

Bauer zuckte mit den Schultern. „Wäre zumindest logisch, ja."

„Gut", fuhr Seidl fort, dann müsste er ja auch die Violine irgendwo hier haben, oder?"

Bauer nickte. „Vermute ich auch, oder er hatte sie, und der Mörder hat sie ihm abgenommen. Schauen wir mal weiter, vielleicht kommt ja noch was Erhellendes." Er steckte das Papier wieder vorsichtig ins Kuvert und sah in das untere Fach des Tresors, doch es war leer.

„Kein Schmuck, kein Bargeld, reich scheint er ja wirklich nicht gewesen zu sein", bemerkte Seidl.

Ein Auto war zu hören, das vor dem Grundstück anhielt. „Das werden die Kollegen von der Spurensicherung sein", meinte Seidl, „ich mach ihnen auf."

Bauer schaute noch mal den Inhalt des Tresors durch.

„Sie haben gesagt, sie überprüfen nur die Terrassentür und die Schranktüren, sonst müssten sie das ganze Haus abpinseln."

Bauer hörte ihm kaum zu. „Sag mal, haben wir eigentlich schon die Verbindungsdaten von dem Telephon von Kronen bekommen? Ich habe da nichts gesehen."

Seidl schüttelte den Kopf. „Nein, das habe ich gestern noch angefragt, ist bis jetzt anscheinend untergegangen." Er öffnete einen Flügel der Garagentür. „Da ist ja eine Luft drinnen, da erstickt man ja."

Bauer zog den Kragen seiner Jacke hoch, eisige Luft kam herein und mischte sich mit dem Benzingeruch, der in der Garage herrschte. „In dem Tresor hätte die Violine wohl schon Platz gehabt", meinte er und maß die Breite mit seinen Händen ab.

„Wir müssen zurückverfolgen, wer die Stradivari zuletzt hatte", meinte Seidl und stellte sich vor Bauer. „Am besten, wir fahren am Montag gleich mal nach Prien zu dem Gutachter, der müsste ja wissen, für wen er dieses Zertifikat damals geschrieben hat."

Bauer nickte und sah auf die Uhr. „Wieso nicht jetzt? Es ist erst halb elf, da sind wir doch in einer guten Stunde dort."

Seidl blickte wie ein Pokerspieler, dem gerade bewusst geworden war, dass sein Gegner das bessere Blatt hatte. „Weißt du was, ich finde, es wird langsam Zeit, dass du dir wieder mal jemanden fürs Wochenende besorgst. So ist das etwas mühsam mit dir, wenn du nichts anderes als den Job im Kopf hast." Er schlug Bauer freundschaftlich auf die Schulter. „Vergiss es, ist schon klar, wir fahren da jetzt hin."

Sie gingen ins Wohnzimmer zu den zwei Beamten vom Erkennungsdienst, die sich gerade ihrer Handschuhe entledigten. Der Kleine mit einem kräftigen Bauch griff sich seine Jacke, die er über einen Sessel geworfen hatte. „Kannst du vergessen, keine Spuren, weder am Türrahmen noch am Schrank. Wir verziehen uns dann wieder."

Bauer organisierte noch schnell, dass die Feuerwehr kommen würde, um die Tür zu verschalen, dann verließen alle das Haus.

„Da bin ich jetzt echt gespannt, was uns der erzählen wird", meinte Seidl, während sie den Verkehrsfunk einschalteten, um zu hören, ob es auf der Strecke wieder mal einen Stau gab.

„Ob diese Instrumente überhaupt noch gespielt werden", bemerkte Bauer. „Bei dem Wert kannst du die ja eigentlich nur in den Tresor legen und warten, dass ihr Wert steigt."

„Ich habe gehört, dass Anne-Sophie Mutter sogar zwei davon hat, mit denen sie auch noch spielt", sagte Seidl.

Bauer blickte auf den Beifahrersitz hinüber. „Dann sollte ich mich vielleicht an die ranmachen, so fürs Wochenende, wie du gemeint hast, hm?"

„Schau lieber mal die Berge an, dann kommst du vielleicht auf vernünftige Gedanken", erwiderte Seidl und zeigte auf die schneebedeckten Berghänge, die die Strecke der Autobahn säumten. „Jetzt sag mir bloß, dass so ein Panorama nicht genial ausschaut."

Zahllose Autos mit Skiern auf dem Dach fuhren mit ihnen in Richtung Süden, der Schnee glitzerte in der Sonne.

„Stell dir mal vor, jetzt von der Kampenwand herunterwedeln, da kannst du doch alles andere vergessen, oder? Und danach nach Bernau zum Alten Wirt."

„Der Winter ist ja noch länger", bemerkte Bauer, „kannst ja noch genug wedeln."

Das Haus des Geigenbauers lag in einer schmalen Seitenstraße des Marktplatzes in Prien, es war wie die Nachbarhäuser mit bayerischer Volksmalerei verziert und strahlte den Charme einer vergangenen Zeit aus. Ältere Pärchen spazierten an den Schaufenstern vorbei und betrachteten die ausgestellten Dirndl und Holzschnitzereien. Der Laden des Geigenbauers war klein, das Schaufenster sah aus, als ob es vor längerer Zeit zuletzt dekoriert worden war. Eine Geige war mit einem Tuch auf einen Stuhl drapiert, ein Notenständer sowie zwei Gitarren waren alles, was es zu sehen gab. An einer Seitenwand hing eine gerahmte Urkunde aus dem Jahr 1952, in der ein Florian Tannbach zum Geigenbaumeister ernannte wurde. Der Blick vom Schaufenster in den Laden war durch einen braune Holzwand verdeckt.

„Da haben wir Glück gehabt", meinte Seidl und zeigte auf die mit goldenen Klebebuchstaben an die gläserne Eingangstür geschriebenen Öffnungszeiten, „um zwölf machen die dicht."

Bauer öffnete die Tür. In dem Moment kam ihm eine Frau mittleren Alters mit Rock und geblümter Bluse entgegen. „Meine Herrn, wir machen gerade zu. Wäre mir wirklich recht, wenn Sie am Montag wiederkommen könnten."

Bauer blieb für einen Moment die Sprache weg, er fand gerade noch schnell die Worte wieder, bevor die Frau ihn und Seidl aus dem Laden geschoben hatte. „Moment bitte, nicht so hastig. Wir wollen Ihnen nichts abkaufen, wir sind von der Polizei", sagte Bauer und sah die Frau verärgert an. Klar, dass die sich bei so einer Verkäuferin nur alle zehn Jahre eine neue Schaufensterdekoration leisten können, dachte er sich.

Die Frau zog die Hand zurück, mit der sie ihn gerade eben noch in Richtung Tür gedrückt hatte. „Wer sind Sie?" fragte sie und blickte beide skeptisch an, als ob sie Bauer nicht abnehmen würde, was er gesagt hatte. Seidl hatte inzwischen seinen Ausweis gezogen und hielt ihn der Frau vors Gesicht, die ihn genau studierte.

„Am Samstag kommen Sie extra aus München", meinte sie und betrachtete beide mit einem prüfenden Blick. „Meinetwegen, kommen Sie herein", knurrte sie und sperrte hinter ihnen die Ladentür zu. „Was gibt's denn?"

Bauer sah sich kurz um. In der Auslage des gläsernen Verkaufstresens lagen mehrere Geigen, an den Wänden hingen hinter Glas gerahmte Photos von Geigenspielern mit Originalunterschriften.

„Darf ich kurz fragen, wer Sie sind?" fragte Bauer und bereitete sich innerlich darauf vor, wie er reagieren würde, wenn die Frau in dem unfreundlichen Ton weiterreden würde.

„Ich bin Lisa Mosch, die Schwiegertochter des Hauses."

„Wir ermitteln in einem Mordfall in München. Und dabei haben wir eine Expertise über eine Stradivari gefunden, die ein Manuel Tannbach 1998 geschrieben hat."

Bauer holte das Schreiben aus dem Kuvert hervor. „Das ist mein Schwiegervater", antwortete die Frau, ohne auf das Papier zu schauen, „besser gesagt, das war mein Schwiegervater, er ist 2001 gestorben. Seitdem kümmere ich mich um den Laden."

Bauer zeigte ihr die Expertise, die Frau überflog sie kurz und zuckte mit der Schulter. „Das ist seine Unterschrift, die erkenne ich genau."

Bauer zog das zweite Blatt mit dem Wertgutachten aus dem Kuvert und zeigte es der Frau, die kurz nickte. „Ja, das ist schon klar. Wenn das eine echte Stradivari war, dann hat die schon den Wert." Sie kratzte sich am Hals und atmete tief ein. „Und die wäre heute bestimmt noch mehr wert. In den letzten Jahren sind die Preise ziemlich gestiegen. Ich wundere mich nur, dass ich noch nie davon gehört habe, dass wir hier 1998 eine Stradivari hatten. Ich bin seit 1995 hier im Laden, das hätte ich eigentlich mitkriegen müssen."

„Was meinen Sie damit", sagte Seidl.

„Na ja, wissen Sie, auf der ganzen Welt gibt es vielleicht noch so 700 Stradivari, wenn da eine davon bei uns aufgetaucht wäre, hätte der Schwiegervater mir davon normalerweise schon erzählt. Das ist schon komisch." Sie fuhr sich mit der Zunge über die Lippen. „Er hat schon Expertisen gemacht zu Geigen, dafür war er auch bekannt, aber das waren keine Stradivari, sondern viel jüngere und natürlich lange nicht so wertvoll."

„Lebt denn Ihre Schwiegermutter noch", meinte Bauer und sah zur Eingangstür, wo ein bärtiger Mann mit Trachtenhut zu sehen war, der gerade an der verschlossenen Tür rüttelte.

„Der kann mich mal kreuzweise", murmelte die Frau. „Tja, die lebt schon noch, hier oben", sie zeigte mit dem Finger zur Decke, „aber sie ist ein Pflegefall. Und leider lässt sie auch in letzter Zeit ihr Gedächtnis oft im Stich. Wir können Glück haben, wenn sie sich daran erinnert, aber wahrscheinlich ist das nicht."

„Sagt Ihnen der Name Franz König was, der auf der Expertise steht", fragte Bauer.

Die Frau nickte. „Der Leiter von unserem Violinenquartett hier heißt König", sie machte eine kurze Pause und dachte nach, „aber soviel ich weiß Erwin, nicht Franz." Sie sah auf die Uhr. „Warten Sie mal, das kann ich gleich klären, die haben heute nämlich um zehn Uhr ein Konzert im Kursaal gehabt, das müsste jetzt vorbei sein. Vielleicht erreiche ich ihn noch." Sie ging zum Telephonieren in ein kleines Büro, das durch einen Vorhang vom Laden getrennt war. Wenige Minuten später war sie wieder da. „Habe ihn gerade noch erwischt. Er heißt Erwin, wie ich gesagt habe, und seine Brüder und sein Vater heißen auch nicht Franz."

Bauer sah Seidl an, der zog die Augenbrauen mit einem Ausdruck der Frustration hoch.

„Geben Sie mir mal die Expertise, ich gehe hoch zur Schwiegermutter und frage sie. Es ist besser, wenn Sie hier unten bleiben, auf Fremde reagiert sie immer recht verstört." Die Frau ging wieder ins Büro, und kurz darauf war zu hören, wie sie eine knarrende Holztreppe hinaufstieg.

„Würde mich ehrlich gesagt schon etwas aufbauen, wenn die Oma wenigstens ein bisschen was dazu wüsste, sonst war das ja die totale Schneiderfahrt“, bemerkte Seidl und fuhr mit seinem Finger langsam einen Violinbogen entlang, der auf dem Tresen lag.

„Wenn der alte Tannbach das Gutachten geschrieben hat für diesen König, dann muss er den ja vermutlich gekannt haben. Es kommt doch keiner zufällig hier nach Prien“, meinte Bauer und setzt sich auf einen Holzstuhl, der neben der Eingangstür stand. Das Knarren der Holztreppe war wieder zu hören, kurz danach stand die Frau wieder im Laden.

„Sie hat gesagt, dass wir hier nie eine Stradivari hatten.“

„Was meinen Sie – kann man sich darauf verlassen?“

„Garantieren kann ich's nicht“, meinte sie mit einem Schulterzucken. „Sind Sie mir bitte nicht böse, aber ich bin ein bisschen in Eile, weil ich für die Schwiegermutter auch noch kochen muss, und in einer Stunde muss ich nach Rosenheim fahren.“ Nervös gestikulierte sie mit ihren Armen in Richtung Ausgang.

Bauer steckte seine Papiere wieder in das Kuvert. „Momentan, glaube ich, haben wir alles besprochen, wenn Sie mir vielleicht noch eine Telephonnummer geben könnten?“

„Wir haben gerade keine Visitenkarten mehr“, meinte die Frau schon auf dem Weg zur Tür, ohne jegliches Bedauern in ihrer Stimme. „Aber draußen am Schaufenster steht unsere Telephonnummer, können Sie ja abschreiben.“

Vom oberen Stock war wie aus weiter Ferne eine brüchige Stimme zu hören, die ein langgezogenes „Lisa“ rief. Die Frau machte mit dem Kopf eine Bewegung in Richtung erster Stock. „Ich hab's Ihnen gesagt, jetzt muss ich aber wirklich.“ Schnell schloss sie hinter den beiden Polizisten die Tür und verschwand im Büro.

„Da bist du auch gestraft, was“, bemerkte Seidl, während er auf der anderen Straßenseite ein bayerisches Lokal entdeckte, dessen Fensterläden weiß-blau gestrichen waren. Ein Reisebus aus Oldenburg stand davor geparkt. „So, und dieses Mal bestimme mal ich, was gemacht wird“, meinte er gut gelaunt, und mit ein paar Schritten war er hinter der Eingangstür verschwunden. Bauer hatte gerade auf sein Handy geschaut und eine neue SMS gesehen. Er beschloss, sie später zu lesen, und ging in die Wirtschaft, wo ihm das

Stimmengewirr einer fröhlichen Reisegruppe gehobenen Alters entgegenschallte, die sich heftig mit Bierkrügen zuprostete. Am anderen Ende des Raumes fanden sie ein akustisch erträglicheres Eck.

„Ich rufe mal schnell bei der Auskunft an, ob es hier einen Franz König gibt“, sagte Seidl und wählte auf seinem Handy.

Bauer nutzte die Gelegenheit und zog sein Handy heraus. „Hat mich gefreut, Sie kennenzulernen, vielleicht mal bis bald, ein schönes Wochenende, Simone Lammer.“ Geschmeichelt steckte er das Telephon wieder ein.

„Nein, kein Franz König hier, zumindest nicht mit Telephon“, bemerkte Seidl und verzog dabei das Gesicht.

Während des Essens redete keiner von ihnen. Lustlos stocherte Seidl in seinem Rindsgulasch herum, bevor er es halbgegessen auf die Seite schob. „Ich weiß nicht, ob wir mit dieser Stradivarinummer weiterkommen. Mich überzeugt das irgendwie nicht.“ Er wischte sich gedankenverloren mit einer Serviette langsam über den Mund. „Der kann doch dieses Gutachten schon seit Jahren im Tresor haben, vielleicht hat er es nur für jemanden aufgehoben, der dieses Instrument tatsächlich hat. Die muss ja nicht er selbst gehabt haben, oder?“

„Möglich“, sagte Bauer. „Aber es könnte auch irgendwie zusammenpassen, überleg mal. Der Chinese hebt in der Schweiz 1,2 Millionen Euro ab, und die Stradivari ist eineinhalb Millionen Euro wert.“

Seidl zuckte mit der Schulter. „Gut, das würde also heißen, dass Kronen die Stradivari hatte, und der Chinese wollte sie kaufen, richtig?“

Bauer nickte. „Okay, fragt sich nur, warum der Lin jetzt nicht irgendwo in China mit dieser Violine herumgeigt, sondern im Kühlhaus unserer Rechtsmedizin liegt.“

Seidl blickte skeptisch. „Das passt nicht, wenn du genau hinschaust. Das Gutachten ist zehn Jahre alt, und schon damals war die Stradivari mehr wert als der Chinese von der Bank abgehoben hat. Und der Preis ist ja seitdem eher noch gestiegen als gefallen. Das hat ja auch die Tante in dem Geigenladen bestätigt.“

„Okay, vergessen wir mal diese Violine. Aber irgendwie hängt der Mord ja wohl schon mit dem Geld zusammen, das Lin abgehoben hat“, redete Bauer weiter und fuhr sich mit der Hand durch die Haare.

„Ist nicht gesagt, der kann das doch auch noch an jemanden übergeben haben, bevor er zu Kronen gefahren ist.“

Bauer schüttelte den Kopf. „Weißt du was, da können wir jetzt noch stundenlang zusammen herumrätseln, wir gehen jetzt mal konsequent der Stradivari nach, wer hat die jetzt und wie kam das Gutachten zu Kronen?“

„Kennst du jemanden, der sich in dieser Musikerszene auskennt?“ fragte Seidl.

Bauer überlegte und sah mit einem gewissen Wohlwollen auf die Seniorengruppe, die sich gerade aufmachte, heftig diskutierend das Lokal zu verlassen. Der Lärmpegel im Lokal senkte sich sofort spürbar. „Kannst du dich noch an den Fricke vom Betrugskommissariat erinnern, der hatte doch immer seine Finger in der Sammler- und Künstlerszene?“

„Ich kenne den, aber ich bin mir ziemlich sicher, dass der schon in Pension ist. Ich habe ihn ewig nicht mehr gesehen. Bei dem war ich auch mal ein paar Wochen, als ich in der Ausbildung war, auch schon eine Weile her“, erwiderte Seidl.

„Ich rufe auf jeden Fall am Montag mal bei denen an, vielleicht kennen sie jemanden, der uns weiterhilft.“

Bauer gab Seidl den Autoschlüssel, als sie das Lokal verließen. „Du darfst zurückfahren, ich bin noch etwas geschlaucht von gestern Abend.“

Seidl blieb stehen. „Aha, von gestern Abend. Bis auf die Geschichte mit dem Tresor hast du mir ja noch gar nichts davon erzählt. Was hat dich denn da geschlaucht?“

„Nichts, es ist einfach nur etwas spät geworden“, meinte Bauer und sah Simone Lammer vor sich sitzen, wie sie ihm von ihrem Vater erzählte.

Seidl nickte. „Alles klar, ich verstehe.“

Bauer drehte die Rückenlehne seines Sitzes zurück und versuchte zu schlafen. Seinen Gedanken wanderten wieder zum Abend vorher, irgendwie gefiel ihm diese Frau.

Kapitel 7

„Sag mal, Kollege, ist der Fricke noch bei euch?“ fragte Bauer verschlafen und nahm einen Schluck aus seiner Kaffeetasse. Sein Blick aus dem Fenster fiel auf die Sekretärin beim Anwaltsbüro gegenüber, die sich müde in einem schicken, blauen Kostüm am Schreibtisch streckte. Tröstlich, dachte er sich und konzentrierte sich wieder auf das Telephonat.

„Der Fricke, nein, der ist schon seit drei Jahren in Pension“, erwiderte der Beamte. „Wozu hättest du den denn gebraucht?“

Bauer erzählte ihm die Geschichte in Kurzform.

„Ich rufe Fricke zu Hause an. Der ist immer recht froh, wenn sich einer von uns meldet. Obwohl es ihm gesundheitlich nicht so gut geht, wie ich gehört habe. Aber es könnte schon sein, dass der jemanden kennt, der euch weiterhelfen kann.“

Seidl kam mit einer Handvoll Akten. Einige Stellen waren oben mit gelben Zetteln markiert. „Unsere zwei Heinzelmännchen sind fleißig, da kann man nichts sagen. Das sind alles Unterlagen aus dem Haus von Kronen, die gelben Zettel sind für Schreiben, die uns interessieren könnten, haben sie gemeint.“

Das Telephon läutete.

„Ich habe mit dem Fricke gesprochen. Wir sollen ihm einen Tag Zeit geben, hat er gemeint, er hat da wahrscheinlich jemanden, der euch helfen könnte. Er wird sich heute am späten Nachmittag bei euch melden.“

Bogner kam ins Büro und schloss die Tür hinter sich. „Hört mal kurz her, ich muss mit euch reden.“

Bauer und Seidl sahen erstaunt auf, der Ton war ungewöhnlich für ihren Chef.

„Die chinesische Botschaft hat sich beim Außenministerium gemeldet, und die haben das dann gleich weitergegeben. Sie wollen wissen, ob wir schon mit den Ermittlungen weitergekommen sind.“

Bauer sah zu Seidl, der die Augenbrauen hochzog. „Möchtest du die jetzt ständig auf dem Laufenden halten, was wir gerade machen?“

Der schüttelte den Kopf. „Nein, natürlich nicht. Aber wir müssen zumindest irgendetwas Allgemeines schreiben, was weiß ich, dass wir gerade dabei sind, die Tatortspuren auszuwerten, oder meinetwegen, dass wir mit den Vernehmungen von Zeugen begonnen haben."

„Genau", meinte Bauer, „so machen wir das. Du schreibst denen, dass wir gerade die Tatortspuren auswerten und möglicherweise einen Hinweis auf den möglichen Hintergrund der Tat haben, dem wir gerade nachgehen. Das klingt doch vernünftig, oder?"

Bogner sah aus dem Fenster in das trübe Licht eines wolkenverhangenen Tages. „Ich schreibe was in der Richtung zusammen, mal sehen, ob das denen im Ministerium genügt."

Er stand auf und ging wieder aus dem Zimmer, während ihm Seidl nachsah. „Den Job kannst du auch vergessen, möchte ich nicht geschenkt haben", bemerkte er und las weiter seine Computerausdrucke.

Das Telephon läutete.

„Hallo, hier ist Fricke. Spreche ich mit dem Kollegen Bauer?" fragte eine etwas müde klingende, ältere Stimme.

„Ja, Sie sind schneller als der Kollege gedacht hatte."

„Na ja, ich habe jetzt doch Zeit, wissen Sie ja, und da habe ich mich gleich ans Telephon gehängt, als der Anruf kam. Ein paar Kontakte haben ich schon noch. Interessiert mich auch persönlich, so ein Fall. Mit einer Stradivari hatte ich mal zu tun, da ging es um einen Versicherungsbetrug, war eine gut eingefädelte Geschichte."

Der Pensionär war ein amüsanter Erzähler, so dass Bauer immer wieder schmunzeln musste, als der mit Begeisterung erzählte, wie er dem Betrug auf die Spur gekommen war. „Und dieser Informant von Ihnen, der hat damals auch für die Versicherung gearbeitet?"

„Ja, über die bin ich an den herangekommen. Er heißt übrigens Harthauser. Der war damals schon Anfang sechzig, und das ist jetzt mindestens – na, ich würde mal sagen, bestimmt sechs oder sieben Jahre her."

„Und Sie haben ihm vorhin schon kurz erzählt, worum es geht?"

„Nein", entrüstete sich Fricke, „das mache ich doch nicht. Ich habe ihm nur gesagt, dass Sie seine Hilfe brauchen könnten, und dass es um eine Stradivari geht. Und da war er gleich dabei, Sie können ihn anrufen."

Bauer notierte sich die Nummer, der Mann wohnte offensichtlich etwas außerhalb Münchens.

„Ich empfehle Ihnen aber, etwas vorsichtig zu sein, der Harthauser ist ein ziemliches Schlitzohr. Er hat, soweit ich mich erinnern kann, früher mal ein Musikgeschäft gehabt, ist dann irgendwie damit pleitegegangen, und dann hat er von zu Hause aus mit Violinen gehandelt.“ Fricke machte eine kurze Gedankenpause. „Ja, ich meine sogar, wir haben mal gegen ihn ermittelt, ist aber nichts dabei herausgekommen. Aber wie gesagt, aufpassen, der wirkt wie ein netter Opa, ist aber ein ausgeschlafener Bursche. Wenn der für sich die Chance sieht, Geld zu machen, dann ist Vorsicht angebracht.“

„Bei uns, glaube ich, besteht die Gefahr nicht, dass er Geld daraus macht, die Stradivari ist ja verschwunden“, antwortete Bauer.

„Ich wollte es nur gesagt haben, Sie werden das schon richtig machen. Würde mich freuen, wenn Sie mir mal Bescheid geben könnten, ob was dabei herausgekommen ist.“

„Mache ich“, versprach Bauer.

Seidl hatte sich inzwischen seine Brille aufgesetzt, was er nach Bauers Erinnerung erst zwei- oder dreimal getan hatte, seit sie ihm ein Augenarzt vor mehr als einem Jahr dringend empfohlen hatte. Er streckte abwehrend die Hand in die Höhe, als Bauer ihn ansah. „Sag nichts, ich weiß, wie bescheuert das aussieht. Aber die Schrift ist so verdammt klein, da kriegst du Kopfweh.“

Bauer griff zum Telephon. Harthauser war zu Hause. Die Terminvereinbarung gestaltete sich etwas schwieriger als von Bauer erwartet, da der Mann kein Auto hatte und auch kein besonderer Liebhaber von S-Bahnfahrten war.

„Na gut, dann setze ich mich halt in den Zug. Aber dafür spendieren Sie das Mittagessen, einverstanden?“

„Machen wir“, antwortete er und bemühte sich, nicht gereizt zu klingen.

„Das hat mir bei Ihrem Kollegen, dem Fricke, schon immer gefallen, wenn wir auf Staatskosten essen gegangen sind – schmeckt einfach irgendwie besser, ich weiß auch nicht.“

Bauer beendete das Gespräch, sie verabredeten sich im Augustiner in der Fußgängerzone. Da gibt's die besten sauren Lüngerl, meinte Harthauser, während Bauers Magen sich bei dem Gedanken an diese Innereien zusammenzog. Vom nahegelegenen Dom schlug es elf Uhr. Bauer atmete kräftig durch. „Drück uns die Daumen, dass wir in zwei Stunden mehr wissen."

Seidl schien ihm nicht zuzuhören, zu vertieft war er in seine Telephonlisten. „Kannst du dir vorstellen, dass sich jemand jeden Morgen sein chinesisches Horoskop durchgeben lässt und dafür 3,99 Euro bezahlt?"

„Hat das der Kronen gemacht?" fragte Bauer.

„Ich habe da vorhin mal angerufen. Nur dass du Bescheid weißt, wir haben momentan das Jahr der Ratte. Klingt doch vielversprechend, oder?"

Bauer verzog das Gesicht und überlegte, was er bis ein Uhr machen könnte. „Ich werde draußen eine Runde drehen, bis ich den Stradivari-Menschen treffe, brauche ein bisschen frische Luft", sagte er zu Seidl und ging aus dem Büro.

Dick vermummt mit Schals und hochgeschlagenen Mantelkrägen, versuchten sich die meisten Fußgänger gegen die Kaltfront mit bis zu minus zehn Grad zu schützen, die der Wetterbericht schon seit Tagen angekündigt hatte. Vor einem Schuhgeschäft schien sich ein gedrungener mexikanischer Flötenspieler davon nicht beirren zu lassen, offenbar vertraute er auf die wärmende Kraft seiner Klänge. Nur mit einem bunt bestickten Umhang und einer dünnen Sommerhose bekleidet, blies er seine Melodien auf einer kleinen Flöte, die fast zwischen seinen Händen verschwand. Dazu hüpfte er rhythmisch von einem Bein auf das andere. Der schrille Ton erinnerte Bauer an seine Kindheit, als er, mit demselben Instrument ausgestattet, stolz die weihnachtliche Bescherung zu Hause musikalisch aufgewertet hatte. Zumindest hatte man ihn das damals glauben lassen. Sein Blick ging zu den Büros über dem Schuhgeschäft, die Fenster sahen modern aus, wahrscheinlich höchste Lärmschutzklasse. Er ging weiter. In dem kleinen Zigarrengeschäft nebenan waren sie gerade dabei, neu zu dekorieren. Eine kleine Frau kletterte geschickt zwischen den Zigarrenkisten umher, gerade stellte sie eine Kiste aus Kuba offen auf ein kleines, hölzernes Podest. Majestätisch lagen die kurzen, dunkelbraunen Exemplare mit kunstvoll gestalteten Banderolen nebeneinander und lachten Bauer an, zumindest dachte er sich das in dem Moment, als er davor stand. Es war eine Ewigkeit her, dass er geraucht hatte, aber jetzt war er der Meinung, dass die Gelegenheit da war, sich etwas zu gönnen. Dass er dafür fast zweihundert Euro hinblätterte, störte ihn nicht. Mit einem zufriedenen Gesicht verließ er den Laden, in Gedanken schon auf der Suche nach dem richtigen Platz, um diese Tabakikonen zu qualmen.

„Ich trage einen grauen Hut", hatte der Mann als Erkennungszeichen vorgegeben. Als Bauer die Tür zu der Wirtschaft öffnete, musste er nicht lange suchen, er erkannte Harthauser sofort. Als Einziger saß er allein an einem der Holztische in der Mitte, sonst war der große Raum voll mit Leuten, die in mehr oder weniger großen Gruppen ihr Mittagessen verdrückten.

„Habe gerade noch den letzten Platz ergattert", meinte er, als ihm Bauer die Hand drückte und sich zu ihm setzte. Harthauser trug über einem grauen Rollkragenpullover ein etwas abgewetztes, braunes Sakko, unter dem am Rand leicht speckigen Hut blickten Bauer lebhafte Augen an. „Sind Sie öfter hier?" fragte er Bauer, der gerade dabei war, seinen Mantel an der Stuhllehne zu befestigen, nachdem alle Garderobenhaken in der Nähe belegt waren. „Ist schon ewig her, dass ich mal hier war. Aber sieht nett aus", meinte Bauer und blickte durch das Lokal.

„Sie müssen entschuldigen, dass ich meinen Hut nicht abnehme", sagte Harthauser und beugte sich leicht nach vorne. „Sie werden sich wahrscheinlich sagen, der spinnt ein bisschen, der Alte", dabei tippte er sich mit dem Finger an den Hutrand, „aber ich habe mir so eine Haarcreme reingeschmiert, mit der meine braune Haarfarbe wieder kommen soll, steht zumindest auf der Packung." Er schnaufte verächtlich. „Wissen Sie, was gekommen ist, ein Gelbbraun, das aussieht wie ...", er schüttelte den Kopf, „na ja, das lass ich jetzt lieber weg. Aber Sie wissen, was ich meine." Harthauser nahm das Weißbier, das ihm der Kellner brachte, und nahm einen kräftigen Schluck. „Ah, das tut wieder mal gut. Bei mir zu Hause gibt es keinen Alkohol, wissen Sie, meine Frau meint, das täte mir nicht gut." Er zwinkerte Bauer zu. „Ganz unrecht hat sie nicht, hatte mal eine schwierige Zeit mit dem Zeug."

Bauer beobachtete, wie Harthauser erneut einen kräftigen Schluck nahm, worauf er beschloss, baldmöglichst zum Thema zu kommen. „Und Sie sind der Spezialist für Stradivari, wie mir der Kollege Fricke erzählt hat." Er bestellte sich einen Kaffee.

„Sagen wir so, ich kenne mich zumindest schon damit aus, mit diesen edlen Teilen. Ist ein schönes Thema, sich damit zu beschäftigen. Und hin und wieder kann man auch mal was verdienen, zumindest früher, heute ist es schwer geworden, läuft viel in Asien ab."

„Sind denn die Asiaten mit den Stradivari groß im Geschäft?"

„Japaner, Chinesen, inzwischen auch Russen, alle, die viel Geld haben, versuchen an die Stradivari heranzukommen, die es noch gibt. Wissen Sie, der Markt ist sehr eng, da werden pro Jahr vielleicht vier oder fünf Stück gehandelt, mehr nicht. Und einige Besitzer verkaufen ihre garantiert nicht, zum Beispiel die Österreichische Nationalbank oder die Nippon Foundation. Die verleihen ihre Stradivari nur, aber natürlich nur an besondere Musiker." Das Reden machte Harthauser offensichtlich durstig, er griff wieder zu seinem Weißbierglas, das jetzt schon halb leer war. „In Wirklichkeit weiß ja keiner genau, wie viele es davon noch gibt, vermutlich sind es so um die 750. Und die sind in den letzten Jahrzehnten gigantisch im Wert gestiegen, kosten zum Teil über zwei Millionen Euro. Wenn sie gut in Schuss sind."

Bauer nickte. „Wir ermitteln in einem Mordfall, in dem eine Stradivari möglicherweise eine Rolle spielt."

Harthauser schob den Hut leicht nach hinten, seine Stirn bekam ein paar zusätzliche Falten. „Davon hat mir der Fricke gar nichts gesagt. In einem Mordfall? Ich dachte, Sie sind der Nachfolger von Fricke beim Betrug? Aber ist ja egal. Haben Sie denn die Stradivari?"

Bauer schüttelte den Kopf und erzählte kurz, dass sie eine Expertise und das Wertgutachten gefunden hatten.

„Haben Sie die denn da drin?" fragte Harthauser und deutete auf die abgegriffene Aktenmappe, die Bauer auf den Stuhl gelegt hatte.

Der Kellner brachte in dem Moment einen dampfenden Teller mit sauren Lüngerl für Harthauser, Bauer hatte sich nichts bestellt.

„Essen Sie zuerst mal in Ruhe", meinte er in beruhigendem Ton, als er sah, wie Harthausers Augen begannen, nervös zwischen dem Essen und der Aktenmappe hin und her zu wandern.

„Danke“, erwiderte der und begann den Semmelknödel mit einem Löffel zu zerteilen. Bauer betrachtete Harthauser mit einem Schmunzeln, wie er das Essen richtig zelebrierte.

„Wenn Sie wollen, können Sie mir ja erzählen, wer der letzte Besitzer der Stradivari war, vielleicht sagt mir der Name was“, meinte Harthauser kauend, während er die letzten Reste des Knödels durch die Sauce dirigierte.

„Das Gutachten ist von 1998, und es wurde für einen Franz König geschrieben.“

Harthauser hob leicht den Kopf und sah an Bauer vorbei. „Franz König“, wiederholte er und kaute dabei weiter. „Nein, der Name sagt mir gar nichts. Soll das ein Deutscher sein?“

„Wissen wir nicht, in der Expertise steht nur der Name.“

Harthauser legte den Löffel aus der Hand und wischte sich den Mund fein säuberlich mit einer Serviette ab. „So, das war jetzt wieder mal was Feines“, bemerkte er mit einem zufriedenen Blick und schob seinen Teller zur Seite. „Jetzt reichen Sie mal das Gutachten rüber“, zeigte er sich nun arbeitswillig.

Bauer zog das Kuvert aus der Aktenmappe und gab Harthauser die Expertise. Dessen Blick fiel sofort auf die Photos, die er eine Weile betrachtete. Stirnrunzelnd meinte er: „Ich kann mich ja täuschen, aber das könnte die Le Maurien Stradivari sein.“ Dann holte er eine Brille aus seiner Jacke, die über dem Stuhl hing. „Eigentlich sehe ich ja noch gut, aber sicher ist sicher“, sagte er, während er sich die Photos vors Gesicht hielt. „Nageln Sie mich nicht fest, aber ich bin mir fast sicher, diese Photos sind von der Le Maurien Stradivari.“ Er zeigte mit dem Finger auf eine Stelle in der Mitte der Violine. „Sehen Sie, da ist sie repariert worden, und da oben auch“, meinte er und sah Bauer an. „Es gibt von den meisten Stradivari Photos, und von der habe ich welche gesehen, das weiß ich sicher. Ihnen sagt die Le Maurien Stradivari wahrscheinlich nichts, aber ich habe mich vor einigen Jahren mal intensiv mit ihr beschäftigt. Wer die findet, kann nämlich 100.000 Dollar verdienen.“

Bauer sah ihn mit fragendem Blick an. „Wie meinen Sie das?“

„Diese Stradivari ist 2002 in New York gestohlen worden, unter ziemlich mysteriösen Umständen. Und bis heute hat sie keiner mehr gesehen, obwohl die Versicherung 100.000 Dollar Belohnung ausgelobt hat.“

Bauer überlegte, wie das zu dem Mord passen könnte. „Das würde also bedeuten, dass derjenige, der sie heute verkaufen will, mit einer gestohlenen Stradivari handelt.“

„Richtig“, fuhr Harthauser fort, „und er wüsste vermutlich auch, zumindest wenn er sich einigermaßen auskennt, dass er mit dieser Stradivari nirgends öffentlich auftreten kann. Aber es gibt ja vielleicht so Spinner, denen geht es nur darum, so ein Stück zu Hause im Tresor zu haben, so wie es das ja auch bei gestohlenen Gemälden gibt.“

Bauer machte sich ein paar Notizen, auch um seine Gedanken wieder zu ordnen, während Harthauser immer noch die Photos in der Expertise studierte. Der Kellner kam und fragte, ob sie noch etwas wollten. Bauer winkte ab, Harthauser bestellte sich aber noch ein Weißbier.

„Also, ich bin mir sicher, das ist die Le Maurien.“ Er gab Bauer die Expertise zurück. „Mich macht nur stutzig, dass diese Stradivari vor dem Diebstahl seit vielen Jahren in den USA gewesen ist – zumindest soweit ich weiß. Da passt es nicht dazu, dass angeblich 1998 in Prien dieses Gutachten für diesen ... wie heißt der Mann gleich wieder?“

„Franz König“, antwortete Bauer.

„Also für diesen Franz König gemacht worden ist. Wissen Sie, für die Stradivari gibt es ein paar bekannte Gutachter, einer sitzt in London, einer in Wien, aber in Prien am Chiemsee habe ich noch nie gehört, dass einer Gutachten für Stradivari macht.“

Harthauser nahm kurz den Hut vom Kopf und fuhr sich durch die Haare. Seine Schilderung der Haarfarbe war nicht übertrieben, wie Bauer feststellte.

„Wenn das nicht eine Fälschung ist, dieses Gutachten? Was glauben Sie, was in dem Geschäft alles läuft?“

„Wahrscheinlich so wie überall, wo es um viel Geld geht“, erwiderte Bauer.

„Vermutlich. Aber das Verrückte an diesem Geschäft ist, wer da alles mitmischt – Musikprofessoren, Geigenbauer, Geldwäscher, alle haben sie ihre Finger im Spiel. Da werden polnische Geigen mit Spezialmittelchen auf alt getrimmt und Gutachten gefälscht. Und so weiter und so weiter.“ Er blickte Bauer mit skeptischem

Blick an. „Eine Menge neues Material für Sie, kann ich mir vorstellen. Denken Sie, das hilft Ihnen weiter bei dem Mord?"

Bauer runzelte nachdenklich die Stirn. „Etwas schon, aber es bleiben noch eine Menge Fragen offen. Hat unser Mordopfer die Stradivari selbst gehabt, und wurde sie dann bei dem Mord geraubt, oder hat er nur die Papiere verwahrt, und jemand anderes hat sie? Oder trifft beides nicht zu, und die ganze Geschichte ist nur eine Fälschung, um jemanden hereinzulegen?"

Harthauser trank sein Bier aus.

Bauer sah auf die Uhr, es war kurz vor drei. „In einer Stunde soll ich in Augsburg sein, ich muss mich langsam auf den Weg machen. Ich kann Sie ja zu Hause erreichen, wenn mir noch was einfällt, oder?" fragte er und winkte dem Kellner zum Bezahlen.

„Ja klar, jederzeit. Ich werde mich auch noch ein bisschen umhören, ob jemand von diesem Gutachter in Prien schon mal was gehört hat."

„Der ist übrigens vor ein paar Jahren gestorben", erwähnte Bauer noch, bevor sie aufstanden. „Vielen Dank, dass Sie sich Zeit genommen haben." Bauer drückte Harthauser die Hand.

„Für saure Lüngerl habe ich immer Zeit", antwortete der mit einem Grinsen und prüfte im Hinausgehen noch mal mit einem Handgriff, ob sein Hut auch richtig saß. „Angeblich kommt nach vier Wochen die richtige Farbe. Ich will es hoffen", seufzte er, bevor sie sich vor dem Lokal trennten.

Bauers Handy läutete, es war Seidl. „Ich komm heute Nachmittag nicht ins Büro, muss für den Garten was besorgen. Aber ein paar Neuigkeiten habe ich noch. Ich habe mal bei meinem Schwager angerufen, der ist doch bei der Steuerfahndung. Der Firma von Mohr steht das Wasser bis zum Hals, die müssen bis zum 31. mehr als 80.000 Euro Steuern nachzahlen, sonst stellt das Finanzamt Konkursantrag. Dann ist der Laden dicht."

„Dann hätten wir also ein Motiv."

„Genau. Die Frage ist nur, wusste Mohr, dass die beiden sich am Mittwoch bei Kronen treffen?" Seidl machte eine Pause. „Lin wird es ihm nicht erzählt haben. Und Kronen?"

„Du hast doch die Telephonliste ausgewertet, oder?" fragte Bauer.

„Ja, aber da habe ich kein Telephonat von Kronen mit Mohr gefunden. Aber etwas anderes: Seit Dezember hat Kronen immer wieder mit einer bestimmten Handynummer telephoniert, einer 0163-Nummer, bis eine Woche vor dem Mord."

„Und wem gehört die Nummer?"

„Das erfahre ich erst noch, ich habe bei denen schon Druck gemacht. Sie haben es mir für morgen früh versprochen."

„Dann bin ich um sieben im Büro."

Kapitel 8

„Lorenz Amann heißt der Typ mit dem Handy." Seidl las von einem Fax ab, das er gerade aus dem Gerät neben seinem Schreibtisch gezogen hatte.

„Und der hat bis einige Tage vor dem Mord mit Kronen telephoniert?" fragte Bauer nach, der gerade noch seinen Bericht über die gestrigen Gespräche fertig tippte.

„Richtig. Ich lass den gleich mal durch den Computer." Seidl fuhr seinen Rechner hoch, kurz danach kratzte er sich mit erstauntem Gesicht am Kopf. „Der hatte einmal was wegen einer Trunkenheitsfahrt, vor drei Jahren. Sonst nichts. Wohnt schon seit Jahren an der gleichen Anschrift in der Schyrenstraße."

„Dann fahren wir doch mal raus zu dem, oder?"

Bauer sprang auf und sah nach draußen, wo es langsam hell wurde. Die Kältewelle war abgezogen, laue zehn Grad sollte es heute werden.

„Ich habe gestern noch mal genau die Zeiten der Telephonate abgeklärt. Die beiden haben genau dann zu telephonieren begonnen, nachdem Kronen in London war."

Bauer kämpfte mit der Gangschaltung des alten BMW, den sie seit einem Jahr ausmustern wollten, aber keinen Ersatz dafür bekamen.

„Den ersten Gang kriegst du bei dem nicht rein, probier's mit dem zweiten", meinte Seidl und sah aus dem Fenster in das Auto, das neben ihnen in der Sonnenstraße im Stau stand. Eine junge Frau bog sich gerade hochkonzentriert mit einem Lippenstift in der Hand den Rückspiegel zu ihrem Gesicht hin, um sich zu schminken. Seidl lächelte, was sie aber nicht bemerkte.

„Dieser Amann ist interessant. Die haben miteinander zu telephonieren begonnen, als der Kronen wieder aus London zurück war. Vorher gab es kein einziges Gespräch, zumindest nicht bis Oktober."

„Dann könnten die Telephonate also etwas mit der Reise von Kronen nach London zu tun haben", meinte Bauer.

„So sehe ich das. Aber wir wissen natürlich immer noch nicht, was der Kronen sonst noch in London gemacht hat, seine Tochter hat dir doch erzählt, dass er da auch Bekannte hatte, oder?"

Bauer bremste abrupt, weil ein Fahrradfahrer trotz roter Ampel die Straße überquerte. „Soll er haben, ja, aber mehr wusste sie auch nicht."

Sie fuhren gerade auf der Wittelsbacher Brücke über die Isar, deren grünes Wasser durch den Schnee, der in den Bergen geschmolzen war, mit gewaltiger Kraft durch die Stadt rauschte.

„Da vorne müsste die Schyrenstraße sein." Seidl deutete auf eine schmale Straße, die hinter dem üppigen Grundstück eines Altersheims vorbeiführte. Die Häuser waren hier aus den sechziger Jahren, damals offensichtlich schnell hingebaut, ohne jegliche architektonische Spielereien. Verwitterte Balkonverkleidungen und Fassaden, von denen der Putz abbröckelte, prägten das Bild. Bauer sah ein kroatisches Restaurant mit verstaubten, immergrünen Pflanzen im Fenster, einen Getränkekiosk, vor dem sich bereits eine heftig gestikulierende Männerrunde mit Bierflaschen zuprostete, und eine Reinigungsfirma, die in ihrem Schaufenster nach „fleißigen Mitarbeitern, gerne auch ungelernt" suchte. Das Haus, in dem Lorenz Amann wohnte, passte genau in diese Straße. Ein verrostetes Eisentor versperrte den Zugang zum Hof, wo sich auch der Eingang zum Haus befand. Seidl drückte von innen die Klinke herunter, so dass das Tor aufging. Die Fenster der Erdgeschosswohnung, an der sie vorbeigingen, war durch graubraune Gardinen mit Gittermuster verhängt. Von innen drangen laute Fernsehgeräusche nach draußen.

„Wäre nett, wenn das unser Typ wäre", meinte Seidl, während sie weiter in den Hof gingen.

Amann wohnte im obersten Stock, Bauer drückte die Klingel. Es rührte sich nichts, die Holztür mit Glasfüllung, die ins Treppenhaus führte, blieb geschlossen. Er versuchte es noch mal.

„Läute doch mal bei dem Typen hier im Erdgeschoss, vielleicht gibt's hier sowas wie einen Hausmeister", meinte Seidl und blickte ungeduldig an der Hausfassade hoch. In einigen Wohnungen brann te Licht, nicht jedoch ganz oben im vierten Stock. Der Türöffner schnarrte, Bauer und Seidl gingen ins Treppenhaus. Beinahe wäre Bauer über ein altes Fahrrad gefallen, das an der Wand lehnte. Eine Tür im Erdgeschoss war einen Spalt geöffnet.

„Was wollen Sie?“ fragte eine rauchige, männliche Stimme. Ein unrasiertes, blasses Gesicht schob sich in den schmalen Spalt. Mit einer Hand hielt der Mann seinen Morgenmantel zu.

„Kennen Sie den Herrn Amann?“ fragte Bauer und blieb mit Abstand vor der Tür stehen.

„Der ist in Urlaub“, meinte der Mann.

Bauer ging näher an die Tür heran. Der Geruch, der ihm jetzt in die Nase stieg, war eine Mischung aus abgestandener Luft, Rauch und ungewaschener Kleidung. Bauer war froh, dass sein Frühstück heute nur aus einer Breze bestanden hatte. „Wissen Sie, wann er wieder zurückkommt?“

Der Mann, dessen Haare strähnig über die Stirn hingen, rieb sich mit der Hand die Augen. „Können Sie nicht später noch mal kommen?“

Seidl sprang mit einem Satz nach vorne und klemmte seinen Schuh zwischen die Tür und den Türrahmen, als der Mann gerade dabei war, sie zu schließen.

„Heh, was soll denn das“, rief der heiser und versuchte, sich dagegenzustemmen.

Bauer musste sich eingestehen, dass sie jetzt vor einer verschlossenen Tür gestanden wären, wenn Seidl so schlafmützig wie er gewesen wäre.

„Zeig ihm mal den Ausweis, dann beruhigt er sich vielleicht“, meinte Seidl erregt, während er sich mit beiden Händen gegen die Tür stemmte. Bauers Ausweis tat seine Wirkung. Begleitet von einem unverständlichen Murmeln, zog der Mann die Tür auf. Er blinzelte gegen das Licht, das vom Treppenhaus in seine Wohnung fiel.

„Was wollen Sie denn von dem?“ fragte er mit leiser Stimme.

„Wissen Sie, wo wir ihn jetzt erreichen können?“ bohrte Bauer weiter.

Unter dem roten Morgenmantel des Mannes, dessen Ärmel nach hinten gekrempelt waren, schauten dürre, weiße Beine hervor, die in grünen Frotteepantoffeln steckten. Er schüttelte den Kopf. „Fragen Sie mal den Kopfhammer, dem gehört das Haus.“ Er wies mit der Hand nach oben. „Wohnt gleich über mir. Der weiß es vielleicht.“

Kopfhammer war Rentner, und als Bauer ihn sah, wusste er, dass in diesem Haus nichts geschah, was seiner Aufmerksamkeit entgehen konnte. Sie hatten nur einmal geklingelt, schon ging die Tür auf, und ein korpulenter Mann mit zerzausten, grauen Haaren stand vor ihnen. „Hab's schon gehört, Sie sind von der Polizei", begrüßte er Bauer und Seidl mit einer markigen, tiefen Stimme. „Wollen's was vom Amann wissen?"

Bauer trat unbewusst einen Schritt zurück. „Wissen Sie, wo wir ihn jetzt erreichen können?"

„Wieso, hat er was ausgefressen?"

Bauer war sicher, dass in Kopfhammers Welt Lächerlichkeiten wie Datenschutz oder Ähnliches keinen Platz hatten.

„Wissen wir noch nicht", entgegnete Seidl.

„Aha, also doch", sagte Kopfhammer und setzte einen strengen Blick auf. „Wissen's, in meinem Haus brauche ich solche Leute nicht. Wer Ärger macht, fliegt raus, ohne langes Hin und Her."

„Das können Sie machen, wie Sie meinen", versuchte ihn Bauer zu beschwichtigen, „aber wir müssten jetzt erst mal wissen, wo wir den Amann erreichen können." Im Hintergrund sah er, wie sich die Tür ins Wohnzimmer leicht bewegte. Offensichtlich stand jemand dahinter.

„Der Amann wohnt schon eine Ewigkeit bei uns, an sich ein anständiger Kerl. Bis jetzt zumindest." Kopfhammer blickte Bauer vielsagend an, als ob ihm schon klar sei, dass er sich in Amann wohl getäuscht haben musste. „Irgendwann im November habe ich ihn im Treppenhaus getroffen, da ist er mit einem Koffer dahergekommen. Ich habe ihn gefragt, was er denn vor hat. In Urlaub geht's, hat er gesagt, endlich einmal." Kopfhammer strich die Haare nach hinten und schüttelte verwundert den Kopf. „Richtig aufgedreht war er, ganz anders als sonst. Nach Kuba, in die Sonne, hat er gemeint."

„Und bis heute ist er nicht zurückgekommen?"

„Das ist es ja, was mich wundert. Das ganze Zeug aus seinem Briefkasten habe ich schon in meiner Wohnung, quillt ja alles über. Weiß der Teufel, wann der Kerl wiederkommt. Aber mit der Miete klappt es noch, die kommt jeden Monat auf mein Konto."

Die Wohnzimmertür bewegte sich wieder. „Sie können Ihrer Frau ruhig sagen, dass sie sich zu uns stellen kann“, meinte Bauer und deutete auf das Wohnzimmer.

„Na, na, die brauchen wir nicht, die weiß auch nicht mehr“, entgegnete Kopfhammer mit einer abschätzigen Handbewegung.

„Kennen Sie irgendwelche Bekannten von Amann?“

Kopfhammer überlegte. „Er hat vor ein paar Jahren mal eine Freundin gehabt, so eine Schokoprinzessin, wenn Sie wissen, was ich meine.“ Ein vielsagendes Grinsen legte sich über sein rotbackiges Gesicht. „Ich glaube, eine Kubanerin, hat er mal gesagt. Aber dann war die plötzlich wieder weg, habe sie nie mehr gesehen.“

„Und sonst gibt es niemanden, der etwas über ihn wissen könnte?“

Kopfhammer kratzte sich hinter dem Ohr. „Ich weiß keinen. Der hat auch nicht viel geredet, wissen Sie. Hat meistens ferngesehen bis spät in der Nacht. Und ab und zu gesoffen, aber das war auch schon alles.“

„Danke“, sagte Bauer und ging mit Seidl die Treppen zum Ausgang hinunter.

„So, das ist ja blendend, was?“ brummelte Seidl, als sie das Haus verlassen hatten.

„Der telephoniert die ganze Zeit mit dem Kronen, ist aber angeblich in Kuba in Urlaub.“

„Und wenn er ihn von dort angerufen hat?“

„Kläre ich gleich. Die können uns ja sagen, wo sein Handy eingebucht war.“

Seidl telephonierte, während Bauer das Auto zurück zum Präsidium steuerte. „Der war die ganze Zeit in München im Netz, sagen die, und zwar immer in der Innenstadt.“

„Verstehe ich nicht. Wo hat er denn dann gewohnt?“ meinte Bauer.

„Vielleicht hat er eine neue Freundin, bei der er übernachtet. Und die er nicht nach Hause bringt, weil er dem Kopfhammer mit seinem blöden Gerede aus dem Weg gehen möchte.“

Bauer nickte, der Uniformierte an der Einfahrt ins Präsidium grüßte sie mit einem müden Blick.

„Auf jeden Fall brauchen wir den so schnell als möglich. Reden wir mal mit Bogner, vielleicht können wir ja über die Presse was machen.“

Die Bürotür war angelehnt, Bogner saß mit dem Rücken zur Tür und blickte aus dem Fenster. Bauer klopfte, worauf Bogner erschrocken mit seinem Drehstuhl herumfuhr. Sein Gesicht war noch blasser als sonst, dunkle Ringe hatten sich um seine Augen gelegt. „Sie wollen mir einen Bypass legen, sonst geht es nicht mehr lange, haben sie gesagt. Nächste Woche habe ich den Termin.“ Bogner atmete tief ein. „Was gibt's, Kollegen?“

Bauer blickte Seidl an, der das Gesicht verzog, seine Körperhaltung verriet, dass er am liebsten wieder aus dem Zimmer gegangen wäre. „Wir wollen dich nicht belasten“, antwortete Bauer und versuchte, etwas Zeit zum Überlegen zu gewinnen. Er stellte sich vor Bogners Schreibtisch, auf dem eine Boulevardzeitung ausgebreitet lag. „Wir waren gerade bei dem Typ draußen, der bis eine Woche vor dem Mord mit Kronen telephoniert hat. Der ist seit November angeblich auf Kuba in Urlaub, hat sein Vermieter erzählt. Das Telephonat ist aber aus München erfolgt, das steht fest.“

„Und seit Dezember, als Kronen aus London zurückgekommen ist, gab es fast jede Woche ein Telephonat zwischen den beiden, alle aus München“, ergänzte Seidl.

Bogner faltete die Zeitung zusammen und warf sie in den Papierkorb. „Und was habt ihr jetzt vor?“

„Wir dachten, vielleicht hat er in München eine Freundin, bei der er jetzt übernachtet.“

„Können wir denn das Handy nicht orten?“

Seidl schüttelte den Kopf. „Das ist ja das Komische, seit dem Mord ist das Handy ausgeschaltet.“

Bogner streckte sich in seinem Stuhl.

„Wir haben überlegt, ob wir eine Pressefahndung mit Photo nach ihm herausgeben könnten“, meinte Bauer und dachte darüber nach, wie weit ihn so ein Fall interessieren würde, wenn er eine Herzoperation vor sich hätte.

Bogner fasste sich an die Nase. „Seid ihr denn sicher, dass er der Täter ist?“

„Wir haben sonst nur noch den Mohr, der mit Lin anscheinend Streit hatte. Vielleicht hängen die Geschichten aber auch zusammen, keine Ahnung. Das könnte uns sicher der Amann sagen", ergänzte Bauer.

„Haben wir denn überhaupt ein Photo von ihm?"

„Ich habe bei der Passstelle nachgefragt, die haben eines, das ist vier Jahre alt", antwortete Seidl.

„Gut, ich rufe den Staatsanwalt an, die haben seit dem Ersten einen Neuen im Referat. Ich sag euch Bescheid."

Am neuen Kaffeeautomat standen wieder einmal mehrere Beamte Schlange, als Bauer und Seidl sich einen Cappuccino holen wollten.

„Ich werde mich jetzt noch mal mit unserem Freund Mohr beschäftigen, vielleicht kennt er Amann."

„Und wie willst du das herausbekommen? Der Mohr wird's dir ja wohl nicht erzählen, wenn es so ist."

„Der nicht, aber ich habe mir die Daten von seinem Angestellten besorgt, erinnerst du dich noch, der Typ, der uns die Tür aufgemacht hat."

„Der so fertig ausgesehen hat?"

„Genau, und gegen den läuft gerade ein Verfahren wegen Hehlerei, er hat da übers Internet ordentlich gestohlene Sachen verhökert, die ihm sein Bruder beschafft hat. Wird knapp für ihn, wenn er Pech hat, dann geht er in den Knast."

„Und was willst du da machen?" fragte Bauer leicht irritiert.

„Du unterschätzt mich manchmal, kann das sein", antwortete Seidl mit einem breiten Grinsen.

„Ich habe den Staatsanwalt angerufen, der die Sache auf dem Tisch hat. Er ist einverstanden, sollte uns der Mann Informationen über Mohr liefern, die uns weiterbringen, dann lässt er mit sich über eine Bewährungsstrafe reden."

Bauer schürzte anerkennend die Lippen. „Wann hast du denn das organisiert?"

„Tja, während du dich in irgendwelchen Cafés herumtreibst wird hier halt gearbeitet."

Bogner klopfte kurz an und kam ins Büro. Sein Gesichtsausdruck war noch eine Spur missmutiger als vorhin. „Der Staatsanwalt hat abgelehnt."

„Was", rief Seidl, während Bauer konsterniert Bogner anschaute.

„Er meint, der Tatverdacht sei nicht dringend. Nur dass jemand öfters mit dem Opfer telephoniert, macht ihn noch nicht zum Tatverdächtigen."

„Hast du ihm nicht davon erzählt, dass das Handy genau seit dem Mord abgeschaltet ist?"

Bogner fuhr sich langsam mit der Hand übers Gesicht, seine Augen blickten ins Nichts. „Nein, muss ich zugeben, habe ich vergessen. Ihr müsst entschuldigen, aber die Operation nächste Woche, die ist nicht ohne. Das liegt mir einfach im Magen."

Bauer überlegte. „Denkst du, es hat Sinn, dass wir noch mal beim Staatsanwalt nachhaken?"

Bogner zuckte mir der Schultern. „Ehrlich gesagt, nein, das ist einer von den ganz jungen, und bei denen haben wir doch schon öfter erlebt, wie die sich anstellen wegen Photos. Der würde bestimmt sagen, dass es ja Zufall sein kann, dass das Handy an dem Tag abgeschaltet wurde." Er murmelte etwas Unverständliches und ging aus dem Zimmer.

Seidl kümmerte sich darum, die Adresse des Angestellten von Mohr herauszubekommen, Bauer studierte den letzten Bericht, den die Spurensicherung geschickt hatte. „Sie haben einige DNA-Spuren gefunden, hast du das schon gelesen?" fragte er Seidl.

„Nein, der Bericht ist ja erst gestern Nachmittag gekommen."

Bauer sah in Gedanken vor sich den Tatort, die Sessel, den Tisch, die Leichen. „Auf dem einen Sessel, der frei war, haben sie zwei unterschiedliche DNA-Spuren entdeckt. Jeweils Haare."

„Wissen wir eigentlich, ob Kronen eine Putzfrau hatte?"

„Ja, die Lammer hatte mir auch den Namen gegeben. Aber die ist seit letzten Dienstag im Krankenhaus. Am Montag war sie vermutlich noch mal bei Kronen, so wie immer."

„Wenn die ordentlich gesaugt hat, dann müssen die beiden verschiedenen Haare auf dem Sessel nach dem Montag da hingekommen sein, richtig?"

Bauer kaute nachdenklich an seinem Kugelschreiber. „Dann hat er also seit Montag außer Lin noch zwei Besucher gehabt, mindestens."

„Und wohl nicht zur gleichen Zeit, die werden sich ja nicht zu zweit in den Sessel gesetzt haben."

„Anzunehmen", murmelte Bauer und kratzte sich am Kopf.

Seidl stand auf. „Wann fahren wir zu dem Angestellten von Mohr?“

„Von mir aus sofort.“

„Geht heute bei mir schlecht, ich muss mal wieder in meinen Garten schauen, ob da alles okay ist. Letzte Woche haben sie bei uns zwei Holzhäuser aufgebrochen. Solche Idioten, als ob da was zu holen wäre.“

„Am besten wäre es ja sowieso, wenn wir erst am Abend zu dem Typ fahren. Müssen wir da wieder nach Nürnberg?“

„Nein, Glück gehabt. Der wohnt in Ingolstadt, in einer Dreiviertelstunde sind wir dort. Was hältst du davon, dass ich um sechs ins Büro zurückkomme, dann können wir uns den heute noch vornehmen.“

Bauer nickte, worauf sich Seidl seine Jacke schnappte und zur Tür lief. „Kannst ja noch schnell mit Schorsch ums Haus gehen, ich glaube, der tropft sonst gleich.“

Bauer hatte den Dackel ganz vergessen, weil der tagsüber immer unter Seidls Schreibtisch lag. Jetzt war er aufgesprungen und hinter Seidl hergelaufen, der ihn aber mit einem lautstarken Fingerzeig zurück ins Büro schickte. Schorsch schlich mit zögerlichen Trippelschritten zu Bauer und blieb kurz vor seinem Stuhl stehen. Sein Schwanz wedelte aufgeregt.

Bauer sah sich schon auf den Knien den Teppichboden reinigen, eilig schnappte er sich die Leine, dann waren er und der einzige Bürohund des Präsidiums auf dem Weg zur nächsten Grünfläche. Die war nur ein paar Schritte vom Promenadeplatz entfernt, wo Bauer die Ankunft der noblen Gäste des Fünf-Sterne-Hotels Bayerischer Hof beobachten konnte. Schorsch verzweifelte währenddessen fast, bis er endlich eine Stelle fand, die er markieren konnte. Freudig sprang er danach an Bauer hoch. Wir können wieder zurück, sollte das wohl heißen. Schorsch schien es auch für einen längeren Aufenthalt im Freien zu kalt zu sein. Sie gingen zurück ins Büro.

Gleich klingelte das Telephon. „Komm runter, ich stehe mit dem Auto vor dem Präsidium“, sagte Seidl, als Bauer gerade damit beschäftigt war, wieder einige Aktenordner in den Schrank zu schichten. Bauer zog Schorsch an der Leine unter dem Schreibtisch hervor, dann machte er das Licht aus.

„Und, haben sie deinen Holzpalast ausgeräumt“, meinte Bauer, als sie im Feierabendverkehr aus München herauskrochen. Ein starker Wind blies Schneeschauer fast quer über die Fahrbahn, die wenigen Fußgänger auf den Gehwegen kämpften mit ihren Schirmen, die hin und her gewirbelt wurden.

„Wie alt ist der Angestellte von Mohr eigentlich?“ fragte Bauer, während Seidl mit der Hand die von innen beschlagene Scheibe freiwischte.

„Ich hab's mir aufgeschrieben, ich glaube, Ende zwanzig.“

„Das gibt's dann auch nur noch bei unseren Dienstkarren, dass die Scheiben von innen beschlagen“, murmelte er.

„Übrigens, so wie es aussieht, wohnt der noch bei seiner Mutter, zumindest ist die an der gleichen Anschrift gemeldet.“

Schorsch fing heftig zu bellen an, als sie an einer Kreuzung standen und neben ihnen ein Dogge aus dem Fenster eines Jeeps auf ihn herabsah.

„Das kannst du dir für draußen aber abgewöhnen, sonst zerlegt der dich“, meinte Seidl und kraulte Schorsch am Hals, der seinen Kopf zwischen die zwei Vordersitze zwängte.

Die mächtigen Firmengebäude von Audi waren nicht zu übersehen, als sie nach Ingolstadt hineinfuhren.

„Nach der Esso muss es links gehen“, meinte Seidl und zeigte auf die Tankstelle, die vor ihnen lag.

Das Haus, in dem der Mann wohnte, war ein unauffälliges, fünfstöckiges Gebäude, an einigen Balkonen hingen leere Blumenkästen, auf denen sich Schneehauben türmten.

„So, Schorsch, du bleibst hier.“ Seidl gab dem Dackel einen Klaps, worauf der auf die Rücksitzbank sprang und seine Schnauze an die Scheibe drückte.

Unten im Haus war ein Irish Pub, lautes Gelächter drang nach draußen, als jemand die Tür aufmachte. „Da, im ersten Stock wohnt er“, meinte Seidl und drückte auf die Klingel.

Nichts rührte sich. Bauer läutete noch einmal. Über ihnen ging ein Fenster auf, eine Frau mittleren Alters mit Brille und Bademantel beugte sich aus dem Fenster. „Was ist los?“ rief sie missmutig.

„Können Sie uns aufmachen, dann erklären wir es Ihnen“, meinte Bauer und versuchte sich so zu stellen, dass die Frau ihn im Kegel der Straßenlaterne sehen konnte.

„Können Sie mir so auch sagen“, antwortete die Frau.

„Komm, dann wissen es halt alle, ist doch ihr Problem“, meinte Seidl.

„Wir sind von der Polizei, möchten gerne mit Ihrem Sohn sprechen.“

„Der ist nicht da“, erwiderte die Frau und machte Anstalten, das Fenster wieder zu schließen.

„Wo ist er denn?“ schrie Seidl ihr nach.

„Fragen Sie doch mal unten im Pub, vielleicht haben Sie Glück.“ Mit einem kräftigen Schwung schlug sie das Fenster zu.

„Ist bestimmt ein nettes Bürschchen, der Sohn, bei der lieben Mama“, meinte Bauer und öffnete die Tür der Kneipe. Gleich am Eingang lief ihm ein Kellner über den Weg, der ein Tablett voller Biergläser balancierte. „Kann ich Sie kurz was fragen?“ rief Bauer, um das laute Stimmengewirr zu übertönen.

„Ich komme gleich“, entgegnete der Kellner und trug das Tablett zu einem Tisch mit jungen Männern, die teilweise noch ihre Arbeitskleidung mit dem Audi-Logo trugen. „Was gibt's?“ fragte er, als er kurz danach wieder zurück war.

„Wir bräuchten den Ivo Konz“, sagte Seidl.

„Der Ivo steht da hinten neben dem Spielautomaten“, antwortete der Kellner und zeigte auf den Mann, den sie zwei Tage zuvor schon einmal in Nürnberg kurz gesehen hatten. Sein Äußeres war unverändert, nur seine Augenringe waren bei dem diffusen Licht nicht so deutlich zu sehen. Konz unterhielt sich gerade mit einer schwarzgekleideten Frau, die am Hals eine faustgroße Spinne tätowiert hatte.

„Wir sollten uns beeilen“, meinte Seidl, während sie sich durch die dicht um die Bar stehenden Gäste zwängten, „sonst verliebe ich mich hier noch.“

Konz drehte ihnen gerade den Rücken zu, aber die Frau sah sie und gab ihm ein Zeichen, worauf er sich umdrehte. „Ich habe Sie doch schon mal gesehen, nicht?“ meinte er und blinzelte gegen den Deckenscheinwerfer, der ihn blendete.

„Können wir mal kurz hinausgehen, wir müssten kurz mit Ihnen reden“, meinte Bauer und machte ein Handzeichen in Richtung Tür.

Konz schaute leicht verwundert, aber dann flüsterte er seiner Begleiterin kurz was ins Ohr und ging mit hinaus.

„Wir waren ja vorgestern schon mal bei Ihnen in der Firma", begann Seidl das Gespräch.

Der Mann klopfte sich mit der Hand auf die Stirn. „Sie werden's nicht glauben, ist mir gerade nicht mehr eingefallen. Ja klar, jetzt erinnere ich mich."

„Sie haben momentan ja gerade etwas Ärger mit Kollegen von uns, wegen Ihrem Internethandel."

Konz holte eine Zigarettenschachtel aus seiner Lederjacke und zündete sich eine an. Tief inhalierte er den ersten Zug. „Was wollen Sie von mir?"

Bauer bereute in dem Moment, dass sie keinen besseren Einfall hatten, als das Gespräch ausgerechnet hier an diesem zugigen Platz zu führen, wo ihnen der kalte Wind um die Ohren pfiff. „Wir wollen wissen, warum Ihr Chef, der Mohr, mit Lin Ärger hatte."

Konz reagierte abgeklärt. „Was weiß ich", antwortete er in lässigem Tonfall, „das ist nicht meine Sache."

Seidl schien Bauers Gedanken zu teilen, hier konnten sie kein längeres Gespräch führen, ohne eine Lungenentzündung zu riskieren. „Können wir uns hier nicht woanders unterhalten?" fragte er Konz.

Der schien nicht besonders angetan von der Idee. „In der Kneipe gibt's einen Billardraum, der ist momentan leer, da können wir hingehen, wenn's sein muss."

Unter den aufmerksamen Augen zahlreicher Gäste gingen sie wieder ins Lokal und in den Nebenraum, in dem zwei beschädigte Billardtische standen, bei denen jeweils die Filzauflagen zerrissen waren. „Hatten letztes Wochenende eine Schlägerei hier, darum sieht's hier so aus", meinte Konz und setzte sich auf den Rand eines Billardtisches.

Seidl stellte sich vor ihn hin. „Schauen Sie, wir ermitteln in einem Mordfall. Und Ihr Chef hatte zuletzt mit einem der Opfer, dem Lin, Streit, das wissen wir. Wenn Sie uns weiterhelfen, können auch wir vielleicht etwas für Sie tun."

„Der Mohr ist nicht mehr mein Chef", murmelte Konz leise vor sich hin, so dass Bauer sich anstrengen musste, ihn zu verstehen.

„Wieso das?"

„Weil ich ihm heute gesagt habe, ab Montag kann er seinen Scheiß alleine machen. Seit sechs Wochen hat er kein Gehalt mehr gezahlt, da muss er sich schon einen anderen suchen." Konz tippte sich mit dem Finger an die Stirn.

„Na gut, dann haben Sie ja ohnehin nichts mehr von ihm zu befürchten. Also, kommen Sie, was wissen Sie über den Streit zwischen Mohr und dem Lin?"

Konz zündete sich noch eine Zigarette an und zog die Schultern hoch. „Genau habe ich das nicht mitbekommen. Irgendwie war es so, dass Mohr einen Teil des Geldes zurückhaben wollte, das er Lin in die Schweiz überwiesen hat. Mohr hat das Geld dringend gebraucht, weil er sich bei irgendeinem neuen Geschäft verzockt hat."

„Und Lin hat sich geweigert?"

„Aber sicher doch, hätte ich ja auch gemacht", meinte Konz und grinste. „Wo gibt's denn sowas, erst zahlt er, und dann will er's wieder zurückhaben, nur weil er Mist gebaut hat."

„Hat Mohr Lin bedroht?"

Konz' Blick wanderte nervös von Seidl zu Bauer. „Und wenn ich jetzt was sage, dann habe ich einen Joker frei, oder was?"

Seidl zog die Augenbrauen hoch. „Wenn es uns was hilft, was Sie sagen, dann lässt der Staatsanwalt in Ihrer Geschichte auch mit sich reden, das habe ich mit dem so vereinbart."

Konz fuhr sich mit der Hand über das Gesicht und gähnte. „Eigentlich bin ich viel zu müde für so ein Palaver, sage ich ganz ehrlich. Können wir das nicht ein anderes Mal machen?"

Seidl blickte zu Bauer. „Kommen Sie, in ein paar Minuten können Sie wieder zum Bier, und wir lassen Sie dann in Ruhe."

Konz legte den Kopf in den Nacken. „Mohr hat dem Lin gedroht, dass er seinen Partner in Shanghai anruft und von dem Schweizer Konto erzählt. Er hatte den auf der letzten Messe in Düsseldorf kennengelernt. So, das muss jetzt aber reichen", meinte er und sah Seidl mit müden Augen an.

„Haben Sie das selbst gehört?"

„Nein, aber Mohr hat es mir vor ein paar Wochen mal gesagt, als er vollkommen sauer auf Lin war, weil der ihn einfach abblitzen ließ."

„Eine Frage noch, dann können Sie gehen", sagte Bauer. „Ist Ihnen am Mittwoch, also vorgestern, etwas aufgefallen? Ist Mohr da vielleicht später ins Büro gekommen?"

„Weiß ich nicht, ich war am Mittwoch beim Arzt, meine Leberwerte messen. Sind momentan ziemlich im Eimer." Konz hob leicht seine rechte Hand. „Ich verziehe mich jetzt."

Seidl und Bauer sahen ihm nach, wie er mit schleppendem Gang durch eine schmale Tür in der Kneipe verschwand. „Sind wir jetzt schlauer?"

„Weißt du was, jetzt ist es eh schon egal, wir trinken hier jetzt noch ein Bier."

Die Gespräche der Gäste wurden kurz leiser, als sie ins Lokal zurückkamen. Der ungewöhnliche Besuch hatte sich offensichtlich in der Zwischenzeit herumgesprochen. Aber als sie von ihrem ersten Bier tranken, hatte sich die Aufregung gelegt.

„Was meinst du zu Mohr?"

Seidl sah an Bauer vorbei zu einer jungen Frau mit kurzen, roten Haaren, die ihn auffällig musterte. „Gut, sagen wir, ein Motiv hätte er, er braucht Geld. Und da wir ja bei Lin die 1,2 Millionen nicht gefunden haben, kann sie Mohr mitgenommen haben. Aber wir haben bisher keinerlei Beweis, dass er am Tatort war. Ach, das habe ich dir noch gar nicht gesagt, wegen der DNA-Spur?"

Bauer schüttelte den Kopf. „Wie du schon auf dem Weg zu deinem Gartenpalast warst, kam noch der Bericht vom Labor. Die hatten eine DNA-Probe von Mohr nach seiner letzten Verhaftung genommen und die jetzt mit der DNA-Spur vom Tatort verglichen – sind nicht identisch."

„Na ja", meinte Seidl, „du weißt aber genauso wie ich, dass das nicht viel bedeutet. Er muss ja keine Spur am Tatort hinterlassen."

„Richtig, aber das heißt trotzdem, dass wir gegen ihn nichts in der Hand haben. Außer dass er vielleicht den Lin erpresst hat, aber dafür haben wir ja auch keinen richtigen Beweis, nur diese Aussage von Konz. Und dabei war der auch nicht, als Mohr Lin bedroht hat."

„Wir müssen uns morgen wieder mit Amann beschäftigen. Da stimmt doch was nicht an der Geschichte mit dem Urlaub in Kuba."

„Wahrscheinlich hat der in Kuba ein Verhältnis mit deiner Lammer angefangen", scherzte Seidl.

„Mir reicht schon, dass die Mohr kennt, sie muss nicht auch noch mit Amann was haben", murmelte Bauer.

„Dann besorgen wir uns morgen einen Durchsuchungsbeschluss für die Wohnung von Amann, vielleicht wissen wir dann, was der mit Kronen zu tun hatte."

Bauer sah auf die Uhr und nach draußen. „Wenn wir nicht bald wieder zum Auto gehen, wird uns Schorsch böse sein."

Der Dackel lag zusammengerollt auf dem Rücksitz und zitterte demonstrativ, als sie die Tür öffneten. „Ich lass ihn kurz raus", meinte Seidl, während Bauer das Auto mit höchster Stufe aufheizte.

Sein Handy läutete. „Störe ich Sie?" meinte Simone Lammer.

Bauer sah im Rückspiegel, wie Seidl mit dem Hund hinter dem Auto durch den Schnee stapfte. „Nein, ist schon in Ordnung."

„Ich wollte nur mal kurz nachfragen, wie Sie mit Schorsch klarkommen?"

„Ich glaube, er ist mit uns zufrieden, der Kollege geht gerade mit ihm Gassi."

„Da bin ich froh, ich habe heute schon die Zeitung studiert, aber die Wohnungen in Augsburg sind inzwischen auch schon dermaßen teuer, das ist kaum noch zu bezahlen."

„Das heißt aber nicht, dass Sie mich schonend darauf vorbereiten wollen, dass Schorsch den Rest seines Lebens bei mir verbringt?"

Am anderen Ende hörte er ein lautes Lachen. „Nein, nein, keine Angst. Ich freue mich ja selbst darauf, wenn ich ihn zu mir holen kann, jetzt, wo ich wieder Single bin."

„Dann will ich Sie nicht länger aufhalten, ich wünsche Ihnen eine gute Nacht."

Seidl kam ins Auto und gab Schorsch das Kommando, draußen zu warten. „Hast du mal ein Handtuch da, damit ich ihn abtrocknen kann?"

Bauer sah sich im Auto um, aber ohne Erfolg. „Nein, komm, lass ihn rein, das trocknet schon wieder."

„Da wirst du schauen, was das für schöne Wasserflecken auf dem Polster gibt – aber wenn du die Stellungnahme schreibst, kein Problem."

Bullige Räumfahrzeuge schoben den Schnee von der Autobahn, Bauer dachte an seine warme Wohnung. „Jetzt habe ich das Futter für Schorsch vergessen“, schimpfte er sich selbst. „In den Tankstellen haben die das nicht, oder“, fragte er Seidl.

„Glaube ich nicht. Dann legt er halt heute mal einen Diät-Tag ein, das hat noch keinem geschadet.“

Bauer drehte sich zu Schorsch um, der auf dem Rücksitz mit einem kräftigen Schnarchen auf sich aufmerksam machte. Das änderte sich schlagartig, als sie zu Hause ankamen. Bauer hatte kaum die Wohnungstür aufgeschlossen, da jagte Schorsch mit lautem Gebell wie verrückt an ihm vorbei zu seinem Schlafplatz, einem Korb, den sie aus Kronens Haus mitgebracht hatten. Er schnappte sich die Decke, zog sie durch das Wohnzimmer und schüttelte sie heftig wie eine Jagdbeute. Bauer holte sich ein Bier aus dem Kühlschrank und sank in die Couch. Schorsch legte bei seinen Jagdübungen immer wieder eine kurze Pause ein, um Bauer dann mit großen Augen anzuschauen. Jetzt heißt es warten, bis er irgendwann müde wird, dachte sich Bauer und sah auf die Uhr, es war kurz vor elf. Er wäre schon soweit gewesen, um den Tag zu beenden.

Kapitel 9

„Der Amann hat sich immer noch nicht blicken lassen", begrüßte der Hausbesitzer Bauer und Seidl, als die bei ihm vor der Tür standen.

„Wir haben einen Durchsuchungsbeschluss für seine Wohnung", meinte Bauer und zeigte diesen dem Mann, der in einer abgewetzten Trachtenlederhose und Pullover vor ihnen stand.

„Wegen Verdacht des Mordes", las der laut, seine buschigen Augenbrauen wanderten nach oben. „Das hätte ich ihm nicht zugetraut, war immer so ein Stiller gewesen, der Amann", murmelte er und gab Seidl das Papier zurück. „Na gut, dann gehen wir mal hoch."

Die Wohnung war ein kleines Appartement, Flur, Bad und ein Wohnzimmer mit Kochnische. Der Mann ging in die Wohnung voran.

„Sind Sie so nett und warten bitte draußen", sprach ihn Seidl in bestimmtem Ton an, so dass der Mann sich überrascht umdrehte.

„Ist schon gut, wollte Ihnen nur erklären, wo alles ist", antwortete er grantig und ging aus der Wohnung.

„Das finden wir auf diesen zwanzig Quadratmeter gerade noch selbst heraus", murmelte Seidl.

„Ich bin unten, wenn Sie noch was brauchen", rief der Mann vom Hausgang.

Bauer warf einen kurzen Blick ins Bad und entdecke eine Haarbürste, während Seidl im Wohnzimmer das Fenster weit aufriss. „Mensch, was stinkt denn da so", rief er und sah sich im Wohnzimmer um. Ein Schrank, daneben eine blaue Couch mit Ausziehbett, ein kleiner Glastisch davor, ein Sessel und ein kleiner Holztisch mit zwei Stühlen, der an der Wand stand. Ein paar Zeitungen lagen ordentlich übereinandergeschichtet auf dem Tisch, der Fernseher stand im Eck auf einem Metallgestell. Ein Teller mit Orangen, die schwarz angefault waren, stand unter dem Fernseher. „Toll, den hätte er schon auch noch wegwerfen können", schimpfte Seidl.

„Gib mir mal eine Tüte, ich pack die Bürste ein, da sind einige Haare dran. Dann können wir uns die DNA besorgen."

„Das wäre ja die Krönung, wenn der in Urlaub ist und seine DNA in der Wohnung von Kronen“, meinte Seidl und gab Bauer eine kleine Tüte, die sie sich von der Spurensicherung organisiert hatten.

Bauer öffnete den Schrank. Geschirr und ein paar Tischdecken waren sauber eingeräumt. In den Fächern daneben lag Kleidung. Obenauf lagen zwei Ordner, Bauer begann darin zu blättern. „Versicherung, Arbeitsamt, Mietvertrag – der hat mehr Ordnung als ich“, meinte er und las weiter.

„Hier ist eine Überweisung an einen Ronald Jimenez auf ein Konto in den USA“, rief Bauer erstaunt, „immerhin 38.000 US-Dollar. ‚Onkel – Denia‘ hat er mit der Hand dazugeschrieben.“

„Die Namen klingen aber nicht amerikanisch“, meinte Seidl und blätterte in einem Photoalbum, das auf dem Tisch lag. „Ich denke eher, dass das spanische Namen sind, vielleicht sind das auch Kubaner, gibt ja viele von denen, die nach der Revolution nach Amerika gegangen sind.“

„Da habe ich einige Photos von dieser Denia“, Seidl blätterte weiter, „das ganze Album besteht nur aus Photos von ihr. Vorne drauf hat sie ihm offensichtlich eine Widmung geschrieben, ‚tu amor Denia‘. Schlechten Geschmack hat der nicht gehabt“, meinte Seidl, als sein Blick an einem Bikiniphoto hängen blieb.

„Schau mal, ist da kein Photo, wo sie noch mit anderen Leuten drauf ist“, sagte Bauer etwas ungeduldig.

Seidl fühlte sich ertappt und blätterte weiter.

„Das Photo ist in dem kroatischen Lokal gegenüber gemacht worden“, sagte Bauer und nahm das Photo aus dem Album. „Schau her, das erkenne ich an dem Schiffsmodell. Kannst du dich erinnern, das haben wir neulich gesehen, als wir vorbeigegangen sind.“

Amann war ein blasser Mann, eine markante Hakennase prägte sein Gesicht. Auf dem Photo wirkte er glücklich, sein breites Lächeln zog sich bis zu den Ohren, seine Augen leuchteten. Einen Arm hatte er um die Schulter einer vielleicht 25-jährigen Karibikschönheit gelegt, die in einem Dirndl neben ihm saß. Hinter ihnen stand wohl der Wirt, ein kräftiger Mann mit blauer Schürze, der verkrampft in die Kamera lächelte.

„Die hat er anscheinend richtig auf Bayerisch getrimmt“, bemerkte Seidl und blätterte weiter. „Das ist das Einzige, wo sonst noch jemand zu erkennen ist. Auf den anderen ist er immer nur mit ihr zusammen, im Biergarten, vor dem Rathaus am Marienplatz, auf dem Oktoberfest und so weiter."

Seidl klappte das Album zu, während Bauer den Schrank wieder verschloss. „Gut, dann reden wir mal mit dem Wirt", meinte Bauer.

Der Mann, den sie vom Photo her kannten, stand gerade am Briefkasten neben dem Eingang des Lokals und studierte die Post. „Wegen was kommen Sie?" knurrte er ohne aufzuschauen, als Bauer ihn ansprach.

„Wir sind von der Polizei und hätten Ihnen gerne ein Photo gezeigt", antwortete Bauer und beobachtete, wie sich die Miene des Mannes verfinsterte.

„Die haben doch wirklich einen Vogel", schimpfte er in kräftigem Bayerisch. „Jetzt erhöhen die den Bierpreis schon wieder. Das zahlt doch kein Mensch mehr", knurrte er. Er nahm seine Post und sah die beiden Beamten an. „Polizei, haben Sie gesagt?"

„Ja. Können wir uns irgendwo ruhig unterhalten?"

„Wir können ins Lokal gehen, da kommt um diese Zeit noch niemand. Ist nur meine Putzfrau da, aber der ist das egal", winkte er ab und ging voraus.

Bauer zeigte ihm das Photo.

„Ja, den kenne ich schon, das ist der Lorenz. Warum, was ist mit dem?"

„Er ist seit einiger Zeit verschwunden, und wir müssten wissen, wo wir ihn erreichen können."

„Elena", rief der Mann in Richtung Küche, worauf sich in der Durchreiche zum Lokal das Gesicht einer Frau mit weißer Kochhaube zeigte. „Du hast doch mit Lorenz das letzte Mal geredet, was hat er gesagt, was er vorhat?"

„Er wollte nach Kuba, hat er gesagt", antwortete die Frau und war wieder in der Küche verschwunden. Geschirrgeklapper war zu hören.

„Der Lorenz war ab und zu bei uns, meistens am Sonntagmittag. Viel Geld hatte er, glaube ich, nicht", der Mann strich nachdenklich über sein Kinn, „er war auch immer ziemlich billig angezogen, wie die meisten Leute halt hier in der Gegend so sind."

„Kennen Sie diese Frau?"

„Mit der war er einmal hier zum Essen, ich glaube, mit der war er ein paar Monate zusammen. Ich habe sie ab und zu gesehen, wie sie in sein Haus da drüben gegangen sind. Meine Güte, das ist jetzt schon ewig her, mindestens zwei Jahre oder noch länger."

„Hat er sonst nichts erzählt?"

„Wissen Sie, hier habe ich einige, die mir was erzählen, aber ich vergesse es immer gleich wieder. Sonst hätte ich einen Kopf wie eine Mülltonne." Er machte einen Moment Pause. „Warten Sie", er hob den Zeigefinger, „er hat mir mal was gesagt, dass er dieser Frau viel Geld geschickt hat. Ja. Es ging irgendwie um ihre Mutter, die krank war, irgend so etwas. Wir kamen darauf, weil ich ihn gefragt habe, wo denn die Frau ist, die er mal dabeihatte. Da ist er dann gleich richtig sauer geworden. Wahrscheinlich hat sie ihn halt um das Geld gespritzt", der Mann lächelte vielwissend, „wäre er ja nicht der Erste, dem das passiert. Was will so eine Frau denn mit einem wie dem Lorenz, sind wir doch mal ehrlich."

„Wann hat er Ihnen das erzählt?"

„Das ist noch nicht so lange her, vielleicht Oktober oder November – irgendetwas in der Gegend."

„Haben Sie ihn seitdem noch mal gesehen?"

Der Mann musste nicht überlegen. „Nein, danach war er nicht mehr da. Ich habe mich schon ein bisschen gewundert, denn sonst kam er ab und zu spätabends noch zu unserem Straßenverkauf und hat sich ein paar Bier geholt."

Bauer sah, wie die Küchentür aufging und die Frau herausschaute. „Andrej, ich bräuchte dich dann mal", rief sie in genervtem Tonfall.

„Ja, ich komme gleich", knurrte er zurück. „Wo waren wir?"

„Sie meinten, dass Sie Herrn Amann schon lange nicht mehr gesehen haben."

„Ach so. Ja, ich dachte mir dann, vielleicht ist er weggezogen."

„Nur noch kurz. Kennen Sie sonst jemanden, zu dem er Kontakt hatte?"

„Nein, der saß immer alleine da vorne gleich beim Eingang", er zeigte auf einen kleinen Tisch neben der Garderobe. „Ab und zu hat er schon mal mit jemandem kurz geredet, aber ich habe da ehrlich nicht aufgepasst. Aber einen engeren Kontakt mit jemandem von meinen Gästen hatte er bestimmt nicht, das hätte ich schon gemerkt. Wollen Sie vielleicht noch was essen?“ meinte der Wirt zum Abschied, „meine Frau kann gut kochen, können Sie mir glauben.“

Bauer blickte zu Seidl, der zustimmend nickte. Sein Handy läutete.

„Wann kommt ihr denn wieder zurück?“ fragte Bogner gestresst.

„Was gibt es denn?“

„Die Putzfrau von Kronen hat angerufen, sie war im Krankenhaus, deswegen hat sie sich erst jetzt gemeldet. Klang noch ziemlich geschockt, aber sie weiß vielleicht etwas, das für uns interessant ist, hat sie gemeint.“

„Gut, dann fahren wir jetzt gleich zu ihr hinaus. Die Adresse haben wir, sie wohnt in Harlaching. Wird leider nichts mit dem Essen, wir müssen weg“, sagte Bauer und stand mit Seidl auf.

„Was gibt's denn so Eiliges?“ fragte Seidl. Er sah zu ihrem Auto, wo Schorsch gerade freudig hinter dem Fenster auf und ab sprang, nachdem er sie entdeckt hatte.

„Die Putzfrau von Kronen hat angerufen, die wir nicht erreicht haben, weil sie im Krankenhaus war. Klaus hat sie erzählt, dass sie uns vielleicht weiterhelfen kann.“

Seidl deutete zum Auto. „Zuerst kannst du jetzt eine Runde mit ihm gehen, sonst wird's eine unruhige Fahrt.“

Schorsch begrüßte beide, als ob sie sich seit Wochen nicht mehr gesehen hätten. Er sprang an ihnen hoch, bellte und wedelte mit seinem Schwanz, der im Staccatorhythmus auf und ab ging.

„Das muss ich meiner Frau mal zeigen, damit sie sieht, wie ein gebührender Empfang aussieht“, grinste Seidl.

Bauer ging mit Schorsch kurz zu einen Stück Rasen, das sich zwischen den Parkbuchten behauptet hatte.

„Ich habe gerade mit dem Labor telephoniert, wir sollen ihnen die Haare von Amann jetzt gleich vorbeibringen, dann können sie heute noch den Vergleich mit den Tatortspuren machen“, berichtete Seidl Bauer.

Eine Stunde später waren sie vor einem zweistöckigen Mietshaus in Harlaching, nachdem sie noch einen kurzen Umweg über das Labor gemacht hatten. Der Vorhang im ersten Stock bewegte sich, als Bauer läutete. Das Fenster ging auf. „Erster Stock rechts“, rief eine ältere Frau mit kurzen, grauen Haaren, die kurz danach im Zimmer verschwand.

„Bei mir sieht's noch ein bisschen unordentlich aus, Sie müssen entschuldigen, aber ich bin gerade aus dem Krankenhaus gekommen“, sagte die Frau und bot ihnen im Wohnzimmer zwei Stühle an. Sie setzte sich in einen alten Ohrensessel mit braunem Lederbezug. „Sagen Sie mal, das mit dem Herrn Kronen, das ist ja furchtbar.“ Sie schlug die Hände vors Gesicht. „Ich hab's gestern erst erfahren, als ich wieder heimgekommen bin. Am nächsten Montag wäre ich wieder bei ihm zum Putzen gewesen.“

„Wie gut kannten Sie Herrn Kronen?“

„Ach wissen Sie, ich putze schon seit über zehn Jahren für ihn und seine Frau, als sie noch lebte. War eine sehr angenehme Person, seine Frau.“

„Ist Ihnen bekannt, mit wem Herr Kronen zuletzt Kontakt hatte?“

Die Frau zog ein Stofftaschentuch aus ihrer Schürze und schnäuzte sich kräftig. „Er war ziemlich einsam nach dem Tod seiner Frau, muss man bedenken. Ist schwierig gewesen mit ihm, er hat an allem herumkritisiert, auch bei mir. Mal habe ich seine Hemdenkragen nicht richtig gebügelt, mal war das Putzmittel zu scharf, das ich verwendet habe. Dabei war es seit Jahren immer das Gleiche.“

„Hatte er mit jemandem Streit?“

„Dazu kann ich nicht so viel sagen, weil ich seit dem Tod von Frau Kronen nur noch einmal die Woche bei ihm war. Da habe ich nicht viel mitbekommen, was er so macht. Vorher war ich immer Montag, Mittwoch und Freitag da gewesen.“

In der Küche pfiff ein Wasserkocher.

„Entschuldigen Sie kurz, ich habe mir gerade einen Kamillentee gemacht. Hab's ein bisschen mit dem Magen.“

Bauer beobachtete die zierliche Frau, wie sie mit ihren roten Filzpantoffeln in die Küche lief. Kurz darauf kam sie mit einer Teetasse zurück. Sie ließ sich wieder in ihren Sessel fallen und stellte den Tee neben sich auf einen Tisch.

„Also, ich hatte den Eindruck, dass er nicht mehr viele Kontakte hatte. Früher klingelte eigentlich ständig das Telephon, wenn ich da war, aber in letzter Zeit“, sie schüttelte den Kopf, „gab es Tage, da hat überhaupt niemand angerufen. Und er saß meistens mit dem Dackel im Wohnzimmer auf dem Sofa und hat in den Garten hinausgeschaut. Ab und zu ist er mit dem Rollstuhl ums Haus gefahren, wenn Schorsch raus musste." Sie blickte Bauer an. „Aber jetzt muss ich Ihnen was sagen, vielleicht interessiert Sie das." Sie beugte sich aus ihrem Sessel nach vorne und legte ihre Stirn in Falten. „Eigentlich gehört es sich ja nicht, dass ich das weitererzähle, doch wozu schweigen, wo er jetzt tot ist, der Herr Kronen. Aber ich habe mir gedacht, vielleicht hilft es Ihnen." Sie nahm nochmals einen Schluck aus ihrer Teetasse, ihre Beine wippten nervös über dem Boden. „Einige Wochen vor Weihnachten war ich wieder bei ihm. Ich putzte gerade die Fenster in der Küche, als es läutete. Als ich zum Eingang gesehen habe, stand da ein Mann ungefähr in Ihrem Alter mit so einem Trenchcoat und einer dunklen Schirmmütze. Herr Kronen saß im Wohnzimmer und hat mir zugerufen, wer denn da läutet. Ich habe ihm gesagt: ‚Herr Kronen, da steht ein Mann vor der Tür.'" Die Hände der Frau strichen nervös über die Sessellehnen. „‚Ist wahrscheinlich wieder so ein Vertreter, sagen Sie ihm, ich will meine Ruhe haben', hat er gesagt. Ich habe das dem Mann dann gesagt. Er schüttelte nur den Kopf und sagte, er möchte persönlich mit Herrn Kronen sprechen. Er kannte ihn also. Als Kronen die Stimme des Mannes gehört hat, ist er ganz aufgeregt gewesen und hat mir gesagt, ich soll im ersten Stock weitermachen, er wolle jetzt nicht gestört werden."

Bauer zog das Photo von Amann aus seiner Jacke, das sie vorher in der Wohnung gefunden hatten. „Ist das der Mann?"

Die Frau kniff die Augen zusammen und hielt das Photo mit beiden Händen vor ihr Gesicht. „Hm, ich weiß nicht, er sieht ihm schon ähnlich. Aber irgendwie meine ich, war das Gesicht voller, der ist ja schon ziemlich ausgemergelt."

„Überlegen Sie noch mal, es könnte ja sein, dass er wegen der Kappe anders aussieht."

Die Frau sah beide mit einem Achselzucken an. „Ich habe mich immer schon gewundert, wie die Leute bei den Krimis im Fernsehen das machen. Die können sich nach Monaten noch genau erinnern, wie jemand ausgesehen hat. Erst neulich habe ich wieder zu meiner Schwester gesagt, das ist unglaublich, ich könnte das nicht.

Wissen Sie, wir schauen uns am Sonntag immer zusammen den Tatort an."

Bauer konnte sich ein Lächeln nicht verkneifen.

„Also wenn ich ehrlich sein soll, ich kann es nicht sicher sagen. Ist schon möglich, dass es der Mann auf dem Photo war."

„Und was ist dann passiert?" fragte Seidl.

„Ich bin dann in den ersten Stock. Kennen Sie das Haus?"

Beide nickten.

„Gut, dann wissen Sie ja, wie's dort aussieht. Kronen hat den Mann hereingelassen, und sie sind dann ins Wohnzimmer gegangen, wo sie die Tür zugemacht haben." Die Frau strich sich mit der Hand über die Stirn. „Ich bin dann ins Schlafzimmer von ihm gegangen, das liegt ja direkt über dem Wohnzimmer. Da habe ich gehört, wie sie miteinander gesprochen haben, weil im Wohnzimmer das Fenster gekippt war."

Bauer überlegte, wie viel Vorspann er noch ertragen musste.

„Der Mann war ziemlich ärgerlich. Ich habe nicht alles verstanden, aber es ging um eine gestohlene Stradivari Geige. Anscheinend wollte der Mann, dass Herr Kronen sie kauft. Er hat gesagt, er warte jetzt nicht mehr lange, wenn Kronen sich nicht bald entscheidet, sei sie weg. Zwischendurch ist es bei dem Gespräch ziemlich laut geworden, so dass der Schorsch zu bellen angefangen hat. Das macht er immer, wenn jemand schreit, das mag er gar nicht. Herr Kronen hat dann gesagt, er wisse nicht, ob er eine gestohlene Stradivari weiterverkaufen kann. Wenn der Chinese merken würde, dass mit der Geige etwas nicht stimmt, dann würde der ihn vielleicht sogar bei der Polizei anzeigen. Der Mann ist dann ziemlich wütend geworden, das weiß ich noch. Er solle sich nicht so anstellen, schließlich könne er ja auch einen Haufen Geld damit verdienen. Und wenn der Chinese eine saubere Stradivari möchte, dann müsse er das Doppelte bezahlen. Er hat dann auch noch gesagt, dass die Chinesen die Instrumente doch sowieso nur sammeln und in einen Tresor legen. Dann sieht die Stradivari sowieso keiner. Herr Kronen ist dann im Verlauf des Gesprächs immer ruhiger geworden. Am Schluss hat er gesagt, er wird es sich noch mal überlegen. Aber ich hatte schon den Eindruck, dass er die Stradivari kaufen wollte." Die Frau ließ sich in ihrem Sessel zurückfallen und atmete tief aus.

„Hoffentlich habe ich jetzt nichts vergessen“, meinte sie erschöpft und sah Bauer erwartungsvoll an. „Hilft Ihnen das weiter?“

Bauer hatte sah von seinem Notizblock auf, wo er einiges mitgeschrieben hatte. „Auf jeden Fall. Aber denken Sie noch mal an das Gespräch. Hat Herr Kronen den Mann irgendwann mit Namen angesprochen?“

Die Frau sah zum Fenster hinaus auf einen großen Obstbaum, dessen Äste kahl vor dem Haus in die Luft ragten. „Nein“, sie schüttelte langsam den Kopf, „er sagte immer nur Sie zu ihm. Ich kann mich zumindest an keinen Namen erinnern.“

„Hat der Mann was gesagt, ob er wiederkommt, oder wie war der Schluss des Gesprächs?“

„Genau weiß ich das nicht mehr. Ich glaube, sie haben abgemacht, dass der Mann Herrn Kronen anruft. Ja, so war es, weil Herr Kronen ihm gesagt hat, dass er eigentlich immer zu Hause sei, wenn er nicht mal schnell einkaufen oder mit dem Hund Gassi gehe.“

„Haben Sie danach von dem Mann noch mal was gehört oder ihn gesehen?“

„Nein, nichts mehr. Und Herr Kronen hat mit mir auch kein Wort darüber gesprochen.“

„Und eine Stradivari haben Sie im Haus auch nie gesehen?“ meinte Seidl.

„Ach, Sie sind gut. Das wüsste ich aber noch genau. Mein Mann war Musiker, unter anderem hat er auch Geige gespielt. Wir sind oft zusammen in Konzerte gegangen.“ Ihre Augen begannen zu glänzen. „So eine Stradivari habe ich einmal gesehen, bei einem Konzert mit Anne Sophie Mutter. Ist schon ein unglaublicher Klang.“

„Haben Sie gesehen, wie der Mann weggegangen ist, ob er mit einem Auto da war?“ fragte Bauer, um wieder aufs Thema zu kommen.

„Als die im Hausgang noch geredet haben, bin ich ins Schlafzimmer gegangen, da kann man nach vorne auf die Straße sehen. Der Mann ist in ein silbernes Auto eingestiegen, war nicht besonders groß, mit so einem schrägen Kofferraumdeckel.“

„Meinen Sie mit einer Heckklappe, wo das Fenster sozusagen auch der Kofferraumdeckel ist?“

„Ja, genau so, wie so ein kleiner Transporter eben."

„Das Kennzeichen haben Sie nicht gesehen?"

Die Frau blickte auf den Boden. „Ich weiß, das hätte ich machen sollen. Aber ich war irgendwie so aufgeregt, dass ich einfach nicht daran gedacht habe. Aber es war keine Münchner Nummer, das ist mir aufgefallen, es waren drei Buchstaben vorne."

Bauer hatte das Gefühl, dass die Frau jetzt eine Pause brauchte, bevor sie zusammenklappte. „Ich glaube, wir lassen Sie jetzt erst mal wieder allein. Wir haben ja Ihre Telephonnummer, wenn wir noch eine Frage haben, dann melden wir uns bei Ihnen, einverstanden?"

Die Frau schien dankbar zu sein, ein Lächeln war auf ihrem Gesicht. „Aber natürlich, jederzeit können Sie mich anrufen. Ich wünsche Ihnen viel, viel Glück, dass Sie bald Erfolg haben."

Sie sah ihnen aus dem Fenster nach und begann heftig zu winken, als sie Schorsch auf dem Beifahrersitz herumspringen sah. „Hat denn den nicht die Simone genommen", rief sie aus dem Fenster.

„Wir haben ihn nur vorübergehend, bis die mehr Platz hat."

Die Frau sah ihnen mit fragendem Blick nach, als sie in das Auto einstiegen.

„Heute müssen wir unbedingt Klaus mal einen Zwischenbericht geben, der weiß ja eigentlich so gut wie gar nichts über die Sache, oder?"

Seidl sah zu Bauer hinüber, der einen Fahrradkurier mit seinem roten Rucksack beobachtete, wie er haarscharf an den parkenden Autos am Straßenrand entlangstrampelte. „Darauf könnte ich auch verzichten."

„Bist du nicht auch der Meinung?"

„Was war mit Klaus?"

„Sag mal, was ist los mit dir, hast du jetzt geträumt?"

„Quatsch. Ja, wir sollten jetzt mal mit Klaus reden, hast recht."

Bauer war sich lange Zeit nicht sicher, ob er da vielleicht nicht übertrieb. Aber wenn sie an einem trüben Tag wie heute auf das Polizeipräsidium in der Ettstraße zufuhren, dann gab es keinen Zweifel. Dieser unförmige Klotz mit seinem graugrünen Verputz, der an allen Ecken abbröckelte, und den halb verrosteten Fenstergittern, die vor den alten Holzfenstern montiert waren, war auf jeden Fall das hässlichste Gebäude in der Innenstadt. Offensichtlich meinten die Hausherren im Ministerium, es würde Kriminelle abschrecken, wenn die Polizei in so einem Haus arbeitet. Sie sollten wohl Angst davor bekommen, was denn hinter diesen Mauern auf sie wartet, wenn es von außen schon so furchterregend aussieht. Mindestens einmal im Jahr kam üblicherweise das Gerücht auf, dass nun für das nächste Frühjahr eine Renovierung fest geplant sei. Doch noch jedes Mal war irgendein Sparplan der Regierung dazwischengekommen.

Bogner war gerade dabei, einige Akten in seinem Schrank zu verstauen. Bauer erschrak, wie schlecht er aussah.

„Geht's dir nicht gut?" fragte Bauer in sorgenvollem Ton.

„Meinen OP-Termin haben sie verschoben, jetzt ist er zwei Wochen später. Passt mir gar nicht, mein Hausarzt war auch ziemlich sauer." Er schloss die Schranktür und setzte sich hinter seinen Schreibtisch. „Habt ihr schon gesehen, das Laborergebnis mit dem Vergleich der DNA-Spuren ist gerade gekommen." Bogner gab Bauer ein weißes Kuvert, das der sofort aufriss.

„Da haben wir's, die Spuren sind identisch, ein Haar auf dem Sessel bei Kronen stammt zweifelsfrei von Amann."

Seidl setzte sich an den kleinen Besprechungstisch, auf dem einige Akten lagen. „Jetzt müssen wir ihn bloß noch finden", meinte er, und Erleichterung klang aus seiner Stimme.

„Und am besten zu einem Geständnis bringen, denn bislang beweist das nur, dass er irgendwann zwischen Montagabend und Mittwoch bei Kronen war. Da kann er sich immer noch herausreden", dämpfte Bauer die Euphorie.

„Ja gut, das stimmt schon, aber da mache ich mir keine Sorgen", erwiderte Seidl und blieb fröhlich.

„Und was ist, wenn der jetzt auf Kuba bleibt?"

„Dann wird das dauern, bis wir ihn haben", erwiderte Bogner und ließ sich von Bauer den Laborbericht geben.

„Auf jeden Fall sollten wir gleich mit dem Photo in die Presse gehen. Auf dem mit der Frau ist er ja gut zu erkennen."

„Soll die Frau auch mit in die Zeitung?" fragte Bogner skeptisch.

Bauer schüttelte den Kopf. „Nein, das ist seine damalige kubanische Freundin. Die hat vermutlich mit der Sache nichts zu tun."

„Okay, dann bring ich das gleich zur Pressestelle."

„Die sollen einfach nur schreiben, dass wir im Zusammenhang mit dem Mord diese Person als Zeugen suchen, nicht schon als möglichen Täter oder so, sonst bekommen wir hinterher wieder eine aufs Dach", rief ihm Bauer noch nach.

Sie gingen zurück ins Büro. Seidl hatte Schorsch mit der Leine am Schreibtisch festgebunden, was der mit dem denkbar traurigsten Blick quittierte, zu dem ein Hund vermutlich fähig war.

„Ich mach Schluss für heute", sagte Bauer und nahm die Leine.

„Der war die ganze Woche noch nicht richtig vor der Tür, wird Zeit", bemerkte er, was Seidl zu einem skeptischen Blick verleitete.

„Das Hundchen hat dich aber schon ganz schön im Griff, was?"

„Stell dir doch einfach vor, du dürftest nur in deinen Garten, wenn deine Frau dich dort hinführt. Dann wärst du doch auch ziemlich arm dran, oder nicht?"

„Stimmt, dann wäre ich echt ein armer Hund."

Bauer war von sich selbst überrascht, wie er sich darauf freute, mit dem Hund einen ausgedehnten Spaziergang durch den Englischen Garten zu machen. Sie hielten beim Haus der Kunst, und Bauer ließ Schorsch von der Leine. Der wusste anfangs gar nichts mit dieser ungewohnten Freiheit anzufangen, ängstlich tippelte er neben Bauer dahin und sah immer wieder unsicher zu ihm hoch. Doch als Bauer einen Stecken aufhob und über eine Wiese warf, war Schorsch nicht mehr zu halten. Wie verrückt rannte er mit seinen kurzen Beinen dem Holz nach und hielt ihn dann stolz zwischen seinen Zähnen.

Bauers Handy läutete. „Störe ich Sie gerade?" fragte Simone Lammer.

„Ich beschäftige gerade Schorsch, aber sonst passt es schon."

„Haben Sie schon was Neues herausbekommen, oder dürfen Sie mir das nicht sagen?"

„Ob ich das darf, weiß ich nicht. Aber es gibt noch nichts Endgültiges, was ich Ihnen sagen könnte."

„Ach so, verstehe. Übrigens, was ich Ihnen sagen wollte, ich habe die Rolle bekommen."

Bauer antwortete nicht sofort, weil er sah, wie Schorsch wie von einer offenbar heimlichen Todessehnsucht getrieben einen Dobermann ansprang, der brav neben seinem Herrchen dahintrottete.

„Wissen Sie nicht mehr, ich habe Ihnen doch erzählt, diese Rolle als Kommissarin in einem Krimi?“

Schorsch gab auf, da der Dobermann ihn trotz seines Lärms nicht beachtete, und lief zu Bauer zurück.

„Gratuliere, das ist ja wirklich toll“, antwortete Bauer.

„Ja, finde ich auch. Und morgen bekomme ich das erste Drehbuch zu lesen. Die wollen, dass ich mir das mal anschaue, ich kann auch noch Änderungswünsche einbringen, haben sie gesagt.“

Bauer überlegte, warum Lammer ihm dies erzählte, während er mit Schorsch zum Auto zurückging.

„Hätten Sie nicht vielleicht Lust, mir ein paar Tipps zu geben? Würde mich echt freuen. Vielleicht am Wochenende?“

Bauer war mit seiner gedanklichen Planung nicht weiter als bis morgen, Lammer war ihm da etwas zu schnell. „Ich weiß ehrlich gesagt nur, dass ich morgen ziemlich voll mit Arbeit bin. Aber ich kann Sie anrufen, wenn ich weiß, wie es am Wochenende aussieht.“

„Einverstanden“, meinte Lammer gut gelaunt. „Aber bitte nicht vergessen, fände ich echt super, wenn Sie mir da ein bisschen helfen könnten.“

Schorsch sprang ungeduldig vor der Beifahrertür auf und ab, es war ihm nicht klar, warum sie denn nicht endlich aufgemacht wurde.

Bauer hatte während der Fahrt zurück zu seiner Wohnung ein gutes Gefühl. Im Mordfall schien es weiterzugehen, da war er überzeugt, und mit Lammer, na ja, das gefiel ihm auch irgendwie.

Kapitel 10

Der Tag hatte früh begonnen, die Nachbarin hatte Frühschicht. Und Schorsch hatte sich verständlicherweise in der Pflicht gesehen, das morgendliche Gebell des Nachbarhundes gebührend zu beantworten, schließlich war das inzwischen sein Revier.

Bauer saß müde an seinem Schreibtisch, langsam wurde es draußen hell, der Lärm des morgendlichen Verkehrs drang gedämpft durch die Fenster des Präsidiums. Es klopfte an der Tür, obwohl sie offenstand.

„Hallo Ricardo, kann ich kurz reinkommen?“

Bauer sah zur Tür und nickte. Er kannte Lechner noch von früher, aber zuletzt hatte er ihn vor mehr als einem Jahr gesehen. Es fiel ihm auf, dass sein Gesicht nicht mehr so rot war wie noch vor Monaten.

„Ist schon verrückt, wir haben uns noch gar nicht gesehen, seit ich euch bei dem Mord unterstütze. Ich hocke mit Pröll hinten im Büro, und ihr seid dauernd unterwegs.“

„Ja, aber Seidl hat euch ja auf dem Laufenden gehalten“, antwortete Bauer und sah auf die Zettel, die Lechner in der Hand hielt.

„Weißt du, der Job ist für mich wie geschaffen – in Ruhe die Akten studieren und so Sachen wie die Telephondaten für euch organisieren.“ Lechner kam näher an Bauers Schreibtisch. „Der Arzt hat gemeint, ich soll mich nicht gleich wieder so stressen lassen, bin froh, dass es jetzt so läuft. Die wollten mich zuerst ja gleich wieder voll ins Geschirr hängen.“ Er tippte sich mit der Hand an die Stirn. „Das glaubst du mir eh nicht, was das für ein Kampf war, bis die mir die Kur genehmigt haben. Dabei hat der Arzt ganz klar gesagt, dass der Dienst mit Schuld ist, dass ich die Alkoholprobleme hatte.“

„Jeder reagiert anders auf Stress“, meinte Bauer und hoffte, damit das Thema erledigen zu können.

„Ich habe dir da ein paar Notizen von heute früh mitgebracht. Es sind ein paar Anrufe wegen unserem Zeitungsartikel mit dem Photo von Amann. Mit der Frau da solltest du am besten gleich mal telephonieren.“ Lechner legte einen Zettel vor Bauer auf den Tisch. „Ist eine Studentin, sie war jetzt drei Monate im Ausland und hatte in der Zeit ihre Wohnung untervermietet. Und zwar an einen Lorenz Amann, also den Mann, den wir suchen. Sie ist sich da ganz sicher, weil sie mit dem einen Mietvertrag gemacht hat, ganz offiziell.“

Bauer sah, wie Lechner ihn stolz anblickte. „Das klingt doch gut, oder?“ Er stützte seine Arme in die Hüfte.

Bauer las den Zettel und die Telephonnummer. „Wann hat sie die Wohnung vermietet gehabt?“

„Na ja, sie hat gesagt, sie war drei Monate weg. Dann war das mit der Wohnung wahrscheinlich auch in dieser Zeit.“

„Ich rufe sie mal an.“

„Warte kurz, da ist noch was. Der Hausbesitzer von Amann, der Kopfhammer, hat auch angerufen, irgendwie ein komischer Typ. Er hat gefragt, warum wir denn an Amann Post schicken, wo wir doch wissen, dass der gar nicht da ist.“

Bauer runzelte die Stirn. „Wer hat Post an den Amann geschickt?“

Lechner zuckte mit den Achseln. „Er hat gesagt, die Polizei.“

„Gib mir mal die Nummer, kläre ich“, meinte Bauer und wählte die Nummer des Hausbesitzers.

„Hab’s Ihrem Kollegen schon gesagt“, knurrte der Mann, „das ist doch ein Schmarrn, wenn Sie dem Amann Post schicken. Sie wissen doch, dass der gar nicht da ist.“

„Um was für ein Schreiben geht es denn?“

„Warten’s mal kurz, ich hole mir den Brief.“

Bauer hörte im Hintergrund den Mann ärgerlich rufen: „Wo ist denn die Post wieder, die ich vorhin da hingelegt habe, verdammt nochmal.“ Kurz danach war der Mann wieder am Telephon. „Da habe ich den Brief, ist gestempelt mit Polizeiverwaltungsamt.“

„Das sind nicht wir“, sagte Bauer. „Aber machen Sie ihn mal auf.“

„Darf ich das denn?“ fragte der Mann halblaut, „ich will da keinen Ärger, wissen Sie.“

„Ich übernehme die Verantwortung, kein Problem“, antwortete Bauer ungeduldig. Er hörte, wie der Mann das Kuvert aufriss.

„Da ist er anscheinend zu schnell gefahren, warten’s mal ... am 23. Dezember in der Herzogstraße, 65 statt fünfzig, steht da.“

Bauer überlegte, Amann hatte gar kein Auto auf seinen Namen zugelassen, merkwürdig. „Ich hätte eine Bitte. Könnten Sie mir dieses Schreiben kurz faxen?"

„So was habe ich nicht", meinte der Mann. „Aber ich kann schnell zum Schreibwarengeschäft gehen, das ist gleich neben uns. Die haben ein Fax."

„Das wäre sehr nett, danke", beendete Bauer das Telephonat.

Seidl war inzwischen ins Büro gekommen und hatte mitgehört. „Der Amann hat doch ein Auto. Der Lechner hat doch gesagt, er hat das geprüft und nichts gefunden." Seidl schüttelte verärgert den Kopf.

„Warte mal, bis das Fax da ist, dann wird's vielleicht klar."

Bauer wählte die Nummer der Studentin, die ihm Lechner vorhin gegeben hatte. Sie ging gleich dran und erzählte ihm dasselbe, was sie zuvor schon gesagt hatte.

„Und wann hatten Sie die Wohnung vermietet?"

„Kann ich Ihnen genau sagen, vom 15. Oktober bis zum 15. Januar. Letzten Donnerstag ist der Mann ausgezogen und hat mir die Schlüssel in den Briefkasten geworfen."

„Nur damit wir da keine Missverständnisse haben, noch mal kurz: Der Mann hat mit dem Namen Lorenz Amann unterschrieben und sah so aus wie der auf dem Photo, richtig?"

„Das wegen dem Photo kann ich nicht sagen, ich habe den nicht gesehen. Das lief über so eine Vermittlungsbörse. Er hat dort seinen Ausweis hingefaxt, und ich habe ihm den Schlüssel an dem Tag, an dem er eingezogen ist, unter die Fußmatte gelegt. Die Miete hatte er mir da schon im Voraus auf mein Konto bezahlt."

„Hat denn irgendjemand den Mann gesehen?"

„Weiß ich nicht, ich jedenfalls nicht und die Agentur auch nicht, das geht alles über Internet und Fax. Ich hätte ihn schon gerne persönlich kennengelernt, aber er konnte an dem Tag nicht, und ich musste dann nach Tunesien, weil ich da einen Job als Animateurin bekommen hatte."

„Können Sie mir noch den Namen der Agentur geben?"

Bauer notierte die Nummer und beendete das Gespräch. Kurz danach hatte er auch die Kopie des Ausweises per Fax von der Wohnungsvermittlung in der Hand, kein Zweifel, es war Lorenz Amann.

„Ich muss mir immer wieder vor Augen halten, was wir denn eigentlich alles wissen, sonst wirst du dabei echt verrückt im Kopf", stöhnte Seidl, als Bauer ihm die Sache mit dem Ausweis erzählte.

„Wir haben also zwei Amann. Einen, der in Kuba ist, und einen, der in München herumläuft, sich eine Wohnung mietet und mit Kronen telephoniert hat."

„Oder nur einen Amann, der seine Kubageschichte nur erzählt hat, damit er in Ruhe diese Sache bei Kronen durchziehen kann", erwiderte Bauer.

Seidl nickte. „So wird's wahrscheinlich sein, der Typ kann sich ja schlecht teilen."

Bauer bückte sich und kraulte Schorsch, der sich unter seinen Stuhl geschlichen hatte. Das Fax begann erneut zu rattern. „Das wird die Verkehrsanzeige gegen Amann sein, von seinem Vermieter", sagte Bauer und sah gespannt auf das Blatt Papier, das sich quälend langsam aus dem Faxgerät schob. Bevor es vollständig durch war, riss er es heraus und las den Inhalt.

„Jetzt bin ich aber gespannt", rief Seidl.

„Das Auto war auf eine Autovermietung zugelassen, und die haben seine Adresse an die Kollegen vom Verkehr weitergegeben. Unser Freund hat sich also ein Auto gemietet gehabt."

Seidl schürzte die Lippen. „Wird ja immer besser."

Bauer las weiter. „Dachte ich es mir doch. Beweismittel Photo, steht da. Sag doch dem Lechner Bescheid, der soll uns das Photo organisieren. Dann haben wir wenigstens den Beweis, dass unser Typ nicht auf Kuba war, sondern in München herumdüst."

Seidl schnappte sich das Schreiben und hastete aus dem Büro.

Bauers Telephon läutete: „Hallo Herr Bauer, hier ist Harthauser. Wir haben uns neulich wegen der Stradivari unterhalten."

Bauer hatte den Mann sofort an seiner Stimme wiedererkannt. „Ja, ich kann mich schon noch erinnern, ist ja noch nicht so lange her."

„Umso besser. Passen Sie auf, ich habe mich wegen dieser gestohlenen Stradivari erkundigt, dieser Le Maurien. Sie hatten da doch eine Expertise, die 1998 gemacht worden ist, richtig?"

Bauer wusste das Jahr nicht mehr auswendig und begann in seinen Unterlagen zu blättern.

„Moment mal, muss ich noch mal kurz nachsehen", sagte er, während er einen hastigen Blick über die Akten auf seinem Schreibtisch warf. „Glück gehabt. Ja, 1998 ist das Gutachten geschrieben worden."

„Sehen Sie, und darum ist das sicher eine Fälschung. Ich habe nämlich aus sicherer Quelle, dass diese Stradivari zu der Zeit in Amerika war. Entweder dieser Geigenbauer in Prien ist geschmiert worden, damit er so ein Gutachten ausstellt, ohne die Stradivari überhaupt zu sehen. Oder aber das Gutachten ist eine Totalfälschung, das heißt, der gute Mann in Prien weiß gar nichts davon, dass ein Gutachten mit seinem Namen herumgeistert. Das halte ich, ehrlich gesagt, für das Wahrscheinlichste."

Bauer überlegte, was das bedeutete.

„Sind Sie noch dran?" fragte Harthauser irritiert.

„Ich mache mir nur gerade Gedanken, was das für unsere Ermittlungen bedeutet", antwortete Bauer. „Was mir nicht einleuchtet. Gehen wir mal davon aus, jemand will mit so einem gefälschten Gutachten irgendein krummes Ding machen, egal, wie. Warum nimmt er dann eine gestohlene Stradivari und nicht eine, die nicht von der Polizei gesucht wird. Das wäre doch viel unproblematischer. Wenn der irgendwo das Photo von der gestohlenen Stradivari herzeigt, dann riskiert er doch jedes Mal, dass er geschnappt wird."

„Das habe ich mir auch überlegt, nachdem Sie mir letztes Mal die Geschichte erzählt haben", erwiderte Harthauser. „Aber eigentlich ist das ganz klar. Der kann das eigentlich nur mit einer Stradivari machen, die verschwunden ist. Von so gut wie allen bekannten Stradivari weiß man, wer sie hat. Es gibt sogar ein spezielles Buch, wo die mit Photos abgebildet sind."

„Und was heißt das Ihrer Meinung nach?"

„Wenn der eine bekannte Stradivari angeboten hätte, die nicht verschwunden ist, dann könnte jeder ziemlich leicht feststellen, wem diese Stradivari gehört und wer sie gerade hat. Oft sind die ja auch ausgeliehen. So, und dann wäre der ganze Schwindel schon aufgeflogen, weil man herausbekäme, dass der Typ mit dem Gutachten sie gar nicht haben kann."

„Was wollte derjenige mit dem Gutachten bezwecken, das ist die Frage."

„Das weiß ich nicht. Ich kann Ihnen nur sagen, dass ich im Zusammenhang mit diesen Stradivari schon die merkwürdigsten Sachen gehört habe. Kennen Sie die mit dem Raubmord in Rom, muss so vor vier Jahren gewesen sein?“

„Nein, nie gehört.“

„Da haben zwei Typen in Rom behauptet, sie hätten eine Stradivari. Die hatten auch ein Gutachten, das sie vorgelegt haben. Die Stradivari wollten sie aber erst zeigen, wenn der Käufer beweist, dass er das Geld hat. Sonst sei ihnen das zu gefährlich, haben sie dem Anwalt gesagt, den der Käufer da irgendwie zwischengeschaltet hatte. Na gut, die Leute haben sich dann in einem Hotelzimmer getroffen. Nobles Haus, alles ganz seriös. Der Käufer war ein sackreicher Fischhändler, der brav mit seinem Anwalt und einem Köfferchen Geld gekommen ist. Zwei Millionen Euro, muss man sich mal vorstellen. Und die beiden Typen kamen natürlich auch, aber ohne Stradivari, sondern mit zwei 38ern, mit denen sie den anderen eine mitgegeben haben. Aus die Maus. Könnte doch bei Ihnen auch so eine Geschichte sein, oder?“

„Könnte schon“, antwortete Bauer, „muss ich mal in Ruhe darüber nachdenken. Sie auf jeden Fall sind überzeugt, dass 1998 diese Stradivari nicht in Deutschland war?“

„Ganz sicher, meine Quelle ist ein absoluter Insider in dem Geschäft, der würde mir keinen Unsinn erzählen.“

„Dann kann ich mich nur herzlich bedanken, vielleicht ist das wirklich die Erklärung für unseren Fall. Momentan klingt es auf jeden Fall einleuchtend.“

„Wie ist das eigentlich, ist da irgendwas mit einer Belohnung drin“, meinte Harthauser.

„Offiziell ist da momentan noch nichts ausgelobt worden.“ Bauer machte eine Pause. „Aber wir machen das so: Wenn Ihr Tipp wirklich zutrifft, dann kümmere ich mich darum, dass da für Sie was herausspringt, einverstanden?“

„Einverstanden. Wissen Sie, ist ja nicht so, dass ich nicht gerne auch so mal helfe, aber ab und zu mal was extra freut halt jeden.“

„Ist schon klar, wir machen das so.“

In dem Moment kam Lechner aufgeregt ins Büro. „Wo ist denn Seidl?“

Bauer bemerkte erst jetzt, dass er nicht wieder zurückgekommen war. „Keine Ahnung, vielleicht geht er mit Schorsch Gassi."

„Egal, du weißt ja auch Bescheid. Hier, ich habe das Photo von dieser Anzeige gegen Amann besorgt, hab's gerade per E-Mail bekommen."

„Und, ist das der Gleiche?"

Bauer holte das Photo aus seinem Schreibtisch, auf dem Amann mit seiner kubanischen Freundin zu sehen war. Lechner stellte sich nervös hinter ihn. „Das ist doch nie der gleiche Mann", rief Bauer spontan.

„Da, schau mal, der auf dem Radarphoto hat doch ein viel volleres Gesicht als dieser Amann."

Bauer hatte das auch schon bemerkt. „Auch das Kinn ist nicht so spitz wie das von Amann", bemerkte er nachdenklich. „So ein Mist, dass der so eine blöde Schiebermütze aufhat, da sieht jemand natürlich gleich ganz anders aus. Aber das ist nicht der richtige Amann, ganz klar."

„Und was heißt das dann?" fragte Lechner neugierig.

„Dass es offensichtlich jemanden gibt, der sich als Amann ausgibt. Das Komische ist nur, dass wir am Tatort die DNA von Amann gefunden haben. Die kann er ja schlecht gefälscht haben."

Lechner schüttelte fasziniert den Kopf. „Das ist ja wirklich eine unglaubliche Geschichte."

Seidl kam mit einem erschöpften Schorsch, dem die Zunge heraushing, ins Büro. Der Dackel schlich zu Bauer und legte sich erschöpft neben den Papierkorb. Sein Brustkorb ging im Sekundentakt auf und ab.

„Schau dir die beiden Photos mal an", sagte Bauer zu Seidl und schob sie ihm über den Schreibtisch.

„Das eine ist unser Amann, und der andere?" fragte Seidl erstaunt.

„Gute Frage, das ist das Radarphoto vom 23. Dezember, als sie diesen Mietwagen geblitzt haben, den ein Lorenz Amann gemietet hat. Oder wie auch immer der tatsächlich heißt."

Seidl strich sich mit der Hand übers Kinn. „Wir haben also einen, der sich als Amann ausgibt, der aber nicht der wirkliche Amann ist. Das ist jetzt Fakt."

„Genau. Die Frage ist jetzt, wie der an den Ausweis von Amann gekommen ist“, meinte Bauer.

„Wie wäre das, wenn der wirkliche Amann seinen Personalausweis einem anderen gegeben hat, damit der was auch immer hier veranstaltet, und er ist mit seinem Reisepass nach Kuba gereist und hat so das perfekte Alibi.“

Lechner war inzwischen wieder aus dem Zimmer verschwunden.

„Aber wer hat Kronen und Lin erschossen, wir haben ja Amanns DNA am Tatort.“

Seidl hob abwehrend beide Hände. „Ich geb's auf, zumindest bis ich was Anständiges im Bauch habe. Heute gibt's Kaiserschmarrn, der hat auch richtig Zucker fürs Hirn drin.“

„Einverstanden, essen wir erst mal was“, bemerkte Bauer und schnappte sich seine Jacke, die über dem Stuhl hing.

Lechner hetzte ins Büro. „Entschuldigt bitte, aber ich hab vorhin was total vergessen.“ Sein Atem ging stoßweise. „Da hat noch jemand wegen dem Zeitungsartikel angerufen. Er hat gesagt, er kenne den Mann auf dem Photo, diesen Amann.“

„Mensch Lorenz“, rief Bauer und zog seine Augenbrauen zusammen.

„Ja, entschuldige, aber hier kommst du ja wirklich ins Schleudern, von wegen, in Ruhe Spuren bearbeiten.“

„Also, wer war das“, redete Bauer wieder in fast normalem Ton mit ihm weiter.

„Hier habe ich die Nummer. Der Mann wohnt in Schwabing und kennt den Amann vom Schachspielen an der Münchner Freiheit, hat er gesagt. Das muss so eine Gruppe sein, die im Sommer immer im Freien dort spielt, keine Ahnung.“

Seidl sah Bauer mit fragendem Blick an. „Essen oder Arbeit?“

Bauer winkte ab. „Geh du essen, ich rufe den schnell an, dann komm ich nach.“

Seidl klopfte Lechner auf die Schulter und schob ihn aus der Tür.

Bauer rief sofort an. Der Mann hatte ihm am Telephon tatsächlich bestätigt, dass er sowohl den echten Amann kenne als auch den Mann auf dem Photo. Erst eine Weile später kam er in die Kantine nach. „Schmeckt der Kaiserschmarrn?“

„Ja, wieso, wo bleibst du denn?“ fragte Seidl, den Bauer wegen des Lärms in der Kantine kaum verstand.

„Ich habe gerade mit dem Mann gesprochen, der bei Lorenz angerufen hat, klingt interessant. Wir treffen uns in einer Viertelstunde an der Münchner Freiheit.“

„Und mich lässt du hier hocken, oder was?“

„Komm, iss du in Ruhe, das schaff ich auch allein. Ich bin ja dann gleich wieder zurück.“

Seidl knurrte noch etwas Missmutiges, und Bauer machte sich auf den Weg.

Vor dem Siegestor demonstrierte eine Handvoll Studenten mit bunt bemalten Transparenten gegen Studiengebühren. Streifenwagen der Polizei sperrten zwei Spuren der Leopoldstraße. Bauer trommelte nervös auf sein Lenkrad, während er sich im Schritttempo den Studenten näherte. Ein Polizist in Uniform winkte ihm aus einem Streifenwagen zu, Bauer konnte sich aber nicht erinnern, woher er ihn kannte. Mit Verspätung kam er zum Treffpunkt vor einer Bank, wo er den Anrufer schon von Weitem erkannte. Mit suchendem Blick wanderte der mit seinen Augen über den Platz und musterte jeden Fußgänger, der zur U-Bahn ging.

„Bauer, Kripo München, Sie haben bei uns angerufen?“

Der Mann streckte seine klobige Hand aus, die rau wie ein Stück Holz war. „Ja, stimmt. Ich bin der Kurt, so nennt mich hier jeder. Gehen wir da vorne ins Café, da können wir gut reden.“

Der Mann schob seinen unförmigen Körper, den er auf einen Stock stützte, ungelenk über den Platz, vorbei an einem Spielsalon, aus dem das hektische Klimpern von Geldspielautomaten zu hören war. „So“, atmete er schwer aus, als er sich auf einen Stuhl im Café gesetzt hatte, „bei dem feuchten Wetter spüre ich immer jeden Knochen. Haben Sie das Photo noch mal dabei?“ fragte er Bauer.

Der zog aus seiner Jackentasche beide Photos. „Kennen Sie die beiden?“

Kurt nickte heftig. „Ja natürlich, das ist der Samba“, er sah, dass Bauer ihn fragend anblickte, „na ja, wir sagen immer Samba zu ihm, wirklich heißt er Lorenz, und das ist Wolfgang“, er zeigte auf das Radarphoto. „Den kenne ich aber kaum, der war nur ein paarmal bei uns beim Schachspielen.“

„Sie spielen hier Schach?“

„Ja, da drüben“, er zeigt mit seiner fleischigen Hand durch das Fenster auf einen Platz, der jetzt menschenleer war, „wenn's Wetter wärmer ist, spielen wir da immer, eigentlich jeden Tag.“

„Und Lorenz Amann und dieser Wolfgang kennen sich auch?“

„Wir vom Schach kennen uns alle, ich weiß gar nicht, wie viele Jahre wir hier schon spielen.“ Er winkte ab. „Ich bin bestimmt schon sieben oder acht Jahre da, andere noch länger.“

„Und dieser Wolfgang, was wissen Sie von dem?“

„Ich kann Ihnen nur sagen, dass der erst letzten Herbst das erste Mal aufgetaucht ist. War kein besonderer Schachspieler, meistens saß er auf der Bank und hat zugeschaut.“

„Wissen Sie seinen vollständigen Namen?“

Kurt schüttelte schwerfällig seinen Kopf. „Wir reden uns alle nur mit Vornamen an, wissen Sie. Ich kann mich gar nicht erinnern, dass ich mich mit dem mal unterhalten habe.“ Er machte eine Pause und nahm einen kräftigen Schluck von seinem Weißbier. „Wenn ich so überlege, hat der eigentlich nur mit Lorenz geredet, ja und dann noch mit so einem Asiaten. Der hat aber nicht zu uns gehört, war nur auf der Durchreise in München.“

„Wissen Sie, wo dieser Wolfgang wohnt?“

Der Mann begann zu husten und brauchte einige Minuten, bis er sich wieder gefangen hatte. „Ich krieg diese Grippe einfach nicht los, macht mich noch wahnsinnig. Wo der Wolfgang wohnt, wollten Sie wissen? Da kann ich Ihnen gar nicht weiterhelfen, ich glaube, der war irgendwo hier in Schwabing. Aber ich kann mich auch täuschen, keine Ahnung.“

„Also wissen Sie nur, dass dieser Wolfgang im letzten Herbst hierhergekommen ist und sich ab und zu mit Lorenz unterhalten hat.“

„Und mit diesem Asiaten“, ergänzte der Mann.

„Ja, gut, aber sonst fällt Ihnen zu ihm nichts ein?“

„Nein. Ich habe nur angerufen, weil in der Zeitung stand, wer die Person auf dem Photo kennt, soll sich melden, wegen dem Doppelmord da in Grünwald.“

Bauer kam sich undankbar vor. „Das haben Sie jetzt falsch verstanden, natürlich war es richtig, dass Sie uns angerufen haben. Jetzt wissen wir zumindest, dass Lorenz Amann und dieser Wolfgang sich kannten.“

Der Gesichtsausdruck des Mannes wirkte zufrieden. „Ja, das dachte ich mir eben auch, müssen Sie doch wissen. Und, hat der die zwei Männer erschossen?"

„Das müssen wir noch herausbekommen, ist schon möglich. Wann haben Sie das letzte Mal Lorenz Amann gesehen?"

Kurt schnaufte schwer. „Das muss irgendwann Ende Oktober gewesen sein, bevor wir hier aufgehört haben. Er hat mir erzählt, dass er nach Kuba reisen möchte." Er schüttelte den Kopf. „Mein Gott, der Lorenz. Er hatte mal eine kubanische Freundin, die ist dann über Nacht verschwunden. Lorenz war total fertig. Dann hat sie ihm aus Kuba geschrieben, dass sie dringend Geld braucht." Kurt leerte sein Glas und hob es in Richtung Bedienung, die ihm zunickte. „Und Lorenz hat ihr dann über 20.000 Euro geschickt, für die Behandlung ihrer Mutter. Wer's glaubt, wird selig." Er nahm mit freudigem Blick das nächste Weißbier entgegen. „Bist ein Schatz", sagte er zur Bedienung, die ihm kurz zulächelte.

„Und jetzt ist er nach Kuba geflogen?"

Der Mann zuckte die Achseln. „Hat er gesagt. Ich habe mich schon gewundert, so ein Flug ist ja nicht billig, und Geld hatte Lorenz nie. Aber er meinte, dass er endlich seine Ex dort zur Rede stellen möchte."

Kurt beugte sich über den Tisch näher zu Bauer heran. „Und wenn sie ihn damals angelogen haben sollte, wollte er von ihr das Geld wieder zurückbekommen." Kurt tippte sich an die Stirn. „Auf die Idee muss man auch erst mal kommen. Der hat echt gemeint, die geben ihm das Geld wieder. Ich habe ihm gesagt, pass auf, dass die dich nicht einfach einsperren, wenn du dich da aufführst."

„Und seitdem haben Sie nichts mehr von ihm gehört?"

„Nein. Aber wir treffen uns erst wieder ab Ostern hier, im Winter haben wir uns höchstens mal zufällig hier im Café getroffen, aber sonst nicht."

Bauer zahlte die Rechnung, dann verabschiedete er sich.

„Bist du mit dem Essen fertig?" fragte er Seidl, als der nach langem Läuten endlich ans Telephon ging.

„Ich sitze schon längst wieder im Büro. Hast was versäumt, der Kaiserschmarrn war göttlich. Wie war es mit dem Anrufer?"

„Er hat gemeint, er kennt diesen Typ auf dem Radarphoto, Wolfgang heißt er angeblich. Amann und er haben sich gekannt, sie haben sich öfters miteinander unterhalten.“

„Also doch, dann haben die beiden da was gemeinsam gedreht, wie ich es mir gedacht habe.“

„Dem hat er auch erzählt, dass er nach Kuba fliegen will.“

„Das passt doch, der wollte halt, dass sein Alibi perfekt ist, erwiderte Seidl unbeeindruckt.“

„Erklärt nur immer noch nicht, wie das Haar von Amann in das Haus von Kronen kommt, wenn unser Amann zu der Zeit in Kuba war.“

„Vielleicht haben die aber auch mit dem Mord gar nichts zu tun, sondern Kronen hat mit ihnen nur wegen der Stradivari verhandelt?“

„Ich komm jetzt erst mal wieder ins Büro, dann wird uns schon was einfallen. Vergiss mir Schorsch nicht, der muss bestimmt wieder raus“, schloss Bauer das Telephonat.

Im Radio berichtete ein Reporter live vom ersten Training des FC Bayern nach der Winterpause, der Trainer war froh, dass alle Spieler wieder ihre Verletzungen auskuriert hatten. Bauer hörte nicht richtig hin, immer wieder versuchte er sich ein Bild von Amann zu machen. War er wirklich in Kuba, um diese Frau zu besuchen? Er zählte wieder mal die Wochen zusammen, die Amann nun schon aus seiner Wohnung verschwunden war – unglaublich lang für eine Urlaubsreise, noch dazu bei jemandem, der kaum Geld hat.

Beinahe wäre er gedankenverloren an der Einfahrt des Präsidiums vorbeigefahren, mit einem waghalsigen Manöver erwischte er gerade noch die Kurve.

„Schau mal kurz zu mir rein“, rief Bogner Bauer zu, als der an seinem Büro vorbeiging. „Setz dich mal hin“, sagte er und zeigt auf den Stuhl vor seinem Schreibtisch. „Wie sieht es denn aus bei euch? Lechner hat mir vorhin kurz was gesagt, aber da bin ich nicht besonders schlau draus geworden.“

Bauer erzählte kurz, was sich die letzten Tage getan hatte.

„Und was glaubst du?“ fragte Bogner, und Bauer hatte den Eindruck, dass sein Chef sich auch nur schwer einen Reim auf das machen konnte, was hier wohl vor sich ging.

„Es gibt alle möglichen Erklärungen, die passen können. Das Einzige, was überhaupt nicht hineinpasst, ist die DNA-Spur von Amann in Kronens Haus. Das kann nur so sein, dass der am Tatort war, aber welchen Sinn macht es dann, dass da jemand anderes versucht, sich als Amann auszugeben. Der Typ mietet eine Wohnung, mietet ein Auto und kauft sich unter dem Namen ein Prepaid-Handy. Wozu das?"

„Was ist eigentlich mit dieser Firma in Nürnberg geworden, den Geschäftsführer habt ihr doch am Anfang in Verdacht gehabt."

Bauer verschränkte die Arme hinter dem Kopf. „Gute Frage, wir wissen, dass er wohl Lin damit erpresst hat, seinen Partnern eine Info über das Konto in der Schweiz zu stecken. Aber weiter sind wir nicht gekommen. Ein Alibi hat er keines, aber seine DNA haben wir am Tatort auch nicht gefunden. Da hängt es jetzt."

Bogner stand auf und ging ans Fenster. „Wir könnten über das BKA versuchen herauszubekommen, ob der Amann überhaupt in Kuba eingereist ist?"

Bauer verzog das Gesicht. „Du weißt, wie lange das dauern kann?"

„Ja, du hast recht, vergessen wir es."

„Habt ihr schon die Daten von dem Handy vollständig ausgewertet, das nach der Tat plötzlich abgeschaltet wurde?"

Bauer überlegte. „Noch nicht komplett, glaube ich. Das macht der Lechner, ich muss ihn mal fragen. Wir haben hauptsächlich seine Telephonate überprüft, aber mit dem Telephon ist nur der Kronen angerufen worden, sonst niemand."

„Das ist doch auch nicht normal, oder?"

„Natürlich ist das nicht normal, aber bei dem Fall glaube ich nicht, dass da noch irgendetwas normal läuft", raunte Bauer.

„Es ist ja auch komisch, dass das Handy erst Mitte November angemeldet wurde, und im Dezember hat er dann mit diesem Handy bei Kronen angerufen." Bogner schüttelte nachdenklich den Kopf. „Egal, was da noch herauskommt, eines, glaube ich, können wir jetzt schon sagen. Der oder die Typen sind Profis, da müssen wir uns nichts vormachen."

„Sicher. Ich gehe mal zu Lechner, mal sehen, ob wir aus den Handydaten noch ein paar Infos herauslesen können."

Lechner wälzte gerade einen Ordner mit Dokumenten, den sie am Tatort gefunden hatten. „Ich schau gerade noch mal die Akten durch, ob wir vielleicht was übersehen haben."

„Hast du die Infos zu dem Handy, das im November auf Amann angemeldet wurde?"

„Da", Lechner griff zielsicher in einen Ordner, „habe ich da abgelegt."

Bauer ging auf dem Papier jeden Standort noch mal durch, an dem das Handy bis einen Tag vor der Tat eingebucht war. „Der hat es immer nur kurz vor dem Telephonat mit Kronen eingeschaltet und dann gleich wieder abgeschaltet."

„Das ist mir auch aufgefallen. Und wenn er telephoniert hat, war er immer in der Innenstadt", bemerkte Lechner und sah von seiner Akte auf.

Bauer klopfte ihm auf die Schulter. „Danke dir, da kommen wir auch nicht weiter."

„Ich muss jetzt mal raus", überraschte Bauer Seidl, der gerade seine Kakteen goss.

„Du weißt ja", antwortete der und deutete mit einem Kopfnicken auf Schorsch, der aufgeregt mit treuherzigem Blick unter einem Bürostuhl hervorsah.

„Er ist ja echt nett", stöhnte Bauer, „aber mal wieder ohne den Hund spazieren zu gehen, wäre auch nicht schlecht. Die vom Modegeschäft am Promenadeplatz gehen alle Augenblick mit ihrem Rottweiler raus, da darf ich immer höllisch aufpassen, dass er den nicht wieder anspringt."

Bauer kam in den Sinn, dass er für diesen Abend eigentlich etwas Ablenkung gebrauchen könnte. „Wir sehen uns morgen, ich brauche mal wieder einen klaren Kopf. Wenn du mich brauchst, bin über Handy erreichbar."

Er nahm Schorsch an der Leine und eilte aus dem Büro, bevor noch jemand auf die Idee kam, heute noch unbedingt etwas mit ihm zu besprechen. Die Luft schien rein zu sein am Promenadeplatz, er stellte sich mit einem Fuß auf eine Parkbank und holte sein Handy hervor. „Wie geht's dem Drehbuch?" fragte er, während Schorsch die Beine der Parkbank intensiv auf fremde Hundedüfte inspizierte.

„Das ist aber eine Überraschung, Sie hatte ich nicht erwartet", antwortete Simone Lammer in fröhlichem Ton. „Das Drehbuch finde ich schrecklich, wieder so eine Beziehungskiste, irgendwie fällt denen auch nichts Neues mehr ein. Aber vielleicht können wir gemeinsam ja noch was daraus machen."

„Können wir ja mal sehen, ob das was wird. Mit meiner Phantasie ist es nicht so weit her, aber vielleicht kann ja eine Spur Realität weiterhelfen."

„Wann können wir uns denn sehen", antwortete Lammer, und Bauer hörte an den Lautsprecherdurchsagen im Hintergrund, dass sie wohl in einem Bahnhof war.

„Ich weiß, ist ein bisschen kurzfristig, aber wie sieht es denn heute Abend aus?"

„Uuh, das wird knapp. Ich komme gerade aus einer Probe und muss noch zu einer Wohnungsbesichtigung." Es entstand für einen Moment eine Pause. „Aber warten Sie, die Wohnung ist in der Innenstadt, nicht weit vom Bahnhof weg. Wenn Ihnen halb neun nicht zu spät ist, dann könnte ich mit dem Zug noch nach München kommen. Morgen Vormittag habe ich frei, dann ist es egal, wenn ich erst später heimkomme."

Bauer überlegte, wo sie sich treffen könnten, aber ihm fiel so schnell nichts Passendes ein. Er wollte nicht unbedingt in ein Lokal, wo sie ihn kannten. „Wissen Sie was, ich hole Sie am Bahnhof ab. Bis dahin fällt mir schon was ein, wohin wir essen gehen können."

„Okay. Gibt's denn schon was Neues?"

„Wie man es nimmt, ja und nein."

„Ich habe auch was Neues für Sie, erzähle ich Ihnen heute Abend", schwatzte sie ins Telephon und hängte auf.

Schorsch hatte inzwischen überall seine Duftmarke hinterlassen und zerrte an seiner Leine, seine Augen starrten gebannt auf das Modegeschäft. Der Rottweiler kam dort gerade mit behäbiger Bewegung mit seinem Frauchen heraus und drehte seinen Kopf zu Schorsch. Bauer zog an der Leine und ging mit dem Dackel in Richtung Marienhof. Eine Straßenbahn bog quietschend um die Ecke, im Inneren klammerten sich die Fahrgäste wie an einer Schnur aufgereiht an der Haltestange. Einige mit Sitzplätzen sahen gedankenverloren auf die Fußgänger, die an den hell beleuchteten Schaufenstern vorbeischlenderten. Hinter dem Rathaus am Marienhof ereiferten sich zwei junge Frauen mit hochhackigen Schuhen über die luxuriösen Auslagen des Juweliers Heiden, ehemaliger königlich-bayerischer Hoflieferant, wie im Schaufenster stolz verkündet wurde.

Bauer überlegte, dass er noch genügend Zeit hatte, Schorsch nach Hause zu bringen, bevor er zum Bahnhof musste. Der Dackel musste jetzt auch mal lernen, alleine zu sein, fand er.

Der Zug hatte Verspätung, und Bauer war dem kalten Wind dankbar, der durch den Bahnhof pfiff, sonst wäre er wahrscheinlich im Stehen eingeschlafen. Lammer winkte ihm lächelnd zu, als sie aus dem Zug stieg. „Na, haben Sie sich was Gutes überlegt, wo wir hingehen können?“ Unter dem Arm hatte sie eine abgegriffene braune Ledermappe mit großen, vergoldeten Schnallen. „Da ist das Drehbuch drin“, meinte sie, als sie Bauers Blick bemerkte. „Ich hab’s mir im Zug noch mal angeschaut, ist echt schlimm. Aber ablehnen kann ich’s natürlich nicht, bin ja so froh, dass ich die Rolle bekommen habe.“ Sie suchte demonstrativ den Boden um Bauer herum ab. „Wo ist denn Schorsch?“

„Sagen Sie bloß, Sie haben jetzt eine Wohnung und wollen ihn wieder mitnehmen?“

„Nein, nein, so schnell geht das nicht. Aber die ich mir vorhin angeschaut habe, die wäre schon schnuckelig, Maisonette, oben Schlafzimmer und Bad, unten Küche und kleiner Wohnraum. Ich war nur nicht die Einzige, die sie angeschaut hat. Und als ich die Selbstauskunft ausgefüllt habe, hat der Makler ziemlich doof geguckt, als ich bei Beruf ‚Schauspielerin‘ geschrieben habe. Wie wenn das eine ansteckende Krankheit wäre.“

Sie stiegen in Bauers Auto, das er vor dem Bahnhof geparkt hatte.

„‚Haben Sie denn ein regelmäßiges Einkommen?‘ hat er gefragt.“

„Wenn Sie jetzt bald diese Rolle in dem Krimi spielen, dann werden Sie doch richtig berühmt. Dann wird das mit einer Wohnung ja kein Problem mehr sein, oder“, meinte Bauer halb im Scherz.

„Jetzt müssen wir erst mal zu drehen anfangen, bis die Serie dann im Fernsehen kommt, wird es Oktober.“

Bauer wurde in dem Moment bewusst, dass er vermutlich auch noch über den Sommer hinaus mit Schorsch als ständigem Begleiter rechnen durfte.

„Und, wo fahren wir jetzt hin?"

„Haben Sie Hunger?"

„Eigentlich esse ich so spät nichts mehr, wir können auch gerne nur was trinken."

Bauer hatte sich zwei Lokale für diesen Abend überlegt, eines mit und eines ohne Essen. Die Wahl war jetzt getroffen. „Gut, dann gehen wir in eine alte Kneipe in der Altstadt, wird Ihnen sicher gefallen. Ist schon ein bisschen verlebt, so wie ich, aber nettes Publikum."

„Auch so wie Sie, hm?" fragte sie ihn und setzte ein breites Lächeln auf. Sie ergatterten zwei Barhocker an einem runden Holztisch, um diese Zeit war noch nicht viel los, leise Musik der sechziger Jahre spielte im Hintergrund.

„Sie haben eine Neuigkeit für mich", drängte Bauer.

Lammer legte die Tasche vom Tisch herunter auf den Boden und wischte sich die Haare aus der Stirn. „Wollen wir nicht zuerst was trinken?"

Der Kellner brachte ihnen zwei Caipirinha, Lammer nahm einen Schluck. „Ich weiß ja nicht, ob das für Sie wichtig ist. Aber Roland Mohr hatte mich doch angerufen, als ich noch in Kuba war, hatte ich Ihnen doch gesagt. Ja, und da hatten wir vereinbart, dass ich mich wieder mal bei ihm melde, wenn ich zurück bin. Und das habe ich am letzten Samstag versucht, da war sein Handy ausgeschaltet. Das kannte ich gar nicht von ihm, den konnte man normalerweise Tag und Nacht erreichen. Auch wegen seines Geschäfts, für die Asiaten musste er ja erreichbar sein. Und am Montag immer noch dasselbe. Da habe ich seinen Mitarbeiter angerufen, den Ivo. Kennen Sie den?"

„Wir haben ihn gesehen, als wir bei Mohr waren." Das Gespräch in Ingolstadt muss sie nicht wissen, dachte er sich.

„Ivo hat mir gesagt, dass er nicht mehr für Roland arbeitet, weil er ihn nicht bezahlt hat. Er war aber am Montag dort, weil er noch ein paar Sachen holen wollte, da war alles verschlossen. Und Roland war auch nirgends zu finden. Er hat dann beim Hausmeister gefragt, aber der hat ihn auch am Freitag das letzte Mal gesehen.

Zu Hause bei Roland das Gleiche, er wohnt ja gleich um die Ecke vom Büro."

„Wussten Sie, dass die Firma von Mohr ziemlich verschuldet war?"

Lammer blickte zur Tür, wo gerade zwei Italiener mit lautem Palaver ins Lokal kamen. „Denen ging es schon eine ganze Weile nicht so gut", meinte sie und sah Bauer wieder an. „Aber ich habe das nur so am Rand mitbekommen, Roland hat darüber nicht viel geredet."

„Ist er eigentlich verheiratet?"

„Nein, er hatte eine Freundin bis vor ungefähr einem Jahr, die hat in einem Fitnessstudio als Trainerin gearbeitet. Wissen Sie, ich glaube, er ist auch nicht der Typ, mit dem man fest zusammen sein kann. Er kam mir immer vor wie einer, der es allen beweisen wollte, dass er niemanden braucht. Eben ein Boxer, kein Teamplayer."

Bauer sah ihr in die Augen und dachte an die breite Nase, die ihm bei Mohr aufgefallen war. „Darf ich Sie was fragen? Was fasziniert eine Frau an so einem Mann?"

Lammer sah an Bauer vorbei an die Bar, wo Barkeeper mit weißen Hemden und Krawatten hektisch bunte Cocktails mixten. „Ich habe mich das auch gefragt, als es zwischen uns vorbei war. Ist nicht leicht zu beantworten, vielleicht reizt es uns, die raue Schale so eines Mannes zu knacken." Ihr Blick wurde nachdenklich. „Bis wir dann merken, dass wir genauso daran scheitern wie wahrscheinlich viele vor uns auch schon. Diese Männer suchen keine Beziehung, wie wir uns das vorstellen. Die wollen jemanden, der sie bewundert, Sex – klar, das auch, ich weiß nicht was noch, vielleicht sind sie auch einfach zu unsicher und verstecken sich hinter ihren Muskeln." Sie zog langsam am Strohhalm ihres Cocktails. „Wahrscheinlich von allem etwas. Aber reden wir von was anderem, einverstanden?"

Bauer hatte ihr aufmerksam zugehört, ihr Gesicht verriet, dass sie angespannt war.

„Wollen wir über mein Drehbuch reden?"

„Eine Frage noch zu Mohr, einverstanden? Dann reden wir über das Drehbuch. Was denken Sie, wohin könnte er verschwunden sein?"

Sie zog die Schultern hoch. „Er war ab und zu in der Türkei beim Segeln, aber ob er da Leute kennt, wo er wohnen kann, weiß ich wirklich nicht. Er hat mir das nur so nebenbei erzählt."

„Sie wissen, dass er den Chinesen, der mit Ihrem Vater erschossen wurde, erpresst hat?"

„Sie sagten, nur noch eine Frage."

Bauer sah ihr an, dass sie sich den Abend offensichtlich anders vorgestellt hatte, sie wirkte nun sehr reserviert.

„Es tut mir leid, aber so wie Ihnen Ihr Drehbuch wahrscheinlich durch den Kopf geht, so ist für mich natürlich diese Sache momentan wichtig, verstehen Sie?"

„Ich bin gleich wieder da", sagte sie leise und nahm ihre Handtasche mit auf die Toilette.

Bauer sah sich im Lokal um, in dem inzwischen kein Stuhl mehr frei war. An der Bar stand eine Gruppe junger Männer im streng gestylten Business-Outfit, hinter ihnen ein paar Pärchen in Jeans und Sweatshirt, die sich heftig gestikulierend unterhielten. Vier Frauen an Bauers Nachbartisch in teuer aussehenden Kostümen schienen Grund zum Feiern zu haben, ein Kübel mit Sekt stand auf ihrem Tisch. Die Musik war nicht mehr zu hören, weil das Stimmengewirr alles übertönte.

„Also, was wollten Sie mich so spät noch fragen", sagte sie, als sie wieder zurück war.

„Letzte Frage, versprochen: Wussten Sie, dass Mohr Lin erpresst hat?"

Lammer schüttelte den Kopf. „Nein, davon habe ich überhaupt nichts gehört. Hat Ihnen das der Ivo erzählt?"

„Wie kommen Sie darauf?" erwiderte Bauer und konnte seine Überraschung nur schwer verbergen.

„Weil der alles weiß über Mohr, den Eindruck hatte ich zumindest immer." Sie machte eine Pause, ihr Gesicht wurde ernst. „Glauben Sie, dass er vielleicht hinter dem Mord an meinem Vater steckt?"

Bauer überlegte, was er antworten sollte. „Sagen wir's so, momentan können wir noch gar nichts ausschließen, auch wenn wir noch eine andere Spur verfolgen, die eigentlich ziemlich vielversprechend aussieht. – Möchten Sie noch was trinken?" Bauer sah auf ihr leeres Glas.

„Wenn Sie mir noch so einen besorgen können, der schmeckt hier echt lecker."

Der Kellner balancierte wenig später gekonnt ein Tablett über die Köpfe, von dem er ihnen zwei Cocktails auf den Tisch stellte.

„Wie kommen Sie eigentlich mit Schorsch klar?" fragte Lammer, und ihr Gesichtsausdruck wirkte wieder entspannter.

„Sie werden lachen, aber ich glaube, ich bin schon soweit, dass er mir fehlen wird, wenn Sie ihn wieder nehmen. Ist ruhiger als ich gedacht hatte. Und abends ist es nett, wenn er vor der Couch einschläft und schnarcht." Bauer musste grinsen bei dem Gedanken, was für ein schlafraubendes Geräusch Schorsch mit seinem kleinen Körper von sich geben konnte.

„Aber dass Sie mir nicht süchtig werden und ihn nicht mehr hergeben." Sie hob lachend den Finger.

„Keine Angst, Schorsch bekommen Sie schon wieder. Sollte ich Entzugserscheinungen bekommen, dann kann ich ihn mir ja mal für ein paar Tage ausleihen."

„So, jetzt muss ich Sie aber noch was zu meinem Drehbuch fragen", sagte sie und zog einen schmalen Ordner aus ihrer Ledermappe. „Ich hab's ja schon gesagt, es geht da um eine Beziehungsgeschichte, sie hat heimlich einen Liebhaber, er kommt dahinter und lässt den anderen umbringen. Geht dann noch weiter, aber das ist nicht so wichtig. Ich finde die Auflösung der Geschichte nicht realistisch. Was halten Sie davon, wenn ich Ihnen das Drehbuch einfach gebe, und Sie lesen es sich mal durch, wenn Sie Zeit haben?"

Bauers Gesicht schien deutlich die Überraschung auszudrücken, die er in dem Moment verspürte.

„Geht das nicht?" fragte sie und runzelte die Stirn.

„Kommt darauf an, bis wann Sie es brauchen."

„Na ja, bis Ende nächster Woche wäre gut, weil wir am übernächsten Montag die Schlussbesprechung haben." Sie sah Bauer mit einem Lächeln an. „Sind Sie bestechlich?"

Bauer zog die Augenbrauen zu einer gespielt ernsten Miene zusammen. „Da müssen Sie sich was Gutes einfallen lassen, um mich zu bestechen."

„Wie wär's mit selbstgemachten Ravioli mit Ricotta-Spinatfüllung in Salbeisauce?"

Bauer musste lachen. „Damit bin ich extrem bestechlich."

Sie schob ihm das Drehbuch über den Tisch. „Meine Karriere als Kommissarin liegt jetzt in Ihrer Hand, schon klar?"

Bauer sah sie an, sie zeigte jetzt kleine Lachfalten um die Augenwinkel und sah auf die Uhr. „Also abgemacht. Es tut mir wirklich leid, aber in einer halben Stunde fährt mein letzter Zug. Fahren Sie mich noch zum Bahnhof?"

Bauer zahlte und brachte sie bis zum Zug.

„Danke für den netten Abend", meinte sie mit einem süßen Lächeln. Dann verschwand sie im Zug, ohne sich nochmals umzudrehen. Bauer sah dem Zug noch nach, bis seine Lichter im Dunkel verschwanden, dann fuhr er zu seiner Wohnung.

Als er die Tür aufmachen wollte, stieß er an etwas, das hinter der Tür lag. Mit einem lauten Jaulen sprang Schorsch hoch und bellte, bis Bauer ihn hochhob und beruhigte. Er schaltete den Fernseher ein und schaute auf die Uhr. Ein paar Minuten wartete er noch, dann nahm er sein Handy.

„Sind Sie gut angekommen?" fragte er Simone Lammer.

„Danke, bin gerade am Bahnhof, nehme mir jetzt ein Taxi nach Hause. Gute Nacht."

Kapitel 11

Bauers Telephon läutete. Er schreckte in seinem Bett hoch und sah auf den Wecker, der auf seinem Nachttisch neben dem Bett stand. Er rieb sich die Augen, als er auf das Zifferblatt schaute – halb neun.

„Bist du noch zu Hause?“ fragte Seidl in sorgenvollem Ton.

„Ich Trottel habe gestern vergessen, den Wecker zu stellen.“

„Pass auf, wir müssen sofort nach Erding, ich komme in einer halben Stunde bei dir vorbei. Den Rest erzähle ich dir später.“

Bauer legte auf und sprang aus dem Bett, um nicht wieder einzuschlafen. Noch wie in Trance schlich er ins Bad, mit einem Auge sah er dabei Schorsch, der ungeduldig an der Wohnungstür kratzte. Unmöglich, dachte sich Bauer, so geh ich nicht auf die Straße.

Er stellte die Dusche auf eiskalt, trotzdem dauerte es einige Minuten, bis Leben in seinen Körper kam. Schorsch knurrte inzwischen so laut, dass Bauer sich schon mit einem Eimer und Lappen den Flur aufwischen sah. Er hatte sich gerade angezogen, als Seidl schon läutete. Bauer ließ Schorsch aus der Wohnung die Treppe hinunterrennen. „Lass den mal schnell raus, sonst platzt er“, rief er Seidl zu.

„Wir haben keine Zeit“, antwortete der gereizt.

„Erklär das Schorsch, ich komme gleich.“

Bauer holte sich noch schnell einen Müsliriegel aus dem Regal und riss die Packung auf. „Mindestens haltbar bis 18. Dezember“ stach ihm ins Auge, als er die Hülle zusammenknüllte. Er warf Packung samt Müsliriegel in den Müll und eilte aus der Wohnung.

Seidl stand vor dem Haus und beobachtete missmutig Schorsch, der wie ein Schatzsucher um einen Baum schlich. Er schien sich noch nicht schlüssig zu sein, ob genau dieser Baum für seine Zwecke geeignet war. „Der hat die Ruhe weg“, begrüßte er Bauer, den es heftig fror, weil er in der Hektik eine viel zu dünne Jacke angezogen hatte. „Was war denn mit dir heute Morgen los?“ fragte Seidl, während sie Schorsch beobachteten, der den Baum nun doch wässerte.

„Ganz einfach, ich habe gestern vergessen, den Wecker zu stellen, sonst nichts.“ Seidl musste nichts von seinem Treffen mit Lammer wissen, hatte Bauer beschlossen.

Sie fuhren aus der Stadt, die morgendliche Sonne ließ den Schnee auf den Feldern glitzern.

„Jetzt erzähl mal, was ist denn los?"

Seidl schüttelte mit verärgertem Gesicht den Kopf. „Du musst dir vorstellen, gestern hat nach vier Uhr eine Frau bei der Vermittlung angerufen und gesagt, sie meldet sich wegen dem Zeitungsartikel. Außerdem habe sie eine wichtige Mitteilung. Weißt du, was unsere Telephontante gesagt hat?"

„Ich kann's mir vorstellen."

„Genau. Da ist heute keiner mehr da, morgen wieder ab halb acht. Und jetzt hat die heute bei mir angerufen und mir das erzählt. Da kriegst du doch echt eine Krise, was?"

Von weitem war jetzt der Flughafen zu sehen, gerade hob eine Maschine ab und flog über ihre Köpfe.

„Die Frau hat ein Hotel in Erding. Bei ihr wohnt seit Donnerstag letzter Woche, also genau einen Tag nach der Tat in Grünwald, ein Mann namens Lorenz Amann. Sie sagt, dass ihr Gast aber etwas anders ausschaut als der Mann auf dem Photo in der Zeitung, voller im Gesicht. Ihr Gast hat aber immer so eine Schiebermütze auf, so dass sie sein Gesicht nicht so gut gesehen hat. Wie der Mann auf dem Radarphoto."

„Ist ihr Gast immer noch da?"

„Wenn ich sie richtig verstanden habe, ja. Ich habe mit ihr ausgemacht, wir rufen sie an, wenn wir kurz vor dem Hotel sind. Sie kommt dann in eine Bäckerei, die gegenüberliegt, damit der Typ nicht misstrauisch wird, wenn er uns zufällig sieht. Du weißt ja, die riechen sowas manchmal wie Spürhunde."

Bauer lehnte sich zurück und verschränkte die Arme hinter der Kopfstütze. „Wenn wir Glück haben, ist das tatsächlich unser Mann, der sich als Lorenz Amann ausgibt."

„Ich habe ein gutes Gefühl", sagte Seidl. „Das ist unser Mann, wirst sehen. Der hat ja auch diese Schiebermütze auf wie der Typ auf dem Radarphoto."

„Wir sollten uns überlegen, ob wir den festnehmen oder lieber erst mal beobachten, wenn er noch da ist. So viel haben wir ja gegen ihn noch nicht in der Hand."

„Können wir ja überlegen, wenn wir mit der Frau gesprochen haben", meinte Seidl und stieg plötzlich auf die Bremse. „Siehst du da vorne, das ist das Hotel."

Bauer sah ein modernes Haus mit drei Stockwerken, in jedem gab es Balkone mit Holzverkleidungen. Im Erdgeschoss war neben dem Eingang ein kleiner Kiosk, vor dem gerade eine Gruppe junger Schüler herumtollte.

„Ich halt da drüben bei der Bäckerei, dann rufe ich sie an."

Die Frau, die kurz danach zu ihnen in die Bäckerei kam, war in Bauers Alter. Ihre Augen flackerten, nervös gab sie beiden die Hand. „Er ist noch auf seinem Zimmer."

„Sehen Sie mal her, ich zeige Ihnen zwei Photos", sagte Bauer und holte das von Amann aus einem Kuvert hervor.

Die Frau sah es sich genau an, dann schüttelte sie den Kopf. „Nein, das ist nicht der Mann, der bei mir wohnt. Er sieht ihm schon ähnlich, aber mein Gast ist voller im Gesicht."

Bauer holte das zweite Photo aus dem Kuvert, das von der Radarüberwachung, die den Mietwagen geblitzt hatte. Die Frau nahm es in die Hand und nickte. „Das ist er", sagte sie mit nervöser Stimme und sah Bauer an, „der hat auch die gleiche Schirmmütze auf wie der bei mir."

„Und bei Ihnen hat er sich mit Lorenz Amann eingetragen?" fragte Bauer, während er Seidl einen kurzen Blick zuwarf.

„Ja, aber einen Ausweis habe ich nicht verlangt, das machen wir normalerweise nicht."

„Seit wann ist er denn da?"

„Er ist am letzten Donnerstag gekommen, also jetzt vor gut einer Woche. Zuerst wollte er nur bis Samstag bleiben, aber dann hat er bis diesen Samstag verlängert."

„Also morgen will er abreisen."

„So hat er es gesagt, ja."

„Ich gehe mal kurz telephonieren", sagte Bauer zu Seidl und verließ die Bäckerei.

„Nein, nicht heute Nachmittag, Klaus. Ich brauche jetzt sofort eine Observationsgruppe. Wenn wir den jetzt festnehmen, dann kann es uns passieren, dass wir am Schluss wie Idioten dastehen. Der Mann hier hat sich doch als Lorenz Amann ausgegeben, er ist es aber nicht, wie wir jetzt ja wissen. Aber es kann sein, dass der richtige Lorenz Amann irgendwo hier herumläuft und die gemeinsame Sache gemacht haben. Und vielleicht treffen sich die beiden, könnte doch sein. Und dann sollten wir unbedingt dabei sein und uns beide schnappen."

Seidl sah durch das Schaufenster, wie Bauer wütend in sein Handy sprach, bis er auflegte und wieder reinkam. „Müsste laufen, wenn Klaus nicht wieder einknickt. Erzähle ich dir gleich."

Die Frau schaute nervös auf den Eingang des Hotels. „Die letzten Tage ist er immer so gegen halb zwölf losgefahren und am frühen Abend wiedergekommen."

„Wissen Sie, welches Auto er fährt?"

Die Frau deutete auf einen älteren silbernen BMW mit Dortmunder Kennzeichen, der vor dem Hotel stand.

„Der ist wohl mit seinem Auto durch Schlamm gefahren, so wie der voll Dreck ist", meinte Seidl und sah auf die Felgen, von denen fast nichts mehr zu sehen war. „Siehst du die dicken Schrammen hinten auf der linken Seite?"

Bauer sah sie nicht, was ihn wieder an seinen Augenarzt denken ließ, der ihm schon lange eine Brille verpassen wollte. „Ja, sehe ich", antwortete er. Seidl musste ihn ja nicht für blind halten.

„Hat wohl einen Unfall gehabt, unser Freund."

„Gut, Sie können jetzt wieder ins Hotel gehen", sagte Bauer zu der Frau, „aber zu niemandem ein Wort, auch nicht zu Ihren Angestellten."

„Nein, um Himmels willen, ich sage niemandem was. Nehmen Sie den Mann fest?"

„Kann ich Ihnen noch nicht sagen. Vorerst mal vielen Dank, war sehr gut, dass Sie so hartnäckig waren und sich heute noch mal gemeldet haben", meinte Seidl.

Die Frau grüßte die Verkäuferin der Bäckerei, die sie offensichtlich kannte, und lief über die Straße zurück zum Hotel. Bauer trank jetzt einen Schluck von seinem Kaffee, der mittlerweile kalt war. „Klaus meinte zuerst, so schnell bekommt er keine Observationsgruppe, die sind alle mit dieser Terrorgeschichte eingespannt. Aber jetzt will er es doch versuchen. Da bin ich mal gespannt."

„Ohne Obs-Gruppe brauchen wir zwei dem nicht hinterherfahren. Wenn die nicht kommen, dann müssen wir ihn festnehmen. Stell dir vor, der macht sich aus dem Staub, dann wird's lustig", sagte Seidl und behielt den Hoteleingang im Auge. Ein älteres Paar zog zwei Rollkoffer auf den Parkplatz und öffnete bedächtig den Kofferraum eines Autos, das neben dem silbernen BMW stand. „Komm, einsteigen, und los geht's."

Bauers Handy läutete. Er hörte kurz dem Anrufer zu, dann antwortete er. „Hoffen wir, dass das reicht. Bis später." Er kratzte sich am Kopf. „In einer halben Stunde können sie uns eine Obs-Gruppe losschicken. Die sind gerade beim Schießtraining und müssen erst ihre Autos holen."

Seidl sah auf die Uhr. „Dann sind die ungefähr um elf Uhr da. Das könnte gerade noch reichen."

Sie setzten sich wieder in ihr Auto und fuhren so weit vom Hotel weg, dass sie gerade noch den Parkplatz beobachten konnten. Seidl besorgte sich über Funk den Halter des Dortmunder BMW. „Frank Rottmann, 1963 geboren. War bis jetzt anscheinend ein Braver, zumindest hat er bei uns noch nichts gehabt."

Das Rentnerpaar hatte inzwischen sein Gepäck in den Kofferraum gehievt und war nun daran, umständlich seine Jacken auszuziehen und auf den Rücksitz zu legen.

„Super, so sehen wir mal gar nichts", schimpfte Bauer und gab Seidl ein Zeichen. Der fuhr daraufhin mit dem Auto ein paar Meter nach vorne.

Die Uhr im Auto zeigte zehn vor elf, ein Mann kam aus dem Hotel. Bauer blätterte gerade in einer Zeitung, während Seidl den Beobachtungsposten spielte. „Schau mal hin", rief er aufgeregt, so dass Bauer die Zeitung fallen ließ, „ist er das nicht?"

Bauer war froh, dass er wenigstens noch so gut sah, dass er auf diese Entfernung eine Person erkennen konnte. „Natürlich ist er das."

Der Mann mit der Schiebermütze blickte sich nach allen Seiten um, bevor er den Kofferraum seines Autos öffnete.

„Was machen wir, wenn er jetzt wegfährt?"

„Haben wir besprochen, dann müssen wir ihn uns schnappen. Mit einem Auto haben wir doch keine Chance, an dem unauffällig dran zu bleiben", gab Bauer angestrengt zur Antwort, während er weiter den Mann beobachtete, der in hundert Meter Entfernung mit irgendetwas im Kofferraum herummachte.

„Soll ich schon mal näher heranfahren?“ fragte Seidl und drehte den Zündschlüssel. Der Mann trug einen olivfarbenen Parka, dem man nicht ansah, ob er eine Waffe darunter versteckt hatte. Er schloss jetzt den Kofferraum und ging zur Fahrertür, die er öffnete. Eine Gruppe Kinder kam herumalbernd aus der Bäckerei und ließ den Verkehr vorbeifahren. Sie wollten offensichtlich auf die Seite des Hotels gehen.

„Lass ihn von da wegfahren, dann holen wir ihn nach ein paar Metern raus. Hier mit den Kindern können wir das nicht riskieren“, sagte Bauer und rückte seine Pistole zurecht, die in seinem Gürtelholster steckte. Der Mann bückte sich in das Seitenfach der Fahrertür, genau konnten das Bauer und Seidl von ihrem Standort aus nicht sehen.

„Ruf mal über Funk die Obs, nicht dass die uns genau jetzt hereinplatzen“, meinte Seidl. Die Uhr am Armaturenbrett zeigte genau elf.

„Wo seid ihr jetzt?“

„Kurz vor Erding, fünf Minuten, dann sind wir bei euch.“

Bauer gab das Kennzeichen des Autos durch.

„Er steigt ein“, sagte Seidl aufgeregt.

„Wir bleiben dran, komm, bis die Obs da ist, werden wir ihn schon halten können“, rief Bauer und schnallte sich an. Seidl war ein hervorragender Autofahrer, was Bauer enorm schätzte. Vor allem, seit ein anderer Kollege, bei dem er im Auto gesessen war, den Wagen bei einer Verfolgungsfahrt mit voller Geschwindigkeit gegen den Randstein gesetzt hatte.

„Wir sind jetzt beim Hotel“, meldete sich der Chef der Obs.

„Unser Mann fährt mit sechzig km/h in Richtung Autobahn“, gab Bauer durch.

„Dann ziehen wir nach.“

Der Mann im BMW kam wegen des starken Verkehrs und unzähliger Verkehrsampeln nicht schnell voran.

„Seid ihr schon auf der Autobahn?“

„Nein, er fährt immer noch vor uns auf der Landstraße, in hundert Metern geht die Abzweigung auf die Autobahn ab“, sagte Bauer, während Seidl immer wieder riskant überholen musste, um den BMW nicht aus den Augen zu verlieren.

„Wir sehen euch jetzt“, rief der Obs-Mann, „der silberne BMW vier Autos vor euch ist unser Mann, oder?“

„Ja, genau.“

„Gut, dann haben wir ihn, ihr könnt euch zurückfallen lassen.“

Seidl wischte sich mit der Hand über die Stirn. „Ich sag dir ehrlich, jeden Tag bräuchte ich den Stress nicht, da gieß ich doch lieber in Ruhe meine Kakteen im Büro.“

„Du kommst mir schon vor wie der Lechner, den bringst du, glaube ich, auch nicht mehr aus seinem Büro raus.“

Seidl hob mahnend den Zeigefinger. „Aber er macht einen guten Job, das musst du ihm lassen.“

„Wir fahren jetzt von der Autobahn runter, er biegt auf den Mittleren Ring in Richtung Osten.“

Der Verkehr wurde dichter, vor ihnen fuhr ein riesiger Autotransporter, gesattelt mit neuen BMW, der ihnen die Sicht versperrte.

„Weit voraus dürfte der noch nicht sein“, meinte Seidl.

„Wäre natürlich genial, wenn der sich mit dem richtigen Amann treffen würde“, sagte Bauer. „Nehmen wir mal an, die haben da letzte Woche dem Lin die 1,2 Millionen Euro abgenommen, dann frage ich mich, was der Typ, dieser Rottmann, hier noch macht.“

„Wir fahren jetzt auf der Ismaninger Straße, er blinkt rechts, sucht offensichtlich einen Parkplatz.“

„Da vorne ist doch das Krankenhaus Rechts der Isar“, meinte Seidl. „Hab da neulich einen Kollegen besucht. Unglaublich, wie groß das Spital inzwischen ist, ich glaube, die haben jedes Jahr angebaut.“

„Er ist jetzt ausgestiegen, geht über die Straße ins Rechts der Isar, wir gehen mit.“

„Bleib mal hier irgendwo stehen“, meinte Bauer.

Schorsch hatte sich wieder mal zwischen die beiden Vordersitze gezwängt und legte seine Schnauze auf Bauers Arm. Seine Augen blickten gelangweilt nach vorne.

„Wir sind jetzt in der Chirurgischen Abteilung“, flüsterte jemand über Funk. Im Hintergrund war das Klappern von Rollwagen zu hören. „Er ist jetzt in ein Zimmer gegangen, an der Tür stehen die Namen von drei Frauen.“

„Anscheinend besucht er jemanden“, sagte Seidl nachdenklich.

„Und nicht unseren Amann", ergänzte Bauer und schickte Schorsch wieder nach hinten, als der begann, die Hand seines Teilzeitherrchens abzuschlecken.

„Soll ich mal mit der Stationsschwester Kontakt aufnehmen?" fragte einer der Beamten.

„Auf keinen Fall, wir warten, bis unser Mann wieder aus dem Krankenhaus ist, ist sonst viel zu riskant", rief der Einsatzleiter in unmissverständlichem Ton.

Ein Krankenwagen schoss mit Blaulicht und Martinshorn aus der Ausfahrt und jagte an Seidl und Bauer vorbei. Aus dem Obstgeschäft gegenüber kamen zwei Krankenschwestern mit vollen Tüten gelaufen. Eine Stunde verging, der Mann war immer noch im Krankenhaus.

„Soll ich mal kurz in die Metzgerei springen und was zum Essen organisieren?" fragte Seidl und konzentrierte seinen Blick auf einen kleinen Laden, nur wenige Meter von ihrem Auto entfernt. Leute in Bürokleidung standen an Stehtischen am Fenster und gabelten ihr Mittagessen in sich hinein.

„Du weißt, was passiert, wenn du was zu essen holst", erwidert Bauer skeptisch.

„Ich weiß, kaum werde ich aus dem Auto aussteigen, wird unser Typ das Krankenhaus verlassen, und wir sind nicht dabei."

„Genau, das meine ich."

„Ich bin ja nur ein paar Meter weg. Du rufst mich einfach an, dann lass ich alles stehen und liegen und springe ins Auto, einverstanden?"

Bauer nickte und winkte mit der Hand ab. „Wir können ja auch mal Glück haben, für mich zwei Semmeln mit Fleischpflanzerl. Kannst ja vorher mal schauen, ob sie einigermaßen genießbar aussehen."

„Senf gefällig?"

„Süßer, aber nicht zu viel."

Seidl schlug die Tür zu, Schorsch stellte sich auf die Hinterfüße und blickte ihm sehnsüchtig nach. Ein Streifenwagen hielt direkt vor ihnen, ein Beamter stieg aus und ging ebenfalls in die Metzgerei.

„Wenn unser Mann jetzt die Station verlassen sollte, muss sich jemand darum kümmern, dass der Streifenwagen verschwindet“, meldete sich der Einsatzleiter.

„Mache ich“, antwortete Bauer.

Seidl kam mit dem Mittagsmenü zurück. Genüsslich entblätterte Bauer seine Fleischpflanzerl aus der Alufolie, worauf sich im Auto ein Geruch ausbreitete, der Schorsch fast zum Wahnsinn trieb. Er hüpfte auf der Rückbank hin und her und versuchte von beiden Seiten, an Bauers Sitzlehne vorbeizukommen, was der aber mit ausgestellten Ellbogen zu verhindern wusste.

Der Streifenwagen vor der Metzgerei fuhr wieder weg.

„Für Schorsch muss das wie Guantanamo sein“, sagte Seidl in mitfühlendem Ton und biss in seine Semmel mit Hähnchenfleisch.

„Unser Mann kommt aus dem Zimmer“, meldete sich der Observant.

„So, Essen einpacken“, rief Seidl und verstaute alles schnell in einer Plastiktüte. Bauer aß weiter.

„Er ist jetzt kurz vor dem Ausgang des Krankenhauses. Ich frag jetzt mal die Stationsschwester, bei wem er zu Besuch war.“

„Einverstanden“, sagte der Einsatzleiter, der Stimme nach ein älterer Beamter mit schwäbischem Dialekt.

„Er steigt in seinen BMW ein.“

Seidl und Bauer standen weit genug von dem Auto entfernt, der Mann konnte sie nicht sehen.

„Es geht los, er fährt wieder die Ismaninger stadtauswärts.“

„Sieht ganz so aus, wie wenn er wieder ins Hotel fährt“, meinte Seidl und warf einen Kontrollblick auf seine Tüte, die so zwischen Handbremse und Sitz eingeklemmt war, dass Schorsch sie nicht erreichen konnte. Dessen Nase hatte aber schon unruhig die Witterung aufgenommen.

„Er biegt nach dem Tengelmann rechts ab.“ Es entstand eine kurze Pause am Funk. „Jetzt fährt er schon wieder rechts.“

„Verdammt, der fährt doch im Kreis, merkt ihr das nicht?“

„Der schüttelt, er muss was gemerkt haben“, schrie ein anderer aufgeregt, während quietschende Reifen im Hintergrund zu hören waren.

„Jetzt gibt er Gas“, rief ein Dritter, „der spinnt, jetzt ist er bei Rot durch.“

Bauer warf sein Essen aus dem Fenster und riss den Funkhörer an sich. „Wir müssen den in jedem Fall stoppen, sobald es geht, herausziehen. Unbedingt!“

„Leicht gesagt“, rief einer, Martinshorn ertönte im Hintergrund.

„Er fährt jetzt wieder auf der Ismaninger, Richtung stadteinwärts.“

Bauer sah weit vor ihnen mehrere Zivilwagen mit Blaulicht auf der falschen Fahrbahn, Autofahrer blinkten mit ihrer Lichthupe auf.

„Hat ihn einer gesehen, der muss am Max-Weber-Platz abgebogen sein“, rief eine frustrierte Stimme.

„Der Einsatzleiter verteilte seine Leute auf alle vier Straßen, die von dem Platz wegführten. Bauer und Seidl waren jetzt auch dort, neugierig pressten die Fahrgäste einer Straßenbahn ihre Gesichter ans Fenster.

„Der ist weg“, meldete sich einer, „der hat ja Möglichkeiten ohne Ende, hier zu verschwinden.“

Seidl sah Bauer mit einem Achselzucken an. „Dann müssen wir uns an die Frau halten, die im Krankenhaus liegt, die wird ja wohl wissen, was er vorhat.“

Bauer reagierte nicht gleich und strich sich mit seiner Hand über die kurzen Haare. „Überleg doch mal: Unsere Obs kann ihm doch erst im Krankenhaus oder danach aufgefallen sein, sonst wäre er doch gar nicht dorthin gefahren.“

Seidl stoppte das Auto am Straßenrand. „Klingt logisch, er hätte uns sicher nicht zu dieser Frau geführt.“

„Also“, redete Bauer weiter, „kann es doch sein, dass er glaubt, wir wissen nichts von dem Hotel in Erding.“

„Ich dreh schon mal um“, antwortete Seidl, während Schorsch sich vehement mit seinen Vorderbeinen dagegenstemmte, von einer Seite auf die andere gewirbelte zu werden.

„Wir fahren zum Hotel nach Erding“, gab Bauer Bescheid, „bleibt ihr bei der Frau, sie darf auf keinem Fall aus dem Krankenhaus verschwinden.“

„Geht in Ordnung“, meldete sich der Einsatzleiter.

„Wir haben mit der Stationsschwester geredet. Sie sagt, die Frau ist seit vorletztem Mittwoch da, hatte einen Verkehrsunfall. Rippenbrüche und Arm. Sie heißt Claudia Fiedler. Der Typ besucht sie jeden Tag, sie vermuten, dass sie wohl seine Freundin ist.“

Seidl jagte wieder aus der Stadt hinaus in Richtung Erding.

Der Lastwagen einer Brauerei fuhr im Kriechtempo vor einer engen Kurve, Seidl zögerte mit dem Überholen.

„Nicht übertreiben", ermahnte ihn Bauer, während Schorsch wie ein Häufchen Elend auf dem Boden hockte und aussah, als wenn er seekrank wäre.

„Lange wird der nicht im Hotel bleiben, wenn er überhaupt dorthin fährt", sagte Bauer, während Seidl mit aufheulendem Motor an dem Lastwagen vorbeizog. Der Temperaturanzeiger näherte sich bedrohlich dem roten Bereich.

„Er hat nur zehn Minuten Vorsprung, mehr war das nicht", beschwichtigte Seidl. „Wir könnten ja die Frau vom Hotel anrufen, dass sie uns Bescheid gibt, wenn er kommt."

Bauer schüttelte den Kopf. „Die war doch vorhin schon so nervös. Wenn wir die jetzt noch mal anrufen, dann vergeigt sie uns die Geschichte. Und dann ist er ganz weg."

„Hast wahrscheinlich recht", erwiderte Seidl, während er die Stadtgrenze von Erding erreichte. „Ich würde vorschlagen, wir gehen gleich rein in sein Zimmer, wenn das Auto vor der Tür steht", meinte er.

„Hast heute deinen mutigen Tag, was? Der Kerl hat vielleicht zwei Morde auf dem Gewissen, und du willst so ganz locker an der Tür klopfen?"

„Was schlägst du vor?" fragte Seidl, während sie in die Straße einbogen, an deren Ende das Hotel war. Sie fuhren, ohne langsamer zu werden, daran vorbei, das Auto war nicht da.

„Wo geht denn diese Einfahrt hin?" fragte Bauer und deutete auf ein offenes Tor neben dem Hotel. „Haben die hinten etwa noch einen Parkplatz?"

„Komm, wir rufen im Hotel an, die Frau muss ja sonst nichts erfahren, wir fragen nur, ob die hinten auch noch einen Parkplatz haben."

Bauer ließ es fast eine Minute klingeln, bis die Frau abhob und er seine Frage loswerden konnte.

„Ja, er ist auch gerade gekommen und gleich in sein Zimmer gelaufen", flüsterte sie und atmete dabei heftig.

„Wo liegt denn sein Zimmer?"

„126, erster Stock, das Fenster geht zur Straße."

„Haben Sie noch einen Schlüssel?“

„Ja klar, habe ich hier.“

„Gut, bis gleich. Die ist eh schon fix und fertig“, meinte Bauer. „Stell das Auto da vorne auf den Parkplatz, da fällt es nicht auf!“

Seidl steuerte auf das Gelände eines Supermarktes und parkte zwischen anderen Fahrzeugen. „Wir können ihn uns eigentlich nur schnappen, wenn er aus dem Zimmer kommt. Sonst löchert der uns durch die Tür“, meinte er und steckte seine Pistole ein, die er in das Seitenfach gelegt hatte.

Schorsch sprang dieses Mal nicht hoch, als sie aus dem Auto stiegen, mit Trauergesicht saß er hinter Bauers Sitz auf dem Boden.

Bauer und Seidl gingen nah an den Nachbarhäusern des Hotels entlang, um nicht aus dem Hotel gesehen zu werden. Kurz vor dem Eingang stoppten sie.

„Ich hole mir den Schlüssel von der Frau, du gehst voraus. Ist besser, er sieht uns nicht gemeinsam, sonst weiß er gleich, was los ist“, flüsterte Bauer und gab Seidl ein Zeichen, ins Hotel zu gehen. Kurz danach ging er auch hinein, die Frau stand wie angewurzelt hinter dem Tresen und starrte Seidl hinterher, der am Ende der Lobby über eine breite Treppe in den ersten Stock lief. Bauer wollte gerade den Schlüssel nehmen, den die Frau ihm über den Tresen reichte, da kam Seidl wieder die Treppe hinuntergestürzt und gab Bauer ein Zeichen, dass der Mann jeden Moment kommen würde. Die Frau deutete geistesgegenwärtig auf eine Metalltür, die zum hinteren Parkplatz führte. Seidl stieß sie auf und verschwand. Die Frau wurde blass, Bauer war sicher, dass sie jeden Moment umfallen würde. Von draußen war das Geräusch eines Autos zu hören, das über den Kiesbelag des Parkplatzes fuhr. Bauer hatte den weiteren Weg zu der Tür zum Parkplatz, aber er musste es riskieren. Es gab nichts, wo er sich hätte verstecken können. Er lief zu der Tür. In dem Moment sah er schwarze Männerschuhe, die die Treppe herunterkamen. Seidl drückte ihm die Tür auf, Bauer rannte durch und sprang seitlich neben die Tür. Er zog seine Waffe aus dem Holster, auf der anderen Seite stand Seidl mit gezogener Waffe, sein Brustkorb ging heftig auf und ab.

Sie hörten die Stimme eines Mannes, der sich mit der Frau an der Rezeption unterhielt. Eine Computerkasse ratterte. Seidl gab Bauer ein Zeichen und deutete mit der Pistole an, dass er sie dem

Mann auf den Kopf hauen wollte, sobald der durch die Tür kam. Das Geräusch der Kasse verstummte, es war nichts zu hören als der gedämpfte Verkehr der Straße, die am Hotel vorbeiführt.

Bauer kam der Moment unendlich lang vor, nichts war zu hören. Er wollte gerade sein Handy ausschalten, um sich nicht durch ein Klingeln zu verraten, als dieselben schwarzen Schuhe wie vorhin durch die Tür kamen. Seidl sprang mit unglaublicher Schnelligkeit auf den Mann zu und hieb ihm den Pistolenknauf auf den Kopf, so dass der wie vom Blitz getroffen zu Boden fiel. In dem Moment war Bauer auf den Knien und hielt ihm seine Pistole direkt an den Hinterkopf. „Polizei, Sie sind festgenommen."

Der Mann röchelte, er spuckte Blut. Offensichtlich hatte er sich verletzt, als er aufs Gesicht gefallen war. Seidl holte Handschellen aus seiner Jacke und fesselte damit die Hände auf dem Rücken. Bauer bückte sich nach vorne zum Gesicht des Mannes, um sicher zu gehen, dass sie nicht den Falschen erwischt hatten.

Seidl nickte. „Ist schon der Richtige, der kam aus dem Zimmer 126. Hätte mich beinahe gesehen." Er wischte sich mit der Hand den Schweiß von der Stirn. Seine Hand blutete leicht. Gemeinsam zogen sie den Mann, der sie mit wütenden Augen ansah, nach oben.

„Das wird Ihnen noch leid tun", war sein einziger Kommentar. Den olivfarbenen Parka vom Vormittag hatte er gegen eine blaue Lederjacke mit Stoffkragen getauscht. Bei der Festnahme war ihm eine Segeltuchtasche aus der Hand gefallen, die Bauer kurz durchwühlte. Kleidung und Waschzeug waren darin durcheinander geworfen, dazu ein kleines, gelbes Notizbuch.

„Der Herr wollte offensichtlich abreisen." Seidl war immer noch außer Atem und hielt sich ein Taschentuch an die Hand.

„Ich sag Klaus Bescheid und rufe eine Funkstreife, die sollen ihn ins Präsidium fahren", meinte Bauer, während Seidl mit seinem Knie den Mann auf dem Boden fixierte.

Die Frau an der Rezeption saß auf einem kleinen Hocker und hielt sich mit beiden Händen an einem Tisch fest. „Haben Sie ihn erwischt?" fragte sie immer noch im Flüsterton, Schweißperlen liefen ihr über das Gesicht.

„Alles gut gelaufen", beruhigte sie Bauer, „haben Sie hervorragend gemacht."

Wenige Minuten später saß der Mann in einem Streifenwagen der Polizei und sah, immer noch wütend, aus dem Fenster zum Hoteleingang, wo Bauer telephonierte. „Wir haben ihn, eine Streife fährt ihn ins Präsidium. Was ist mit der Frau?“

„Die ist immer noch im Zimmer, kann auch nicht raus, ohne dass wir es merken würden. Gut, wir kommen dann mal zuerst zu euch ins Krankenhaus. Redet mal mit der Schwester, wir brauchen einen Raum, wo wir uns alleine mit ihr unterhalten können.“

„Ich kümmere mich darum“, antwortete der Observationsleiter mit lauter Stimme, weil er eine Lautsprecherdurchsage „Doktor Heinlein dringend in den OP“ übertönen musste.

„Jetzt holen wir uns drüben in der Bäckerei erst mal einen Kaffee“, meinte Bauer und zog Seidl über die Straße, der sich immer noch ein Taschentuch an seine Hand hielt. „Wenn du einem auf die Birne haust, ist das irgendwie immer Mist, mit der Faust brichst du dir die Knöchel, und mit der Waffe reißt du dich garantiert irgendwo auf.“

„Der wird eine harte Nuss, das sage ich dir gleich.“ Seidl nahm einen Schluck von seinem Cappuccino. Bauer ging noch mal zur Theke und holte sich einen Apfelstrudel.

„Wollen Sie Schlagrahm dazu?“ fragte die kleine Verkäuferin mit der Figur eines Weinfasses, die an seiner Stelle zweifellos mit „Ja“ geantwortet hätte. Bauer kam nach sehr kurzer Überlegung zu dem Ergebnis, dass er heute noch genug Energie verbrauchen würde, um sich das leisten zu dürfen.

„Für dich nichts?“ fragte er Seidl, der mit hochgezogenen Augenbrauen seinen Teller betrachtete.

„Ich tippe mal auf so 800 Kalorien, vorsichtig geschätzt.“

„Die brauche ich heute auch noch“, gab Bauer zur Antwort und schob sich genüsslich einen Löffel mit viel Schlagrahm in den Mund.

„Sein Auto sollten wir auch anschauen lassen“, sagte Seidl.

„Das kann der Lechner machen, zusammen mit der Spurensicherung. Den lassen wir gleich abschleppen.“

„Hoffentlich spricht die Lady im Krankenhaus etwas mehr mit uns als der es wahrscheinlich tun wird, sonst wird das knapp.“

Bauer schüttelte den Kopf. „Vergiss nicht die Haare, die wir bei Kronen auf dem Sessel gefunden haben. Lechner soll mit der Spurensicherung auch gleich klären lassen, ob das die von Rottmann sind."

„Das wäre natürlich top, wenn das seine wären."

„Aber dann fehlt uns immer noch der Amann." Bauer schob das letzte Stück von seinem Apfelstrudel in den Mund. „Vielleicht weiß ja die Frau, wo der ist."

Die Stationsschwester im Krankenhaus war nach gutem Zureden und Rücksprache mit dem Stationsarzt bereit gewesen, ein Untersuchungszimmer für die Vernehmung anzubieten.

„Habt ihr der Frau schon was gesagt", begrüßte Bauer den Kollegen, der vor der Tür des Krankenzimmers wartete.

„Nein, wir wollten da keinen Fehler machen", erklärte der und nahm seine Zeitung in die Hand, die auf dem Stuhl lag. „Wir können dann gehen, oder?"

Bauer bedankte sich und klopfte an der Zimmertür, bevor er mit Seidl hineinging. In dem hellgestrichenen Raum lagen nebeneinander drei Frauen. Die am Fenster hatte gerade Besuch von ihrer türkischen Familie. Bauer betrachtete die Frau im mittleren Bett. Sie war höchstens Mitte zwanzig, hellblond gefärbte Haare, die zum Teil verschwitzt auf ihrer Stirn klebten. Ihre Wangen waren eingefallen, und über dem rechten Auge leuchtete ein Bluterguss in allen erdenklichen Farben. Ihre blassen Hände lagen kraftlos über der Decke, wo vom schwarzen Lack ihrer Fingernägel nur noch Reste zu sehen waren. Als sie Bauer und Seidl ins Zimmer kommen sah, schien sie zu wissen, dass der Besuch ihr galt, sie richtete sich zögerlich im Bett etwas auf und zog die Decke über ihre Brust.

„Frau Fiedler", sprach Bauer sie an, „wir müssen in Ruhe mit Ihnen reden." Er zeigte ihr seinen Ausweis, das Gespräch am Bett der Türkin verstummte. Die Frau im dritten Bett schlief unbeeindruckt weiter.

Fiedler nickte kaum merklich, ihre Augen wanderten ängstlich zwischen Bauer und Seidl hin und her. Eine Schwester kam ins Zimmer. „Wir können das Bett jetzt in den Raum fahren, wo Sie in Ruhe mit ihr reden können."

Fiedler setzte sich nun ganz auf und klammerte sich seitlich an der Bettkante fest, während zwei Schwestern sie über den Gang fuhren. Das Untersuchungszimmer lag in einem anderen Trakt, der Weg führte vorbei an Kranken in Schlafanzügen, die mit ihren Besuchern vor den Zimmern saßen. Fiedler machte ein Gesicht wie auf dem Weg zu einer riskanten Operation, und immer wieder drehte sie den Kopf, als ob sie jemanden suchen würde. Doch dann gab sie es scheinbar auf und blieb ruhig in ihrem Bett sitzen. Der Raum war ziemlich kalt, offensichtlich hatte jemand vergessen, das Fenster zu schließen, das gekippt war. Außer ein paar Stühlen waren einige graue Geräte mit Digitalanzeigen sowie Ständer mit milchigen Infusionsflaschen zu sehen. An der Wand stand eine Liege, auf der mehrere Packungen sterile Plastikhandschuhe verstreut waren.

„Ich lasse Sie dann alleine. Aber bitte vergessen Sie nicht, die Patientin ist noch sehr geschwächt."

Bauer ging mit der Schwester aus dem Zimmer, während Seidl blieb. „Wissen Sie mehr zu dem Unfall, den die Frau hatte?" fragte er die Schwester, die mit schnellen Schritten wieder zurück auf ihre Station lief.

„Wir wissen nur, dass sie wohl mit einem anderen Auto zusammengestoßen ist, sie war allein im Auto." Die Schwester sah ihn dabei nicht an, sondern grüßte mehrere Kollegen, die ihr begegneten.

„Danke, das war's", beendete Bauer das Gespräch und ging ins Zimmer zurück. Er holte sich einen Stuhl und setzte sich neben das Bett der Frau, die ihren Kopf wieder aufs Kopfkissen gelegt hatte. Sie sah ihn nicht an, sondern starrte an die Decke, mit ihrer Hand hielt sie sich in einer Schlaufe fest, die von einer Stange über dem Bett herabhing.

„Frau Fiedler, wir haben Ihren Freund, Herrn Rottmann, festgenommen." Bauer machte eine Pause und beobachtete die Frau. Sie schloss die Augen und schluckte, als wenn sie etwas Saures gegessen hätte. Seidl hatte sich etwas abseits einen Platz gesucht und saß nun mit verschränkten Armen da. „Sie hatten am vorletzten Mittwoch einen Verkehrsunfall. Erzählen Sie mir, wie es dazu gekommen ist."

Fiedler sah Bauer kurz an, dann wandte sie ihr Gesicht wieder von ihm ab. „Ich war von Grünwald nach München unterwegs, auf dieser Hauptstraße, die es da gibt. Plötzlich war ein Fahrradfahrer auf der Straße, den habe ich ganz spät gesehen, weiß auch nicht, wo der hergekommen ist." Ihre Stimme stockte. „Könnten Sie mir vielleicht ein Glas Wasser besorgen, ich habe einen total trockenen Mund.“

Seidl verschwand und kam kurz danach mit einem Glas zurück, in das er Leitungswasser füllte.

„Danke“, sagte sie, ohne ihn anzuschauen. Sie setzte sich mühevoll im Bett auf. „Dann habe ich das Lenkrad herumgerissen und bin auf der anderen Seite in einen Lastwagen geprallt. Der hatte dort geparkt.“ Ihre Augen waren unverändert auf die Bettdecke gerichtet.

„Um wie viel Uhr war das?“

„So gegen halb zehn – ach, ich weiß es nicht mehr genau. Ist doch scheißegal.“ Gereizt rutschte sie wieder unter die Bettdecke und zog sie bis zum Kinn hoch.

Bauer beschloss, das zu ignorieren. Halb zehn war die Zeit, zu der Kronen und Lin erschossen wurden, überlegte er. „War das Ihr Auto?“

Fiedler stellte sich stumm, ihre Augen hatte sie geschlossen.

Seidl zwinkerte Bauer zu. „Soll ich mal in der Dienststelle anrufen, dass die uns einen Haftbefehl für Sie organisieren?“ fragte er laut. Im Gefängniskrankenhaus können wir ja genauso mit ihr weiterreden, dachte er.

„Was soll denn das“, rief Fiedler und setzt sich wieder im Bett auf, über ihr Gesicht liefen Tränen. Ihre Hände zitterten. „Ich habe doch gar nichts gemacht.“

„Dann wäre es aber höchste Zeit, dass Sie uns mal die ganze Geschichte erzählen und mit diesem Kasperletheater aufhören“, schrie Bauer sie an, so dass sie ihn überrascht ansah.

Sie wischte sich die Tränen aus den Augen. Seidl ging aus dem Zimmer, sein Handy in der Hand. „Wo ist Lorenz Amann?“ redete Bauer weiter.

„Wer?“

„Sie wissen genau, von wem ich spreche.“

„Sie müssen echt verrückt sein“, schrie sie mit weinerlicher Stimme, „ich habe den Namen noch nie gehört.“

„Gut, dann machen wir bei Ihrem Unfall weiter“, sagte Bauer und rückte seinen Stuhl näher an ihr Bett heran. „Waren Sie alleine im Auto?“

„Ja.“

„Und was haben Sie in Grünwald gemacht?“

Sie holte ein Taschentuch unter dem Kopfkissen hervor und schnäuzte. „Mein Gott, was man dort halt so macht. Ich war bummeln“, sie sah mit einem hilfesuchenden Blick zum Fenster hinaus, „da gibt es eine Menge Boutiquen, da bin ich herumgegangen. Darf ich das nicht?“

Seidl kam ins Zimmer zurück. „Das war nicht Ihr Auto, Frau Fiedler“, sagte er und ließ sie mit seinem Blick nicht mehr los, „das Auto gehörte Frank Rottmann.“

Fiedler schien Schmerzen zu haben. „Mensch, ich habe mir meine Rippen gebrochen, können Sie sich vorstellen, wie höllisch weh das tut“, schrie sie und verzog dabei das Gesicht.

„Wegen uns müssen Sie nicht schreien, und dann tut es sicher auch weniger weh“, bemerkte Bauer mit betont ruhiger Stimme. Seidl setzte sich wieder. „War Frank Rottmann mit Ihnen im Auto?“ fragte Bauer.

Fiedler sah ihm in die Augen. Ihr Blick verriet ihm, dass ihr gerade alle möglichen Gedanken durch den Kopf schossen. „Passen Sie auf“, meinte sie nach einer längeren Pause, „ich sage Ihnen, was gelaufen ist, weil ich mit der Sache nichts zu tun habe. Absolut gar nichts, das muss echt klar sein.“

Sie sah zu Seidl, der mit verschränkten Armen an der Wand auf seinem Stuhl saß. Er reagierte nicht.

„Wenn da Scheiße passiert ist, dann soll er das selbst klarmachen. Aber dann lassen Sie mich in Ruhe, ein für alle Mal.“

„Fangen Sie erst mal an, dann sehen wir weiter“, antwortete Bauer ungeduldig.

„Ja, Frank war mit im Auto. Als ich den Unfall gebaut habe, ist er aus dem Auto und davongelaufen. Hat mich da verdammt alleine gelassen mit der Scheiße.“ Sie schnäuzte sich wieder.

„Wo waren Sie davor?“

„Frank hatte gesagt, ich soll auf ihn im Auto warten. Er hatte die ganzen Wochen davor schon davon geredet, dass er einen Superdeal am Laufen hat, und danach können wir uns ein schönes Leben machen. An dem Mittwoch wollte er sich mit den Leuten treffen und das Geld bekommen.“ Sie nahm einen kräftigen Schluck Wasser. „Und dann kam er um die Ecke gelaufen, sein Hemd war vorne ziemlich mit Blut verschmiert. Ich habe zu ihm gesagt, was ist das denn für eine Scheiße. Er war völlig fertig, hat nur gesagt, hau ab, wir müssen weg hier. Ja, und dann bin ich in diesen Laster gerauscht, Frank hat mich total nervös gemacht."

„Um was für einen Deal ging es da?"

„Frank hatte irgendwo was gelesen, dass momentan alle auf diese Geigen stehen, diese Stradivari. Und dass dafür Millionen bezahlt werden."

Ihr Lippen wurden blasser, Bauer ging zum Fenster und ließ frische Luft herein.

„Wir waren völlig abgebrannt, die hatten uns auf Mallorca total abgezockt. Wir haben in Atá eine Kneipe gekauft von dem Geld meiner Eltern." Sie lachte bitter. „Ha, und kaum war die Kohle bezahlt, kamen zwei Typen von der Gemeinde und haben gesagt, dass das Lokal gar keine Konzession hat. Weiß ich noch wie heute, es war saumäßig heiß, und ich habe schon in der Früh alles auf Vordermann gebracht. Frank lag noch im Bett, wie immer. Und dann kamen die, zwei so aufgeblasene Bauern, und haben gemeint, sie müssen jetzt unseren Laden zusperren, weil das alles illegal ist. Tja, das war's dann, und die Typen waren natürlich längst weg mit unserer Kohle. Für den Rückflug haben wir uns das Geld von Freunden ausleihen müssen, es war zum Kotzen. Wissen Sie, was wir hatten, als wir nach Dortmund zurückkamen?"

Bauer zuckte mit den Achseln. „Nicht viel, wahrscheinlich."

„Nicht viel, ja, ein paar Klamotten und noch achtzig Euro. Es war echt geil."

„Und dann?"

„Na ja, wir mussten unbedingt Kohle anschaffen, hatten ja hier auch noch einige Schulden. Und da kam Frank mit der Idee, so einen Deal mit einer Stradivari abzuziehen."

„Wo hat er die denn her gehabt?"

„Quatsch, wir hatten doch gar keine. Frank kannte einen Typen, der hat ihm so ein Zertifikat oder wie man das nennt organisiert. Hat gut ausgesehen, mit Photos und allem, er hat es mir gezeigt. Und dann hat er im Internet ein bisschen recherchiert und ist nach London geflogen, zu so einer Versteigerung. Wie heißen die? Gibt's auch in New York, habe ich mal gelesen."

„Sotheby's?" fragte Seidl.

„Genau, so hat das geheißen, da war eine Versteigerung einer Stradivari. Frank dachte sich, dass er dort bestimmt jemanden trifft, mit dem er diese Geschichte abziehen kann. Und da hat er dann auch einen kennengelernt, der hier in Grünwald wohnt.“

„Warum war er im Herbst in München?“ fragte Bauer, während er versuchte, die Einzelteile der Geschichte zusammenzufügen.

„Da war ich nicht dabei. Er hatte hier einen Freund von früher, ich kenne den nicht. Der hatte wohl irgendein Problem mit seiner Kneipe, Freundin abgehauen oder was auch immer, dem hat er ein paar Wochen in seiner Kneipe geholfen.“

„Und der Name Lorenz Amann sagt Ihnen gar nichts?“

„Nein, verdammt noch mal, wer soll das denn sein?“

„Reden wir später darüber.“ Bauer musste seine Ungeduld zügeln und machte das Fenster wieder zu, nachdem es empfindlich kalt im Zimmer wurde. „Sie wussten also, dass Frank diese Leute über den Tisch ziehen wollte?“

„Kommen Sie, was haben denn die Typen in Mallorca mit uns gemacht? Hat sich da einer um uns geschissen? Du musst heutzutage einfach aufpassen, wenn du was mit Kohle machst. Und wenn du pennst, dann waren die anderen einfach schlauer. So ist es doch, nicht?“

„Was hat Frank Ihnen erzählt, was er vorhat“, redete Bauer weiter, ohne auf ihre Bemerkung einzugehen.

„Er hat denen dieses Zertifikat gezeigt und erzählt, er könne diese Stradivari besorgen. Der Typ war total heiß darauf, hat mir Frank erzählt. Er hatte ihm gesagt, dass die gestohlen ist und sie deswegen zu einem Superpreis zu haben ist.“ Sie schüttelte den Kopf. „Das war dem völlig egal. Typisch, was – hocken hier in einer Promivilla und nehmen dann noch schnell nebenbei mit einem kleinen Geschäft zigtausend Euro mit. Auf jeden Fall hat der Typ so einen Chinesen gekannt, der dafür über eine Million Euro hinblättern wollte. Zehn Prozent wollte der Typ als Provision haben.“

„Was wissen Sie von dem, was an dem Mittwoch passiert ist?“

„Frank hatte eine Waffe dabei, aber nur, um die beiden einzuschüchtern, damit er ihnen die Scheine abnehmen kann. Und dann hat der Chinese ihn wohl angesprungen.“ Sie machte eine Pause und zog die Schultern hoch. „Ich habe Frank gesagt, behalt es für dich, das muss ich nicht wissen. Mir hat es gereicht, dass wir wegen meinem Unfall nicht abhauen konnten. Sonst wären wir nicht mehr hier, das dürfen Sie mir glauben."

„Wo wollten Sie denn hin?"

„Ach, ist doch jetzt egal. Ich will nicht mehr daran denken."

„Wo ist das Geld jetzt?" fragte Seidl, der in dem Notizbuch blätterte, das sie bei Rottmann im Gepäck gefunden hatten.

„Frank hat gesagt, es ist an einem sicheren Ort, wir holen es uns, wenn ich hier rauskomme."

Bauer gab sich damit nicht zufrieden. „Sie haben keine Ahnung, wo das ist?"

„Nein. Ich habe Frank auch gar nicht mehr danach gefragt."

Seidl gab Bauer ein Zeichen, und sie gingen aus dem Zimmer.

„Schau dir das mal an! Hier auf der letzten Seite hat er zwei Zahlenkombinationen aufgeschrieben, dahinter LG und BG."

Bauer sah sich die Zahlen an, konnte damit aber nichts anfangen.

„Das sind Längen- und Breitengrade, vermute ich mal. Ich lass jetzt im Büro mal schnell klären, wo die liegen. Vielleicht hat er ja da das Geld versteckt."

Bauer zog die Augenbrauen hoch. „Das wär's", er klopfte Seidl auf die Schulter, und sie gingen ins Zimmer zurück.

Fiedler hatte sich wieder hingelegt und starrte an die Decke. „Was passiert jetzt mit Frank?"

„Das können Sie sich doch ausmalen, oder? – Ich muss Sie noch mal wegen diesem Lorenz Amann fragen, der Name sagt Ihnen wirklich nichts? Überlegen Sie noch mal ganz genau!"

„Wie oft soll ich es noch sagen? Vielleicht hat der Typ so geheißen, dem Frank seinen Ausweis abgekauft hat."

„Wem hat Frank einen Ausweis abgekauft?"

„Weiß ich nicht", sie zog sich wieder an dem Griff über ihrem Bett hoch. „Wie er aus München zurückgekommen ist, hat er gesagt, er habe einem Typen seinen Personalausweis abgekauft. Den hatte er da kennengelernt und mit ihm einen Deal gemacht. Frank bekam den Personalausweis, damit er unter dem Namen die Geschichte mit der Stradivari durchziehen konnte. Und dieser Typ bekam etwas Geld, wollte wohl nach Kuba fliegen, hat mir Frank erzählt. Und wenn die Sache normal gelaufen wäre, hätten später alle nach dem Typ gesucht, und der hätte ein geniales Alibi auf Kuba gehabt."

„Sie haben den nie gesehen?"

„Nein, die Sache mit dem lief doch in München ab, ich bin ja erst vor zwei Wochen hierhergekommen."

„Hat Rottmann danach noch mal was von dem Mann erzählt?" Bauer konnte sich nicht vorstellen, dass sie davon so wenig wusste. Seidls Telephon läutete, er ging aus dem Zimmer.

„Nein. Sie vergessen, glaube ich, wie die mich hier eingeliefert haben. Seit zwei Tagen kann ich wieder einigermaßen schnaufen, das hat alles saumäßig weh getan. Da hätten Sie auch keinen Bock auf irgendwelche Geschichten."

Seidl öffnete die Tür und flüsterte Bauer was zu, dann ging er wieder hinaus.

„Okay, das war's vorerst. Sie werden ab sofort hier bewacht, bis Sie in ein Gefängnis gebracht werden."

„Was, spinnt ihr", schrie sie, wobei sie vor Schmerzen das Gesicht verzerrte, „wieso in ein Gefängnis? Ihr habt versprochen, mich in Ruhe zu lassen, wenn ich auspacke. Was soll das?"

„Bremsen Sie ein bisschen den Ton, junge Frau", erwiderte Bauer gereizt. „Wir haben Ihnen gar nichts versprochen. Denken Sie lieber darüber nach, ob Ihnen noch was einfällt, wo das Geld ist. Das könnte Ihnen helfen, dass es nur ein paar Jahre werden und nicht lebenslänglich." Bauer stand auf und schob den Stuhl an die Wand. „So toll ist das noch nicht. Dafür wissen Sie erstaunlich viel einfach nicht ..."

Die Frau legte sich wieder flach ins Bett und würdigte Bauer keines Blickes mehr. Kurz danach kam Seidl mit der Schwester und zwei Polizisten in Uniform, sie schoben das Bett aus dem Zimmer.

„Glaubst du ihr, dass sie von Amann nichts weiß?" fragte Seidl, als sie das Krankenhaus verließen und in einem heftigen Schneeschauer zu ihrem Auto gingen.

„Schwer zu sagen. Sie achtet schon sehr darauf, nur das Nötigste zu wissen, hat mich nicht so überzeugt."

Bauer startete den Motor. „Wo genau müssen wir jetzt hin?"

„Das muss zwischen Haar und Zorneding sein, in einem Waldstück neben der Autobahn."

Bauers Handy läutete. „Was sagst du", rief er ins Telephon, „die Verbindung ist gerade sehr schlecht. Sag's noch mal."

Sie fuhren gerade auf einer Schnellstraße aus München heraus nach Osten, Wohnblöcke und Reihenhaussiedlungen wechselten sich hier ab, dazwischen kleinere Waldstücke. Schorsch hatte sich von der Verfolgungsfahrt wieder erholt, er hechelte wie üblich von der Rücksitzbank.

„Und ihr seid euch sicher, das Blut ist von Amann?" Bauer sah zu Seidl, der ungeduldig versuchte, vom Gespräch etwas mitzubekommen. „Gut, dann müssen wir den bloß noch finden." Bauer hängte auf. „In dem Auto von Rottmann haben sie im Kofferraum Blutspuren gefunden. Die sind eindeutig von Amann, sie haben die DNA verglichen."

„Dann ist die Wahrscheinlichkeit, dass unser Amann gerade in Kuba am Strand liegt, nicht sonderlich groß", sagte Seidl.

„Nicht sonderlich, nein, das sieht nicht so aus."

„Sie vergleichen jetzt noch die DNA von Rottmann mit den anderen Spuren am Tatort. Der war bis jetzt bei uns tatsächlich noch nicht erkennungsdienstlich behandelt worden, aber in Holland hat er schon mal wegen einem Bankraub gesessen, hat Lechner erzählt."

Sie fuhren jetzt auf ein Waldstück zu, an dessen Rand mehrere grüne Kleinbusse der Polizei standen, mehrere Dutzend junge Polizisten standen unruhig davor und suchten unter den Bäumen am Waldrand Schutz vor dem Schneefall.

„Wenn ich den Plan richtig lese, dann müsste es von hier ungefähr hundert Meter in diese Richtung sein", meinte ein Beamter, der eine großflächige Karte auf seinem Schoß ausgebreitet hatte. Er saß auf dem Beifahrersitz eines Busses. Bauer stand neben der Tür und ließ sich den Ort durch das offene Fenster zeigen. Er sah, wie Schorsch in ihrem Auto wie verrückt immer wieder am Fenster hochsprang. Offensichtlich konnte er nicht verstehen, dass er in dieser für ihn wie geschaffenen Umgebung mit Bäumen und schneebedeckten Wiesen nicht heraus sollte.

„Wir sollten jetzt anfangen, sonst wird es finster", meinte der Beamte und stieg aus. Kurz danach machte sich ein vorwiegend mürrisch dreinblickender Trupp von Bereitschaftspolizisten auf den Weg durch das Holz. Die Äste der Tannenbäume reichten bis tief unten, gebückt schlichen sie Meter für Meter nach vorne. Bauer und Seidl gingen hinter ihnen her, Schneebrocken fielen immer wieder auf ihre Köpfe.

„Wenn er hier was vergraben hat, dann kann es nicht besonders tief sein", meinte Seidl, „bei dem Bodenfrost jetzt musst du schon ganz schön hacken, bis du da was schaffst."

Die Gruppe blieb stehen, als ihr Chef ein Zeichen gab. Mehrere Spitzhacken sausten jetzt neben einer dicken Tanne in den Boden. Erde spritzte auf die Seite. Sie gewannen kaum an Tiefe, so hart war der Boden gefroren.

„Da ist eine weiche Stelle", rief ein junger Mann und bückte sich. Mit seinen Handschuhen schaufelte er die Erde beiseite.

„Da ist ein Plastiksack", rief ein zweiter, der neben ihm stand.

Einen Moment später hatten sie einen Koffer, der mit einer Plastikplane dick umwickelt war, herausgezogen. Er war noch kaum verwittert.

„Lang ist der noch nicht da drin gelegen", meinte einer und schnitt mit einem Messer die Plane auf, die er mit seinen Handschuhen vorsichtig zur Seite zog.

„Wollen Sie aufmachen?" fragte einer Bauer und stellte den Koffer auf eine kleine freie Fläche, so dass der Kommissar sich aufrichten konnte. Bauer zog sich Handschuhe an und drückte das Schloss des Koffers, das sofort aufsprang. Er hob den Deckel, die Beamten um ihn herum beugten sich neugierig über den Koffer. Eine Reihe von weißen Plastiktüten lag fein säuberlich nebeneinander, jede prall gefüllt. Bauer griff hinein und zog ein Bündel fünfhundert Euroscheine heraus. „Zählen müssen wir es hier nicht."

Sie packten den Koffer wieder in die Plastikfolie und brachten ihn an den Waldrand. Der Schneefall war noch stärker geworden, alle beeilten sich, wieder in ihre Autos zu kommen.

„Den legen wir zu uns in den Kofferraum", sagte er zum Chef der jungen Polizisten, kurz danach war das Geld verstaut.

Bauer und Seidl fuhren zurück in die Stadt.

„Seid ihr noch da draußen?" fragte Lechner, als Bauer ans Telephon ging.

„Nein, wir sind schon wieder unterwegs zurück."

„Wir haben im Auto Rottmanns unter dem Fahrersitz noch eine alte Tankrechnung gefunden, vom November letzten Jahres. Da war er in Haar beim Tanken. Und im Kofferraum waren Spuren von Sand. Habt ihr da draußen irgendwo eine Sandgrube gesehen?“

„Nein“, antwortete Bauer. „Aber bei dem Schneegestöber habe ich ehrlich gesagt auch nicht genau geschaut.“ Bauer überlegte und sah, wie die Scheibenwischer sich abmühten, den Schnee wegzuschieben. „Vermutlich kennt er sich hier in der Gegend aus, wir müssen morgen mal klären, wo der Sand hergekommen sein könnte.“

„Wann kommt ihr denn rein?“ fragte Lechner.

„Eine Stunde, denke ich, wird’s schon dauern“, antwortete Bauer und legte auf. „Der Rottmann war im November schon mal hier draußen, sie haben eine Tankquittung gefunden.“

„Und wenn er den Amann auch im Wald verscharrt hat?“

„Klären wir morgen, jetzt nehmen wir uns noch den Rottmann vor. Vielleicht hat er sich ja was überlegt.“

An jeder kleinen Steigung kam es zu Staus, weil es offensichtlich immer noch Autos gab, die mit Sommerreifen unterwegs waren. „Schau dir den roten BMW an, das ist doch echt Wahnsinn, der rutscht jetzt von einer Seite auf die andere, da kannst du warten, bis der in einen von den Parkern hineinkracht.“ Seidl schüttelte verärgert den Kopf.

„Die Vernehmung heute können wir wohl vergessen.“

Nach zwei Stunden fuhren sie durch die Einfahrt im Präsidium. Bogner war in seinem Büro und streckte sich gerade gähnend in seinem Stuhl. „Der Rottmann sitzt hinten bei Lechner im Zimmer.“ Bogner kratzte sich am Kopf. „Sein Anwalt war vorhin schon kurz da, er hat gesagt, sein Mandant wird nichts aussagen.“

Bauer zog seine Jacke aus, die immer noch feucht vom Schnee war. „Schauen wir mal. Wäre ja nicht der Erste, oder?“

Rottmann starrte aus dem Fenster auf das Bürohaus gegenüber, in dem nur noch in einem Zimmer im obersten Stock Licht brannte. Eine Putzfrau lief mit einem Staubsauger umher.

„Kann ich irgendwann heute noch in meine Zelle, oder soll ich hier schlafen“, sprach Rottmann Bauer mit zornigem Gesichtsausdruck an, als der ins Zimmer kam.

„Alles mit der Ruhe.“ Bauer nahm sich einen Stuhl und setzte sich nur wenige Meter entfernt Rottmann gegenüber, dessen Hände auf den Rücken gefesselt waren. „Wir haben mit Ihrer Freundin geredet, die ist erfreulicherweise etwas gesprächiger als Sie. War schon interessant, was die uns erzählt hat“, sagte er in gleichgültigem Tonfall.

„Na ja, dann ist das doch super für Sie, oder? Ich würde jetzt gerne in meine Zelle. Oder ist alles belegt bei Ihnen? Dann kann ich auch wieder gehen.“ Rottmann sah schlechter aus als auf dem Photo, seine Stirn glänzte, er roch nach Schweiß. Seidl, der an der Tür stehengeblieben war, ging auf ihn zu. „Schauen Sie, wir gönnen Ihnen ja, dass Sie jetzt noch mal richtig witzig sein können. Mit Humor wird's auch bestimmt die vielen Jahre im Knast leichter erträglich. Und nachdem wir jetzt das Geld gefunden haben, werden Sie auch danach noch viel Humor brauchen.“

Bauer stand von seinem Stuhl auf und gab Seidl das Zeichen, dass sie für heute Schluss machten. „Wir sehen uns ja noch öfters“, meinte er zu Rottmann. „Ihr könnt ihn in die Haftanstalt bringen lassen“, meinte er zu Bogner, „ich habe heute keine Lust mehr auf ihn. Mit den Aussagen von der Fiedler im Krankenhaus reicht es uns, auch wenn der nichts mehr sagt.“

Rottmann wurde aus dem Zimmer gebracht, ohne dass er Bauer oder Seidl noch mal anschaute.

„Aber von Amann haben wir noch keine Spur, oder? Was ist denn mit dieser Tankquittung?“ fragte Bogner, während er sich seine Mantel vom Garderobenständer nahm.

„Anscheinend war er im November schon mal in der Gegend, da kennt er sich vielleicht aus. Wir werden morgen mal mit dem Revier draußen reden, ob denen zu dem Sand was einfällt.“

Bauer holte Schorsch aus dem Büro, der ganz nervös an der Leine zog.

„Der war doch heute bis auf zweimal vor dem Auto überhaupt noch nicht draußen“, meinte Seidl, als sie zum Treppenhaus gingen.

Bauer runzele die Stirn und nickte. „Sehr richtig. Schorsch und ich werden jetzt noch einen ganz gemütlichen Spaziergang um den Promenadeplatz machen, darauf habe ich mich den ganzen Tag schon gefreut.“

Seidl lachte und klopfte Bauer auf die Schulter. „Ist viel gesünder als niederbayerischer Krustenbraten, der wäre doch sicher sonst jetzt an der Reihe, wie ich dich kenne.“

Bauer sah ihn direkt vor seinen Augen, sein Mund genoss schon den Geschmack der ersten Fleischstücke. Das ruckartige Ziehen von Schorsch holte ihn aus seinen Gedanken. „Denk lieber darüber nach, wie wir morgen den Amann finden“, sagte er in scherzhaftem Ton zu Seidl und lief mit Schorsch zur Grünfläche. Als er eine Stunde später auf der Couch lag, mit Schorsch im Tiefschlaf zu seinen Füßen, empfand er so etwas wie Stolz. Er hatte den Verlockungen widerstanden und war direkt nach Hause gefahren.

Sein Handy läutete, er sah auf das Display, aber es war keine Nummer zu sehen. Er überlegt kurz, eigentlich hatte er für heute genug, aber dann war er doch zu neugierig.

„Hallo, Herr Bauer, Simone Lammer. Wie geht's Ihnen?“ Lammer wirkte gut aufgelegt, sie war offensichtlich auch wesentlich wacher als Bauer sich gerade fühlte.

„Bis auf dass es heute etwas stressig war, geht's mir gut.“

Schorsch war durch das Klingeln auch aufgewacht und schüttelte sich gerade den Schlaf aus dem Fell.

„Sind Sie mit meinem Drehbuch schon ein bisschen weitergekommen?“

Bauer schoss durch den Kopf, dass er gar nicht mehr wusste, wo er es hingelegt hatte, geschweige denn, dass er was gelesen hätte. „Heute ging leider gar nichts, wir waren die ganze Zeit wegen dem Mord an Ihrem Vater unterwegs.“

„Haben Sie denn den Täter erwischt?“ fragte Lammer aufgeregt.

Bauer hatte keine Lust, jetzt die ganze Geschichte zu erzählen. Außerdem war es heute ohnehin noch zu früh damit. „Ich sag es Ihnen morgen, einverstanden? Wir müssen zuvor noch ein paar Sachen klären.“

„Na gut. Aber ich habe eine Neuigkeit für Sie. Mohr ist wieder aufgetaucht, er hat sich bei einem Freund gemeldet, den ich auch kenne.“

„Und wo ist er?“ fragte Bauer und ging in die Küche, um sich einen Kaffee zu machen.

„Das hat er nicht gesagt, aber was anderes ist interessant. Der Freund hat eine Galerie in Schwabing. Und den hat er gefragt, ob er für ihn eine Bleistiftzeichnung von Kirchner verkaufen könnte. 20.000 Euro will er dafür.“

Bauer hatte vergessen, Kaffeebohnen nachzufüllen, die Maschine blinkte hektisch rot und stieß einen schrillen Ton aus.

„Ist alles in Ordnung bei Ihnen?"

„Das war meine Kaffeemaschine, nicht mal die bekomme ich heute noch in Griff", meinte Bauer müde.

„Ach so. Gut, ich mach's kurz. Mich hat heute Vormittag ein Kollege von Ihnen angerufen, der diesen Einbruch in der Nacht nach dem Mord bearbeitet. Und der hat mich gefragt, ob denn was Wertvolles im Haus war, da habe ich ihm von der Kirchner-Zeichnung erzählt. Die hatte mein Vater schon über zehn Jahre, hat er sich mal zu Weihnachten gekauft. Und diese Zeichnung sei nicht mehr da, hat Ihr Kollege gesagt."

Bauer schlich mit einer großen Tasse Kaffee zurück auf die Couch, Schorsch folgte ihm aufgeregt. „Sie meinen, Mohr war der Einbrecher und hat diese Zeichnung gestohlen?"

„Könnte doch sein, oder? Der hatte bisher noch nie was mit Gemälden zu tun, soviel ich weiß. Und wenn der so pleite ist, wie es aussieht, dann ist das doch möglich. Vielleicht wusste er auch, dass mein Vater den Kirchner hatte, kann ja sein."

Bauer wollte nachdenken, aber er merkte, dass das heute nichts mehr werden würde.

„Morgen will er um zwei Uhr in die Galerie kommen und die Zeichnung vorbeibringen."

„Ich überlege mir, was wir da machen können. Vielleicht schicken wir morgen jemanden dorthin, wenn Mohr kommt."

„Ich dachte nur, weil Sie doch Mohr auch gesucht haben." Lammer klang enttäuscht, was Bauer leid tat.

„Sie verstehen mich falsch, wir machen in jedem Fall was, ich muss nur morgen sehen, wie wir das hinbekommen, ist ja Samstag. Aber ich kümmere mich darum, wir wollen den Einbruch ja auch klären."

„Entschuldigung, ich verstehe schon, Sie sind müde. Wir können ja vielleicht morgen Abend dann mal in Ruhe telephonieren."

„Gerne, dann bin ich sicher auch wieder fitter als heute. Aber trotzdem vielen Dank für Ihren Anruf."

Bauer ließ seinen Kaffee stehen und ging direkt ins Bett.

Kapitel 12

„Lechner ist zu Hause auf Abruf, wenn wir ihn brauchen“, grüßte Bogner, als Bauer mit Schorsch im Schlepptau die Tür zu seinem Büro aufsperrte.

„Hat der nicht samstags immer vormittags seine Therapiegruppe? Hat er mir jedenfalls mal gesagt“, erwiderte Bauer und ließ Schorsch ins Büro.

„Weiß ich nicht, er ist auf jeden Fall erreichbar. Aber was anderes. Ich habe vorhin mal beim Revier in Haar angerufen, du weißt schon, wegen dieser Sandspuren. Die haben mir gesagt, es gibt in der Nähe des Waldes, wo ihr gewesen seid, eine aufgelassene Sandgrube, da wird seit einigen Jahren nicht mehr abgebaut. Da sollten wir hinschauen.“

„Dann müssen wir aber einen Leichenhund mitnehmen, die ganze Grube können wir ja nicht umgraben“, antwortete Bauer.

Bogners Stolz war unübersehbar. „Hab ich schon organisiert, ein Hundeführer mit einem Leichenspürhund kommt um zehn Uhr zu der Sandgrube. Und vier Mann von der freiwilligen Feuerwehr dort habe ich auch organisiert, die können schaufeln, wenn es notwendig ist.“

Bauer nickte bedächtig. „Dann kann ich ja heimgehen, wenn du da alles im Griff hast“, meinte er lächelnd und räumte ein paar Akten von seinem Schreibtisch. „Da fällt mir gerade noch was ein. Könntest du noch was organisieren für mich?“

Bogner war heute in guter Stimmung, Bauer wusste nur noch nicht, warum. „Worum geht's?“

Bauer erzählte ihm die Geschichte von der Galerie und Mohr, der um zwei Uhr dorthin kommen wollte.

„Da schicken wir zwei von den Zivilstreife vom Revier hin, die freuen sich über solche Jobs. Haben wir sonst was gegen Mohr, oder nur den Einbruch?“

Bauer dachte kurz an die Erpressung des Chinesen, die Mohr versucht hatte. Aber er beschloss, sie zu vergessen. Der Chinese war tot, und dieser Konz als Zeuge war auch nicht selbst dabei gewesen – viel Arbeit für nichts. Bauer schüttelte den Kopf. „Nein, sonst nichts. Aber vielleicht reicht's ja trotzdem zu einem Haftbefehl, so wie es aussieht, ist Mohr ja aus Nürnberg abgetaucht. Und den Einbruch bei Kronen in der Nacht nach dem Mord wird er ja kaum leugnen können, wenn er mit der Zeichnung auftaucht."

„Das sollen die mit dem Staatsanwalt klären", meinte Bogner, „ich geb denen auf jeden Fall Bescheid."

Bauer gönnte sich in Ruhe ein Frühstück mit frischen Butterbrezen, die er beim Bäcker gegenüber gekauft hatte. Dann schnappte er sich Schorsch und drehte noch eine kurze Runde um das Präsidium, bevor er sich mit Seidl auf den Weg nach Haar machte.

„Wenn wir die Sache heute fertigbekommen, mache ich am Montag blau, da kannst du sicher sein. Dir täten ein paar freie Tage auch nicht schlecht, so wie du aussiehst."

Bauer klappte die Sonnenblende herunter und sah in den Schminkspiegel. Was er sah, gefiel ihm nicht, um seine Augen lag ein bräunlicher Schatten. So eine Woche Urlaub machen, wo es warm ist und die Sonne scheint, dachte er. Das wollte er nicht aus den Augen verlieren.

Der Schäferhund stand völlig ruhig neben seinem Herrchen an der Einfahrt zu der Sandgrube. Neben ihm stand ein kleiner Bus der freiwilligen Feuerwehr, ein paar müde Gesichter warteten auf ihren Einsatz.

„Ich hab mich schon etwas umgeschaut", meinte der Hundeführer, „viele Möglichkeiten gibt's eigentlich gar nicht, wo da jemand vergraben sein könnte." Er zeigte hinter sich auf eine Sandgrube in der Größe eines Fußballfeldes, die fast vollständig von Unkraut überwuchert war, das aus dem Schnee ragte. Nur an einer Stelle war sie nicht überwachsen. „Wir fangen dann da mal an", meinte der Mann und ging langsam die Fläche auf und ab, der Hund immer mit der Schnauze am Boden. Plötzlich blieb er stehen und begann zu bellen. Der Beamte tätschelte seinen Kopf und klopfte ihm auf den Rücken. Bauer gab den Feuerwehrleuten ein Zeichen, und die jungen Männer fingen im Schnee zu graben an. Der Sand war gefroren und schwer, immer wieder hörte Bauer sie fluchen.

„Da ist ein brauner Stoff", rief einer mit aufgeregter Stimme.

„Vorsicht beim Weitergraben", rief Bauer und ging näher an die Stelle heran. Sie war vielleicht einen halben Meter tief, mit jeder Schaufelladung wurde mehr und mehr sichtbar, der Rest einer blauen Hose und eines braunen Pullovers, darunter war ein Knochen zu sehen.

„Da hat einer Säure drübergegossen, ich habe das schon mal gesehen“, meinte der Hundeführer und deutete auf die merkwürdig zugerichtete Leiche, deren Knochen an einigen Stellen zerfressen waren. Bauer sah auf den Kopf, der völlig zertrümmert war, als wenn jemand mit einem riesigen Hammer darauf eingeschlagen hätte.

„Der liegt aber hier schon ein paar Wochen, so wie der aussieht“, meinte Seidl und sah Bauer an.

„Und dann ist auch klar, wie die Haare von ihm auf den Sessel am Tatort gekommen sind. Rottmann hat sich ein paar vom toten Amann mitgenommen und dann am Tatort platziert“, sagte Bauer und zog die Augenbrauen hoch.

„Ein gerissener Typ, der Rottmann, nicht schlecht. Wenn die nicht den Unfall gehabt hätten, dann würden wir jetzt wahrscheinlich alt aussehen“, ergänzte Seidl und fuhr sich mit der Hand über den Kopf.

„Lechner hat mir erzählt, dass sie auch eine Reparaturrechnung gefunden haben. Rottmann hat anscheinend gestern früh erst das Auto wieder aus der Werkstatt geholt, ab heute wäre der startklar gewesen“, sagte Bauer.

„Tja, dann war das eben knapp vor zwölf. Sein Pech. Ich rufe jetzt mal die Bestatter an“, sagte Seidl, „die sollen den mal in die Rechtsmedizin bringen.“

Bauer drehte sich weg und ging zurück zum Auto. Schorsch sprang ihm entgegen, als er die Tür öffnete, und bevor er reagieren konnte, jagte der Dackel mit lautem Gebell dem Schäferhund entgegen, der brav und gut dressiert neben seinem Herrchen stehenblieb. Ein kräftiges Knurren des Schäferhundes stoppte Schorsch, nach einer kurzen Umrundung in gebührlichem Abstand rannte er zu Bauer zurück.

„Der Hundeführer hat gesagt, wir können fahren, er wartet auf die Bestatter. Dann kann er seinen Hund gleich auslaufen lassen“, sagte Seidl, als er wieder im Auto saß. „Hast du gestern auf den Krustenbraten verzichtet?“ fragte er mit kritischer Miene.

Bauer nickte und startete den Motor. „Du wirst lachen, ich war zu müde.“

„Dann gönnen wir uns jetzt frische Weißwürste mit Brezen, habe ich schon ewig nicht mehr gegessen.“

„Bin ich dabei“, antwortete Bauer und drehte das Radio auf.

Schorsch zwängte sich zwischen die Vordersitze und legte seine Schnauze auf Seidls Arm. Er spürte wohl, dass jetzt endlich Wochenende war.

Kapitel 13

Sein schlechtes Gewissen weckte Bauer am Sonntag, als gerade das erste Tageslicht durch die Jalousien in sein Schlafzimmer fiel.

Am gestrigen Abend hatte er immer wieder sein Handy in die Hand genommen, um Simone Lammer anzurufen. Aber dann hatte er es jedes Mal wieder weggelegt – er musste zuerst das Drehbuch lesen, sie wartete ja schon seit Tagen auf seinen Kommentar. Er schlich aus dem Schlafzimmer und überlegte, wo er es hingelegt hatte. Zwischen die Zeitungen auf dem Wohnzimmertisch? Fehlanzeige. Schorsch lag auf seiner Decke und hob nur müde den Kopf. Er spürte offensichtlich, dass dieser Mann, der da so lustlos durch das Wohnzimmer streifte, noch nicht gewillt war, mit ihm aus dem Haus zu gehen. Bauer sah in die Küche, doch außer ein paar schmutzigen Tassen in der Spüle und zwei Bananen mit bereits brauner Schale auf einem Teller fiel ihm nichts auf. Warum hatte er sich nur darauf eingelassen, dieses verflixte Drehbuch zu studieren? Er konnte sich im Moment kaum etwas Langweiligeres vorstellen als die nächsten Stunden damit zu verbringen, so eine Geschichte zu lesen. Es muss im Auto sein, fiel ihm ein, worauf er ins Bad ging, um sich erst mal zu duschen und wach zu werden.

Gerade hatte er sich einen Kaffee gemacht, als eine SMS auf seinem Handy auftauchte: „Tut mir leid, dass ich mich gestern nicht gemeldet habe, aber ich bin so erkältet, dass ich kein Wort herausbringe. Melde mich, sobald es mir wieder besser geht, schönes Wochenende, Simone L."

Bauer sah aus dem Fenster, keine Wolke trübte den Himmel. Irgendwie war er enttäuscht, insgeheim hatte er schon auf ein Treffen mit ihr gehofft, auch wenn dazwischen noch dieses Drehbuch war. Doch so gewann er auch etwas Zeit, vielleicht würde ja später noch die Lust zum Lesen kommen, auch wenn er es sich momentan nicht vorstellen konnte. Schorsch wetzte inzwischen nervös zwischen den Sesseln umher und blickte immer wieder zu Bauer, der noch nachdenklich auf der Couch saß. Noch schnell einen Schluck Kaffee, dann nahm Bauer die Leine und ging mit ihm in die Tiefgarage zu seinem Auto. Von der Rücksitzbank aus sprang ihm wie eine Bedrohung für den sonnigen Tag das Drehbuch ins Auge. Er ließ das Auto stehen und ging mit Schorsch auf die Grünfläche vor dem

Haus. Noch war kein anderer Hund unterwegs. Schorsch hatte die freie Wahl unter den jungen Bäumen, die hier frisch gepflanzt worden waren. Bauer dachte an Simone Lammer und beschloss, den Nachmittag in einem Café dem Drehbuch zu opfern. Vielleicht war sie ja morgen wieder einigermaßen auf den Beinen. Der Gedanke daran beflügelte ihn, er warf Schorsch einen Stein so weit weg, dass der minutenlang verzweifelt umhersuchte, ohne ihn zu finden.

Kapitel 14

„Eure Claudia Fiedler ist ja ein nettes Früchtchen, habt ihr das schon gewusst?“ Lechner kam mit glänzenden Augen aufgeregt zu Bauer und Seidl ins Büro.

Bauer schüttelte den Kopf. „Wir hatten am Samstag noch genug zu tun, außerdem läuft uns die ja nicht davon“, erwiderte er, während er die Haftbefehle gegen Rottmann und Fiedler las.

„Ich habe die Frau gerade gecheckt, so ohne ist die nicht. Vor fünf Jahren hat ihr damaliger Freund in Hamburg eine Bank überfallen, und sie hat ihm dann geholfen, das Geld im Wohnwagen ihrer Mutter zu verstecken. Eineinhalb Jahre auf Bewährung hat sie bekommen. Und früher hatte sie ein paar kleinere Drogengeschichten. Ist doch nicht schlecht für das Alter, oder?“ Lechner genoss es sichtlich, der Überbringer so interessanter Nachrichten zu sein. „Aber das ist noch nicht alles. Die von der Spurensicherung haben heute Morgen auch schon angerufen. Ich hatte mir am Freitag noch über die Stationsschwester im Krankenhaus eine Blutprobe der Fiedler besorgt und denen gegeben.“

Bauer sah Seidl erstaunt an, Lechner überraschte ihn.

„Und wisst ihr was? Auf einem abgerissenen Knopf, den sie im Kofferraum von Rottmanns Auto gefunden haben, waren DNA-Spuren von Amann und von Fiedler.“

„Das heißt, dass sie dabei war, als Rottmann den Amann aus dem Weg geschafft hat“, meinte Seidl und kratzte sich am Kopf. „Also nichts damit, dass sie den Amann gar nicht kannte, wie sie gesagt hat.“

„Da werden wir wohl noch mal ins Krankenhaus fahren“, meinte Bauer und nahm sich schon die Jacke, die über seinem Stuhl hing.

Im Krankenhaus herrschte die übliche Morgenhektik, Teller mit angebissenen Broten stapelten sich auf Abräumwagen vor den Zimmern, Patienten wurden in ihren Betten zu den ersten Untersuchungen geschoben. Ein junger Polizist mit einem sichtlich ungebügelten Hemd saß vor dem Krankenzimmer und spielte auf seinem Handy.

„Ist Frau Fiedler im Zimmer?“ erschreckte ihn Bauer, so dass er nervös sein Handy in der Hosentasche verschwinden ließ.

„Ja, sie ist allein, die anderen beiden wurden heute früh entlassen", antwortete er verlegen.

Eine gestresst wirkende Ärztin kam zum Zimmer. „Sie sind von der Polizei?" fragte sie und reichte Bauer und Seidl die Hand. „Können Sie noch ein paar Minuten warten? Ich muss kurz zur Patientin."

Bauer nickte, worauf die Frau ins Zimmer ging.

Wenige Sekunden später ging die Tür wieder auf. „Haben Sie Frau Fiedler gesehen? Im Zimmer ist sie nicht."

Bauer spürte, wie unglaubliche Wut in ihm aufstieg. „Wann haben Sie die Frau zuletzt gesehen?" schnauzte er den Polizisten an.

„Ich geh schon mal zum Pförtner, vielleicht hat der ja was gesehen", sagte Seidl und lief den Gang entlang zum Treppenhaus.

„Ich habe um acht Uhr den Kollegen abgelöst, und da war sie noch da. Wahrscheinlich ist sie irgendwie mit rausgeschlichen, als die beiden anderen Frauen entlassen wurden. Das war so vor einer halben Stunde." Das Gesicht des Polizisten war bleich, seine Stimme klang zittrig.

In Bauers Kopf schwirrten die Gedanken umher: Es war halb neun, die Frau hatte also wahrscheinlich eine halbe Stunde Vorsprung. Wohin konnte sie gegangen sein? Auto hatte sie keines, Geld vermutlich auch nicht viel.

Lechner war sofort am Apparat.

„Hast du von dieser Fiedler ein Photo im Computer gefunden?" fragte ihn Bauer.

„Ja, da ist eines, die Hamburger Kollegen haben das damals gemacht. Was ist mit ihr?"

„Sie ist abgehauen. Sei so nett und ruf bei den Kollegen am Hauptbahnhof an. Schick denen ein Photo, sie sollen alle Züge durchsuchen, vielleicht sitzt sie drin."

„Okay, mach ich", antwortete Lechner und legte auf.

Bauers Handy klingelte.

„Ich habe mit dem Pförtner gesprochen, sie hat sich vor ungefähr einer halben Stunde erkundigt, wie lange es mit dem Taxi zum Flughafen dauert", sagte Seidl.

„Gut, dann kümmere du dich um die Taxizentrale, ich rufe bei den Kollegen am Flughafen an", erwiderte Bauer und beendete das Telephonat, während er auf den Polizisten sah, der immer noch bleich auf seinem Stuhl saß. Er wählte wieder Lechners Nummer. „Schick das Photo auch noch zum Flughafen und sag denen Bescheid, sie hat sich nach dem Weg dorthin erkundigt“, rief er in sein Handy, während er von einem Pfleger angerempelt wurde, der einen Patienten auf seinem Bett über den Gang schob.

Bauer setzte sich neben den Polizisten auf einen Stuhl.

„Ich dachte doch nicht, dass die abhaut, sie sah doch so fertig aus“, meinte der mit leiser Stimme und schüttelte verzweifelt den Kopf.

Bauers Handy klingelte wieder.

„Da haben wir Glück gehabt“, meldete Lechner, „sie ist im Bahnhof zusammengebrochen, war wohl zu viel für sie in ihrem Zustand. Die Kollegen fahren im Krankenwagen mit und bringen sie wieder zurück zu euch.“

Bauer rief Seidl an, dann klopfte er dem Polizisten auf die Schulter und gab ihm seine Handynummer. „Ich hole mir kurz einen Kaffee, rufen Sie mich, wenn sie wieder zurückkommt.“

Eine Stunde später standen Bauer und Seidl am Bett einer noch erschöpft wirkenden Frau, die an einer Infusionsnadel hing. Allmählich kam wieder etwas Leben in sie, ihre Augen blickten schon wieder angespannt zu den beiden Männern an ihrem Bett.

„Wenn Sie behutsam mit ihr umgehen, können Sie jetzt mit ihr reden“, meinte die Ärztin, die sie gerade noch untersucht hatte, bevor Bauer und Seidl ins Zimmer gekommen waren.

„Können Sie mich verstehen?“ begann Bauer vorsichtig das Gespräch.

Claudia Fiedler nickte und versuchte, sich an dem Griff über ihrem Bett etwas hochzuziehen, was ihr mit Bauers Hilfe gelang. „Ich habe die Schnauze voll“, sagte sie leise. „Dass ich immer solche Typen erwischen muss.“

„Erzählen Sie uns mal in aller Ruhe, was passiert ist“, meinte Bauer, während er sich auf einen Stuhl neben dem Bett setzte. Seidl blieb neben der Tür stehen und trank noch den letzten Schluck aus seinem Kaffeebecher.

„Der Anfang stimmt, so wie ich Ihnen erzählt habe“, begann Fiedler leise. „Frank hatte die Idee mit dieser Stradivari, und dann war er der Meinung, er bräuchte dazu einen anderen Pass, damit sie ihm später nicht auf die Spur kommen.“ Sie griff unsicher nach einem Glas Wasser, das auf ihrem Nachtisch stand, und trank einen kleinen Schluck. „Und dann hat er mich eines Tages angerufen, ich solle nach München kommen, er brauche mich. Dann bin ich mit dem Zug gekommen und habe in der Wohnung gewartet, die er gemietet hat. Er müsse was erledigen, dann komme er, hat er gesagt.“

Die Tür ging auf, und die Ärztin sah herein. „Ist alles in Ordnung?“ fragte sie Fiedler. Die nickte leicht, worauf die Ärztin Bauer und Seidl einen mahnenden Blick zuwarf und wieder ging.

„Und dann kam er und hat gesagt, ich müsse ihm helfen, eine Leiche zu vergraben. Ich habe gesagt: ‚Spinnst du? Was hast du da gemacht?‘“ Ihre Stimme war jetzt lauter. Bauer wunderte sich, wie schnell sie sich erholt hatte. „Er hat gesagt: ‚Reg dich nicht auf, die Sache läuft perfekt, in wenigen Wochen sind wir reich.‘ Was sollte ich denn machen? Wir sind dann zu so einer Sandgrube gefahren, da haben wir zusammen die Leiche aus dem Kofferraum geholt, und Frank hat ein Loch geschaufelt. Ich bin dagestanden wie ein Depp und habe mich gefragt, ob ich eigentlich spinne.“

„Womit hatte Rottmann Sie in der Hand? Sie hätten doch jederzeit sagen können, ich haue ab.“

Fiedler sah aus dem Fenster, gegenüber saß in einer Wohnung ein alter Mann vor seinem Fernseher. „Waren Sie schon mal ganz unten? Quatsch, natürlich nicht. Aber ich war fertig, was hätte ich denn machen sollen ohne Frank? Ich hatte ja nichts mehr.“

„Gut, wie ging es weiter?“ fragte Seidl.

„Wir haben den Typen verscharrt, und dann bin ich wieder in die Wohnung zurück. Frank meinte, man solle uns nicht gemeinsam auf der Straße sehen. Er war danach immer unterwegs, keine Ahnung, was er genau gemacht hat. Es ging immer um diese Stradivari, mit der er diesen Alten in der Villa abzocken wollte. Das habe ich Ihnen ja schon letztes Mal gesagt. Weihnachten hat er zwei gegrillte Hühnchen mitgebracht, das war unser ganzes Fest.“ Fiedler lachte bitter und nahm wieder einen Schluck Wasser.

„Was war am vorletzten Mittwoch, als Sie den Unfall hatten?“ fragte Bauer.

„Frank sagte, heute bekommen wir das Geld, 1,2 Millionen Euro hat er gesagt. Dann sind wir rausgefahren zu diesem Haus, ganz früh am Morgen.“

„Wussten Sie, dass Frank die beiden Männer erschießen wollte?" fragte Bauer, der sich die ganze Zeit Gedanken darüber machte, was er der Frau glauben konnte.

„Nein, ich schwör's, Frank hat kein Wort gesagt. Nur dass wir das Ding heute durchziehen und dann abhauen."

„Aber Sie haben doch sicher gesehen, dass er eine Waffe eingesteckt hat, oder?" warf Seidl ein.

„Frank hatte immer eine Knarre dabei, seit ich ihn kenne."

„Also, was war dann in Grünwald?" Bauer wurde ungeduldig.

Fiedler schien sich wieder schlechter zu fühlen, sie legte sich flach aufs Bett und sah zur Decke. „Wir sind zusammen reingegangen, Frank sagte, ich müsse die beiden nur beobachten, während er mit ihnen redet, damit keiner Dummheiten macht. Der alte Mann war überrascht, als er mich sah. Frank hat ihm gesagt, dass ich die Frau bin, die die Stradivari aus dem Auto holt, sobald er das Geld gesehen hat. Frank hat dann mit den beiden geredet, ich bin an der Tür im Wohnzimmer stehengeblieben. Und dann hat der Chinese seinen Koffer mit dem Geld aufgemacht."

Fiedler machte eine Pause und atmete schwer, Bauer blickte skeptisch zu Seidl, der die Augenbrauen hochzog.

„Frank hat seine Knarre gezogen und dem Chinesen den Koffer weggenommen. Der ist dann plötzlich von seinem Sessel aufgesprungen und wollte auf Frank los, der hat aber sofort geschossen. Und dann hat Frank auch noch den Alten erledigt."

„Und dann sind Sie aus dem Haus und mit dem Auto geflüchtet", sagte Seidl und kam näher an Fiedlers Bett heran.

Die nickte. „Ja, und dann ist mir diese Scheiße mit dem Unfall passiert."

Fiedler hatte plötzlich Schweiß auf der Stirn, ihr Brustkorb ging heftig auf und ab. Seidl lief aus dem Zimmer und kam kurz danach mit der Ärztin zurück.

„Bitte gehen Sie jetzt, die Frau ist zu erschöpft, das sehen Sie doch", sagte sie verärgert und fühlte den Puls von Fiedler. Bauer und Seidl ermahnten nochmal den Polizisten, der vor der Tür saß, dann gingen sie zu ihrem Auto.

„Die Sache steht, da brennt uns nichts mehr an", meinte Seidl und wirkte zufrieden, als sie am Pförtner des Krankenhauses vorbeigingen, der Seidl zuwinkte. „Was macht eigentlich deine Spezialzeugin, die Tochter von dem Kronen?“

„Was soll die denn machen?“ erwiderte Bauer etwas zu schnell, so dass er Seidls Neugierde weckte.

„Na ja, ich wunderte mich nur, weil du gar nichts mehr von ihr erzählt hast.“

Bauer dachte an Simone Lammer und an das Drehbuch, das er gestern gelesen hatte. Es war nicht so langweilig gewesen wie befürchtet, und er freute sich darauf, mit ihr darüber zu reden. Vielleicht ging es ihr ja bis heute Abend wieder besser.

„Da ist nichts Besonderes, sie ist einfach eine Zeugin, nicht mehr und nicht weniger.“

„Ach so, dann habe ich mich halt getäuscht, soll ja vorkommen“, antwortete Seidl lächelnd und sperrte das Auto auf.

Martin W. Brock

Freitagsflug

Ein München-Krimi. 240 Seiten. Piper Taschenbuch

Die Münchner Abteilung für organisierte Kriminalität ist ratlos: Noch immer ist es nicht gelungen, die illegalen Bordelle auszuheben. Ob es in den eigenen Reihen einen Verräter gibt? Kommissar Ricardo Bauer staunt nicht schlecht, als ausgerechnet in seinem Schreibtisch verdächtige Kontoauszüge entdeckt werden. Für seine Vorgesetzten ein klarer Fall: Bauer hat sich von den Bordellbetreibern bestechen lassen und im Gegenzug rechtzeitig vor Polizeirazzien gewarnt. Der sympathische Kommissar weiß, daß er unschuldig ist, doch wird es ihm gelingen, den wirklichen Täter aufzuspüren?

»Brock ist dort zu Hause, wo sein Roman spielt. Schillernde Figuren, eine fesselnde Story und ein überraschendes Ende.«
Heiner Lauterbach

05/2214/02/L

Martin W. Brock

Nachtnebel

Ein München-Krimi. 288 Seiten. Piper Taschenbuch

In einem Waldstück bei München findet ein Spaziergänger einen ausgebrannten Pkw – und auf dem Fahrersitz die verkohlte Leiche eines Mannes. Wer ist er, und warum mußte er sterben? Zunächst tappt Hauptkommissar Ricardo Bauer im dunkeln, doch dann überstürzen sich die Geschehnisse. Die Polizisten selbst und ihre Familien geraten in die Schußlinie einer skrupellosen Verbrecherbande, die auch vor Mord nicht zurückschreckt ...

»Wer ›Nachtnebel‹ liest, läuft selbst Gefahr, eine schlaflose Nacht zu verbringen. Denn einmal in den Fängen von Martin W. Brock, läßt einen der Roman nicht mehr los.«
Süddeutsche Zeitung

05/2215/02/R

Wolfgang Burger

Heidelberger Lügen

Kriminalroman. 272 Seiten.
Piper Taschenbuch

Kriminalrat Gerlach hat sich in Heidelberg eingelebt, und eigentlich könnte sein Leben endlich in ruhigeren Bahnen verlaufen. Doch dann verspricht er einer jungen Frau, deren Mann unter seltsamen Umständen bei einem Unfall ums Leben kam, bei der Aufklärung zu helfen. Gerlach vermutet ein Eifersuchtsdrama, aber plötzlich taucht ein Aktenkoffer voller Geld auf, der offenbar dem Toten gehört hat. Der sympathische Kriminalrat muss in einem Fall ermitteln, der ihn rund um die Uhr fordert, weshalb er wieder einmal zu wenig Zeit für seine Zwillingstöchter hat, die sich gerade zum ersten Mal verlieben, leider in denselben Jungen …

Wolfgang Burger

Schwarzes Fieber

Ein Heidelberg-Krimi. 288 Seiten.
Piper Taschenbuch

Eine bewusstlose Frau mit starken Kopfverletzungen, die in der Nähe von Heidelberg gefunden wird, gibt der Polizei Rätsel auf: Wer ist sie? Und weshalb wird sie von niemandem vermisst? Als sie aufwacht, stellt sich heraus, dass sie nicht sprechen kann. Kripochef Alexander Gerlach übt sich in Geduld, doch dann kommt es zu weiteren Mordanschlägen auf die Fremde. Erst als die Leiche eines Mannes aus Angola auftaucht, beginnt Gerlach die wahren Zusammenhänge zu erahnen, und ein gefährlicher Wettlauf mit der Zeit beginnt.

Kirstin Warschau

Fördewasser

Ein Kiel-Krimi. 320 Seiten.
Piper Taschenbuch

An einer Staumauer bei Kiel wird die Leiche eines Mannes gefunden. Kommissarin Olga Island, soeben aus Berlin versetzt, übernimmt die Ermittlungen. Der Tote war hoch verschuldet und betrieb einen regen Handel mit Schiffsschrott. Als in der Kieler Förde eine weitere Wasserleiche entdeckt wird, sprechen die Medien von einem Serienkiller. Die Jagd nach dem Täter führt Olga Island in entlegene Winkel der Landeshauptstadt und ihrer ländlichen Umgebung. Dabei hat sie nicht nur mit den Vorurteilen ihrer Kollegen zu kämpfen, sondern auch mit einem gefährlichen Mörder, der vor weiteren Taten nicht zurückschreckt …

05/2299/02/L

Astrid Paprotta

Feuertod

Kriminalroman. 320 Seiten.
Piper Taschenbuch

Kein Mensch hatte Ellen Rupp schreien gehört. Noch im Tod schien sie stumm und entsetzt an der Wand zu lehnen. Die umstrittene Anwältin aus dem schicken Frankfurter Nordend war in der Brandhölle ihrer Wohnung regelrecht hingerichtet worden – wer aber war die verkohlte Leiche, die die Kommissare Niklas und Potofski neben ihr fanden?
Astrid Paprotta vereint subtile Spannung mit psychologischer Raffinesse – ein Kriminalroman von höchsten Gnaden.

»Astrid Paprotta beschränkt sich nicht auf eindeutige Motive, Täter und die festgelegten Klischees der Ermittler. Haken schlagende Handlungsverläufe ergeben ein irisierendes Vexierbild, das für Spannung sorgt.«
Der Standard

05/2352/01/R

Stefan Holtkötter

Das Geheimnis von Vennhues

Ein Münsterland-Krimi. 272 Seiten. Piper Taschenbuch

Über zwanzig Jahre ist es her, dass im Vennhueser Moor im Münsterland ein grausamer Mord geschah. Der Hauptverdächtige Peter Bodenstein wurde seinerzeit aus Mangel an Beweisen freigesprochen. Nun ist er ins Dorf zurückgekehrt, um seine Unschuld zu beweisen. Doch wenig später wird wieder ein toter Junge im Moor gefunden. Erneut weisen alle Spuren auf Bodenstein. In Vennhues erhält Hauptkommissar Hambrock aus Münster kaum Unterstützung, und das, obwohl er selbst aus dem Dorf stammt. Es scheint ein Geheimnis zu geben, von dem er ausgeschlossen ist. Und wenn er die Wahrheit über Bodenstein herausfinden will, gibt es für ihn nur einen Weg – ins Moor …

Nicola Förg

Tod auf der Piste

Ein Alpen-Krimi. 240 Seiten. Piper Taschenbuch

Die Garmischer Kommissarin Irmi Mangold, die gerne mit der Motorsäge ins Holz fährt und auch mal im Stall ihres Bruders mithilft, und ihre junge Kollegin Kathi Reindl, alleinerziehende Mutter mit chronisch schlechtem Gewissen, haben diesmal eine besonders harte Nuss zu knacken. Kurz vor Ende der Skisaison – im Tal ist längst Frühjahr – wird auf der Kandahar-Piste ein Toter gefunden, ermordet per Kopfschuss. Das Merkwürdige daran: Der Mann trägt ein altmodisches Skioutfit mit einer WM-Startnummer von 1978. Weshalb musste er sterben? Und was hat es nur mit der seltsamen Montur auf sich? Ausgerechnet beim Dirndlkauf stößt Irmi auf eine heiße Spur …

05/2300/02/L

05/2409/01/R

Marina Heib

Weißes Licht

Kriminalroman. 288 Seiten.
Piper Taschenbuch

Sie nennen ihn nur den »Bestatter«, weil er bei jeder Leiche einen Bibelvers hinterläßt. Der tote Junge auf der Waldlichtung ist sein viertes Opfer – und Kommissar Christian Beyer und seine Sonderermittler müssen den Täter finden, bevor er noch einmal zuschlagen kann … »Weißes Licht«, ein packender psychologischer Kriminalroman, der unter die Haut geht!

»Ein fesselndes Krimidebüt, das feinfühlig die Hilflosigkeit der Opfer und die psychischen Abgründe der Täter auslotet.«
Bücher

05/2344/01/L

Marina Heib

Eisblut

Thriller. 304 Seiten.
Piper Taschenbuch

Schnittverletzungen am ganzen Körper und Salz in den Wunden: Uta Berger ist das erste von drei Opfern, die vor ihrem Tod offensichtlich grausam gefoltert wurden. Die Zeit drängt, denn der Täter geht mit größter Akribie und Intelligenz vor. Und seine Motive zu verstehen, scheint der einzige Schlüssel zur Lösung des Falls. Daher ziehen die Hamburger Sonderermittler um Christian Beyer auch in diesem Fall die Psychologin Anna Maybach hinzu.

»Höchst unterhaltsam. Mit den vielen verschiedenen Handlungssträngen und Verdachtsmomenten gehört der Krimi zu den besten seiner Art.«
Heidelberg aktuell

05/2345/01/R

Gerwens & Schröger

Die Gurkenflieger von Kleinöd

Ein Niederbayern-Krimi.
320 Seiten. Piper Taschenbuch

Das niederbayerische Kleinöd steht kopf: Der vierjährige Paul Daxhuber ist spurlos verschwunden. Die Großeltern, bei denen er aufwächst, seit seine Mutter Corinna ihn dort ablieferte, sind verzweifelt. Auch die polizeilichen Ermittlungen unter der Leitung von Franziska Hausmann werfen zunächst nur weitere Fragen auf: Warum verschwand Corinna damals so plötzlich? Hat sie womöglich ihr eigenes Kind entführt? Und welche Rolle spielen die polnischen Erntehelfer, die mit den Gurkenfliegern auf den Feldern ihre Runden drehen? Hinter der scheinbar idyllischen Fassade des Dorfes lauern ungeahnte Abgründe …

05/2399/02/L

Gerwens & Schröger

Anpfiff in Kleinöd

Ein Niederbayern-Krimi.
320 Seiten. Piper Taschenbuch

In der Nähe des niederbayerischen Weilers Kleinöd wird eine furchtbar zugerichtete Leiche gefunden. Wer war der Tote, der von vielen Frauen des Dorfes als Heiliger verehrt wurde, weil er angeblich die Stimmen der Toten hören konnte? Und warum musste er sterben? Ein Fall für Kommissarin Franziska Hausmann, die es bei ihren Ermittlungen diesmal nicht leicht hat: Seit das Los entschieden hat, dass der prominente Fußballklub Schalke 04 der nächste Gegner der örtlichen Kicker im DFB-Pokal sein wird, haben zumindest die meisten männlichen Kleinöder nichts als das runde Leder im Kopf. Als die Polizei endlich auf eine heiße Spur gerät, ist es fast zu spät, und die Ereignisse überschlagen sich dramatisch …

»Gerwens und Schröger gelingt eine gleichermaßen rasante wie auch hintergründige Durchdringung menschlicher Abgründe und dörflicher Idylle.«
Heilbronner Stimme

05/2400/01/R